文春文庫

お順

上

諸田玲子

文藝春秋

お順　上巻　目次

お順

上

第一章　小吉の放蕩《ほうとう》

一

勝麟太郎《りんたろう》（海舟）の妹、順《じゅん》は、勝家の玄関の式台の上で、蚊《か》とんぼのような両足を踏ん張っていた。

ときは天保十一年（一八四〇）の夏。ところは本所の入江町。ガラの悪さは江戸市中でも屈指の界隈《かいわい》で、裏路地へ入れば、いかがわしい店がひしめいている。

勝家にも毎日のように得体の知れぬ人間がやって来た。ごろつきも来れば女郎《じょろう》も来る。うさんくさい祈禱師《きとうし》も来れば、ごうつくばりの商人も来る。およそ直参《じきさん》の家とは思えない。

そんな一家だから、だれが来ようがへいちゃらだった。梃子《てこ》でも動かぬ構えで客をにらみつけている。

「入れるな、追い返せ」

父の小吉《こきち》に尻《しり》を叩《たた》かれて送りだされたからには粉骨砕身……と、五歳の童女が思ったわけではなかったが、小吉は気前がいい、威勢がいい、気《き》っ風《ぷ》がいい。小吉に褒《ほ》められれば閻魔《えんま》さまでもころりと参る。

小吉に抱き上げられて、

「おめえはエライ、天下一だ」

と言われるのが、順は大好きだった。

「あんたの親父《おやじ》さんはろくでもないよ。暴れ者だしホラ吹きだし」

眉《まゆ》をひそめる人もいたが、世間並みの父親がどんなものか知らない娘は、小吉のすることならなんでも正しいと思い込んでいた。だいいち母の信《のぶ》が夫には絶対服従なのだ。となれば、順だって……。

中形《ちゅうがた》の藍染木綿《あいぞめもめん》の、これから何年も着られるようにたっぷりと裄上《ゆきあ》げをした着物の袖《そで》から細い腕をいっぱいに伸ばして、客の侵入をはばもうとがんばっている。

客は強面《こわもて》の武士だ。単衣《ひとえ》に裁付袴《たっつけばかま》、腰には両刀をたばさんでいた。威嚇《いかく》するつもりか、右手は刀の柄《つか》をつかんでいる。

もっとも刀は竹光《たけみつ》で、本物は小吉が質草にしてしまった。だからこそ、腹を立てた持ち主が勝家へ押しかけて来たのだが……。そこまでは順の関知することではない。

「早うせんかッ」

武士は怒声を浴びせた。呼んで来てくれ、が、呼んで来い、になって、三度目の早うせんかは声が裏返っている。

順は振り子のように首を振った。

「ほれ、早う行け。桂木清左衛門が刀を取り返しに来たと言えばよいのだ。そのくらいは子供でも言えようが」

順は動かない。黒眸《くろめ》がちの目で、桂木と名乗った武士をにらみつけている。

「かわいげのない女子《おなご》よ」

桂木は舌打ちをした。

色白の丸顔と形のよい唇《くちびる》は母ゆずり、ひと重まぶたの澄んだ目とすんなりした鼻は父ゆずり。美男美女ぞろいと評判の勝家の三兄妹の末っ子だけあって、順は愛らしい。が、やさしげな風貌とは裏腹に、人一倍、気性が烈《はげ》しかった。気に入らなければ何日でもふくれっ面《つら》をしている。嫌いな人には見向きもしない。桂木がかわいげがないと言ったのもまんざら的外《まとはず》れではなかった。

「なればやむなし。駄賃《だちん》をやろう」

桂木は、しぶしぶながらも袖に片手を突っ込んだ。銅銭を一枚、取りだす。

「いりませぬ」

童女の切り下げ髪が扇のごとく広がった。もみじのような手が熊手のような手のひらをさっと払うや、チャリンと音がして、銅銭が玄関のたたきへ落ちた。

「ううぬ、このアマっ子が……」

小娘に愚弄《ぐろう》されたと思ったか、桂木の顔は怒りで見る見る赤くなる。

「おぬしの父親は謹慎中だ。家におらぬとは言わせぬぞ」

そのとおり。小吉は目下、謹慎中だった。

小吉の不行跡《ふぎょうせき》は今にはじまったことではない。暴れ者なのは生まれつきで、親類縁者からは「柄《え》のぬけた肥柄杓《こえびしゃく》」と呼ばれていた。肥は糞尿《ふんにょう》、柄がぬければ四方八方に飛び散って迷惑千万である。思いあまった父親に座敷牢《ざしきろう》へ閉じ込められたことも一度ならず。

今回は、親の折檻《せっかん》ではなかった。一昨年、無断で上方《かみがた》へ出かけた。この罪を咎《とが》められ、「他行留《たぎょうどめ》」を申し渡されたのだ。

小吉は小普請組《こぶしんぐみ》に属していた。小普請とは無役《むやく》の武士のことである。働き場のない武士を便宜上、組に分け、組頭《くみがしら》が束《たば》ねている。その組頭を統率しているのが小普請支配で、そのまた上には老中がいた。

勝家は将軍家に仕える直参だが、役料がないため、わずかに四十一石余りの禄高《ろくだか》しかない。これでは食べてゆけない。どうせ暇はたっぷりあるので、小吉は生来の才智と度胸を生かして刀剣の鑑定や道具類の売買、さらには下谷《したや》、浅草、本所、吉原界隈の揉《も》め事《ごと》の仲裁役を買って出て、当座の銭《ぜに》を稼《かせ》いでいた。

露天商も町の顔役も、儲《もう》けがあるときばかりとはかぎらない。それなのに宵越《よいご》しの銭を持たぬ江戸っ子は、かまわずパーッと使ってしまう。若い頃から小吉の放蕩《ほうとう》は人並みはずれていた。飲む打つ買うの中で博奕《ばくち》こそやらないが、吉原や浅草界隈の岡場所へ入《い》り浸《びた》って飲むわ買うわ喧嘩《けんか》をするわ……。となれば台所はいつも火の車。

台所、といえば、勝家は冠木門《かぶきもん》もなければ表長屋もなかった。というのも、千五百石の旗本、岡野家の屋敷内に小家を建てて住んでいるからだ。

岡野家の当主、孫一郎も小吉と同じ無役の小普請で、これがまたとんでもない道楽者だった。類は友を呼ぶというが、家臣郎党もろくでなしばかり。用人が銭を持ち逃げすれば、当主は女郎を身請《みう》け、その身請け金を踏み倒して訴えられるといった始末。その都度、小吉が呼ばれ、事の収拾に駆けまわる。

ともあれ、そんなこんなで年中、窮乏《きゅうぼう》しているので、岡野家では表長屋や中長屋の一部を人に貸していた。つまり勝家と同じ敷地内に雑多な人間が住みついている。

勝家の住まいは、六畳間が三つに台所と納戸《なんど》である。そこに家族六人、隣の掘っ立て小屋には唯一の用人が暮らしていた。ところがおととし、信の祖母が死んだ。今春は嫡《ちゃく》男《なん》の麟太郎が道場へ寄宿するというので出て行った。目下の家人は四人である。

借家の、安普請の、みすぼらしい家だが、座敷にはちゃちな床の間が、玄関には形ばかりの式台があった。

「これほど頼んでもいやと申すか」

桂木は強情な童女に立腹している。

順も、予想以上に手強い相手にうんざりしていた。返事の代わりに地団駄《じだんだ》を踏む。童女の足に踏まれてさえ式台は軋《きし》み、ギシギシ音をたてた。

いよいよ堪忍袋《かんにんぶくろ》の緒《お》が切れたか。

「よいわ、アマっ子なんぞには頼まぬ。こっちから行くまでだ」

桂木は草履《ぞうり》を脱ぎ飛ばした。式台へ片足をかける。

順はすとんと膝《ひざ》をついた。桂木の目には降参したように見えたかもしれない。

次の瞬間、形勢は一変した。

桂木が式台に上がり、押《お》し退《の》けようとしたとたん、順は口をいっぱいに開けて男の臑《すね》に咬《か》みついた。

「うわわッ、な、なにをするッ」

肥柄杓の娘である。ただ者ではない。とはいえ、犬猫ではあるまいし、まさか武家の童女に咬みつかれるとは思いもしなかったのだろう。不意を突かれて体勢をくずした桂木はたたらを踏んだ。その拍子に尻餅《しりもち》をつく。

メキッと音がして床板が割れた。

「いてッ、ててて……。な、なんだこりゃ。おーい小吉。出て来い。手を貸してくれぃ」

尻を式台にめり込ませ、わめきたてる桂木を置き去りにして、順は座敷へ駆け込む。息をはずませ、見まわしたところが、もぬけの殻《から》だった。娘が客とやり合っている間に、小吉は逃げだしてしまったのだろう。

順は落胆した。が、それも一瞬。子供はもう次のことに気を取られている。

玄関には目もくれず、台所の水口から表へ出た。勝家の表は岡野家の裏庭である。

素足のまま、当てずっぽうに歩いた。裏庭には井戸や土蔵、中屋敷や畑がある。畑は、家計の足しにするために岡野家の奥方が郎党につくらせているものだが、主《あるじ》に輪をかけた怠《なま》け者《もの》ぞろいなので、たいした収穫は望めない。それでも夏の盛りの今は、雑草か作物か、青葉が生《お》い茂っていた。

順は手近の葉をちぎって口に入れる。青臭《あおくさ》さに眉をひそめたとき、

「おう、お嬢《じよう》か」

しゃがれ声がして、葉陰から坊主頭がぬっとのぞいた。孫一郎の兄の仙之助は元坊主だ。行き倒れ寸前といった体《てい》で岡野家へ転がり込んだのは大飢饉《だいききん》の最中だった。

「葉っぱはまずかろう。食うならこっちだ」

五寸ほどの胡瓜《きゆうり》を、もいでさし出す。

順は礼を言い、かぶりついた。数年来の飢饉でだれもが腹を空《す》かせている。勝家でも小吉が謹慎中なので日銭がなかった。信は今日も長女のはな、用人の六兵衛を連れて、

小吉の実家の男谷《おだに》家へ出かけている。米を分けてもらうためだ。

「今しがた、ご隠居が血相を変えて駆けてったが、またなんぞやらかしたかの」

ご隠居とは小吉のことである。

「大事にならねばよいがのう」

仙之助は、小吉が謹慎を破ってさらなる罰を受けるのを案じているのだ。

岡野家でははじめ仙之助を厄介者《やっかいもの》扱いしていた。取りなしてやったのが小吉で、仙之助にとって小吉は恩人である。

「ま、今思えば、早々と隠居をされたのは賢明であったやもしれぬ。ご当主のままでは、勝家の存続も危《あや》うし」

小吉はおととし、家督《かとく》を嫡男の麟太郎にゆずった。これには訳がある。

小吉と信夫婦には、麟太郎、はな、順という三人の子供がいた。嫡男の麟太郎は子供の頃から利発で腕白だった。

小吉の実家である男谷家には、江戸城大奥につとめる女性が二人いる。小吉の姉の兼田と、兄の女婿《むすめむこ》の伯母にあたるお茶の局《つぼね》で、麟太郎はこの二人に招かれて大奥を訪ねた際、前将軍家斉《いえなり》に見初《みそ》められ、十二代将軍家慶《いえよし》の五男、初之丞《はつのじょう》の学友に抜擢された。麟太郎はこのため七歳から九歳まで城暮らしを経験、いったん家へ戻ったものの、十五歳のときに再び召《め》しだされ、一橋家の養子となった慶昌《よしまさ》(幼名初之丞)の家臣に取り立てられた。小普請の身を恥じもし憂《うれ》えもしていた小吉は、我が子の快挙に小躍りして、家督をゆずるべく隠居願いを提出したのだった。

　許可が下りたのは一年後である。ところがその間に、慶昌は病死してしまった。父子《おやこ》の夢は破れ、麟太郎は家へ帰って来た。といって、今さら届出を引っ込めるわけにはいかない。小吉は麟太郎に家督をゆずり、隠居して、夢酔《むすい》と号した。

　そんなわけで、勝家の当主は小吉ではなく、当年十八歳の麟太郎である。

「そう言えば、このところ麟太郎さまのお顔を見とらぬの。お嬢の兄者《あにじゃ》はどうしとる？」

　胡瓜を食べ終え、青葉の上の玉虫を眺めていた順は、兄者と聞いて目を上げた。

「知りませぬッ」

「おや。お嬢は兄者が大のお気に入りではなかったかの。いつもあとをくっついとったではないか」

「兄者は好きませぬ」

「ほう、それはまたなぜじゃ」

「ホラ吹きだから」

　順はそっぽを向いた。

　順が生まれたとき、小吉は家にいなかった。代わりに麟太郎が、産婆《さんば》を呼びに行ったり、湯を沸《わ》かしたり、男谷家へ知らせたり、八面六臂《はちめんろっぴ》の働きをしたという。

麟太郎は、十三歳年下の妹を殊の外《ことのほか》、かわいがっていた。明朗活発で話し上手な兄に、順もなついている。ところが今春から、兄は剣術修行のために浅草新堀の島田道場に寄宿してしまった。

小吉も剣の使い手だが、麟太郎も幼い頃から剣術や柔術に励んでいた。柔術は鈴木清兵衛《せいべえ》の起倒流《きとうりゅう》道場へ、剣術は直心影流《じきしんかげりゅう》の指南である従兄《いとこ》、男谷精一郎《せいいちろう》の麻布狸穴《まみあな》の道場へ通って腕を磨き、九歳で「霊剣」、十五で「目録」を得ている。麟太郎は目下、免許皆伝をめざして、兄弟子ですでに道場主となった島田虎之助について猛特訓中だった。

先日、久々に帰って来た兄は、妙見社《みょうけんしゃ》の縁日に連れて行ってくれると約束した。それなのに約束を反故《ほご》にしたばかりか、順が昼寝をしている間に黙って出て行ってしまった。それで、へそを曲げている。大好きな兄なればこそ、なおさら腹立たしい。

「ホラ吹きか……。なるほど、お嬢の兄者は腕も立つが口も立つ。わしもしょっちゅう、たらし込まれる」

あの親にしてこの子あり……とつぶやいて仙之助はカラカラと笑った。

「どうじゃな、もうひとつ」

不細工な胡瓜や茄子《なす》が入った笊《ざる》を見せられたが、順はもう手をださなかった。勝家の末娘は人気者である。愛嬌《あいきょう》はないが、鼻っ柱の強いところがかえって面白がられる。敷地内を歩けば、だれかしら声をかけてきた。運がよければ饅頭《まんじゅう》や団子にありつける。

「どれ、わしが食うか」

仙之助は作業を中断して地面にあぐらをかいた。家臣郎党が放りだした畑をひとりでせっせと耕しているのは、居候《いそうろう》の負い目があるからだろう。

順は畑をあとにして、散策を再開した。土蔵の前で足を止める。扉《とびら》には頑丈《がんじょう》な錠《じょう》が下がっていた。が、中が空っぽなのは先刻承知。当主の揚《あ》げ代《だい》を払うために小吉が宝を売りさばいたのだ。岡野家の郎党どもに荷車を引かせて出かけて行くところを、順は目にしていた。

土蔵の先は中長屋だ。中長屋の半分は借家で、町医者と絵師、易者が住んでいる。

通りすぎようとしたとき、易者の関川讃岐《さぬき》が出て来た。大酒飲みが玉に瑕《きず》だが、素面《しらふ》のときはいたって愛想がよい。子供好きとみえて、いつも袖口に子供の喜びそうな菓子や玩具《がんぐ》を入れている。

「これは勝家のお嬢さま、おひとりでいずこにおいでかな」

讃岐は袖の中を探って、お手玉を取りだした。食べ物でなくてがっかりしたものの、順は礼儀正しくお手玉を受け取る。

「今しがた、ご隠居さまが駆けて行かれましたぞ。尻に火がついたような勢いで……」

讃岐も小吉の言動が気になっているのだろう。なにがあったかと訊《き》かれたが、お手玉に気を取られている順は答えなかった。

讃岐は浪人者である。敵持《かたきも》ち、との噂もあった。易者は深編笠《ふかあみがさ》をかぶっているので、敵の目から身を隠せる。武家屋敷内の借家なら襲われる心配もない。

「さてもさても、お嬢さまのお父上は突拍子もないお方にござるの」

讃岐は首を横に振りながら仕事に出かけてしまった。

真夏の太陽が照りつけている。

好き放題に枝葉を広げた木立、我が物顔にはびこる雑草、先のもげた万能の柄《え》だの、歯の折れた下駄の片方だの、欠けた茶碗や犬猫の糞《ふん》だの、目に入るもの、なんでもかんでもが宝物のようにきらめいて見えるのは、このひと月ほど長雨がつづいたせいだろう。五歳の順にとって、外で遊べないのは地獄の苦しみだった。地獄の苦しみがどんなものかは知らないが、父の小吉に言わせると、歯痛と腹痛が同時に起こって、野犬に咬まれ野良猫にひっかかれ、毛虫に背中を這《は》いまわられるようなものらしい。

ともあれ、雨は止《や》んで、地獄は退散した。

順はお手玉に夢中になっている。

隣人の易者、関川讃岐からもらったお手玉を青空へ放り上げ、二度三度しくじったのちに両手のひらで受け止めたとき、ざわざわと囃《はや》したてる声が聞こえた。

「お、勝家のお嬢さまのお出ましだぜ」

「よォ、上手上手」

「お順嬢ちゃん、おれたちにもお手玉を教えてくれねえか」

中長屋の垣根の隙間《すきま》から、岡野家の郎党の顔が三つ四つのぞいている。

「こっちへ来て、見せてくれよォ」

勝家の家主でもある岡野家は旗本だが、郎党はごろつきと大差がなかった。同じ敷地内に住んでいるので、その傍若無人《ぼうじゃくぶじん》ぶりは勝家の面々も知っている。だが勝家にも小吉という名うての暴れ者がいた。順は今さら驚きもしないし怖《こわ》がりもしない。

つんと顎《あご》を上げて、見向きもせずに通り過ぎた。からかいはしても、肥柄杓の愛娘《まなむすめ》に悪さをしかける強者《つわもの》はいない。


順はまだ小さいので、岡野家の敷地の外へは行かせてもらえなかった。小吉の実家の男谷家と北割下水《わりげすい》にある妙見社だけは例外だが、むろん独りでは行けない。

あてどなく歩いているうちに行き当たったのは、岡野家の母屋《おもや》だった。千五百石の旗本屋敷だから広さだけはある。裏手には水屋や湯殿のほか、奥方の居間があった。とはいえ表側だけは旗本家らしい体裁を保っているものの、裏へまわればあばら屋同然。畳を売り払ってしまい、板床がむきだしになった部屋もあれば、しみの浮いた壁に破れた襖《ふすま》、雨漏《あまも》りのする天井という部屋もある。


奥方の居間の前で、順は耳を澄ませた。

なじみのない音色が聴こえている。屋根を打つ雨だれのような……それでいてしっとりとやさしい音色だ。がさつな岡野家にはまるでふさわしくない。

好奇心のうずくままに、順は忍び足で奥方の居間へ歩み寄った。

障子《しょうじ》は開け放たれている。破れ畳の薄暗い座敷に岡野家の奥方がいた。いつもながらの色褪《いろあ》せた単衣《ひとえ》を着て、艶《つや》の失《う》せた髪《かみ》を丸髷《まるまげ》に結い、膝をそろえて座っている。六尺ほどはあろうか、長細い板の上に、奥方はかがみ込み、不自然に長い爪先で、板に張られた糸のようなものをかき鳴らしていた。

三十代後半の顔色の悪い女は、ときおりキイキイ声をだす。順はいつだったか、奥方が花瓶《かびん》を庭石に投げつけて粉々にするところを盗み見たことがあった。

今は別人のようにしおたれている。

奥方は手を止め、順を見た。

「おや、お順。そんなところに突っ立っていないで、こちらへいらっしゃい」

気味が悪いほどやさしい。

「これは箏《そう》の琴《こと》というのですよ。久方ぶりに弾《ひ》いてみたのです。無念ながら、とうとう手放さねばならぬことになりそうで……」

奥方は深々とため息をついた。

お上がりなさいと手招きをされて、順は座敷へ上がる。

「わたくしが嫁《とつ》ぐ際に持参したものです。ほらね、弦《げん》が一本、切れているでしょう。腹を立ててかき鳴らしたらプツンと……。それっきり弾くのはやめました。でなければ今頃は、十三本残らず切れていたでしょう」

奥方は片袖で目尻を押さえた。なぜ泣いているのか、童女にはわからない。

「ほんにいまいましいったらッ」

突然、甲高《かんだか》い声をだして、奥方は琴をかき鳴らした。順は息を呑《の》む。

奥方の指の動きは次第に忙しくなった。動きが激しくなるにつれ、やつれた女の頰《ほお》も上気する。と、音が途絶えた。

順は目をみはって、はじけ飛んだ弦を見つめる。

二

「おめえの武勇伝を聞かされたぜ」

麟太郎は、刀胼胝《たこ》のある指で順のおでこをつついた。

十八歳になる麟太郎は勝家の当主だが、気のおけない妹には町人のようなべらんめえ言葉を使う。

「桂木の野郎、式台に尻《しり》っぺたをはめ込んでわめいてたそうじゃねえか」

はなや六兵衛から聞きだしたのか、愉快愉快と、麟太郎は大笑いをした。

手を引かれて歩きながら、順は兄の顔を見上げる。きらめく眸《ひとみ》も白い歯も、順には真夏の陽光よりまばゆい。

兄がふらりと帰って来た。おまけに妙見社《みようけんしや》へ連れて行ってくれるという。ホラ吹きの称号は返上である。

「おっ母さんにこっぴどく叱《しか》られたってな」

順は顔をしかめた。

「他人様《ひとさま》に咬《か》みついてはなりませぬ……ですって」

「それだけかい」

うなずくと、兄はまたアハハと笑った。

「親父《おやじ》さまはなんと……」

「エライ、よくやった、大きゅうなったら、琴《こと》を習わせてやるって」

「琴か。そいつはいいや」

先日の大騒動である。鑑定のために預けた刀を質草にされ、怒鳴り込んだところが小娘に愚弄《ぐろう》された。あげく、不運にも式台の床板の割れ目に尻を陥没させてさんざんな目にあった桂木清左衛門の怒りは激しい。

小吉にしてみれば、これは災難だった。毎度のごとく家主の岡野孫一郎からたまりにたまった揚《あ》げ代《だい》の算段を頼まれた。桂木の刀を質に入れたのは、請《う》けだす当てがあったからだ。ところが他行留《たぎょうどめ》を言い渡されて謹慎の身となり、予定が狂ってしまった。早々と刀を流してしまったのは、小吉ではなく、無情な質屋の主《あるじ》である。

とはいえ、責めはむろん小吉にあった。桂木の怒りを鎮《しず》めるために、家の道具類を洗いざらい売り払った。が、すでに大半は売ってしまったあとだったので、やむなく大切にしていた刀まで質へ入れた。さすがの小吉も、しばらくは落胆のあまり、食事も喉《のど》を通らぬありさまだったが……。こうしたあれこれは順の知るところではない。

「まァな、親父さまにお咎《とが》めがなかっただけめっけもんサ」

小吉はあの日、逃げだしたものの外へは行かず、表長屋の中間《ちゅうげん》部屋に隠れていた。無鉄砲を絵に描いたような小吉も、謹慎の沙汰《さた》を破るのは恐ろしかったのだろう。おかげで大事にはならずにすんだ。

「兄さまがいればあんなやつ……。兄さま、ずっと家にいて」

南割下水《わりげすい》に架《か》かる橋を渡りながら、順は兄の腕にしがみついた。ふしぎなもので、今日は剣術、明日は柔術、明後日は禅の修行と出かけてばかりいても、兄がいるといないとでは家の中の活気がまるでちがう。兄がいないと、小吉の羽目のはずし方も今ひとつ勢いがない。本来ならそれを歓迎するはずの母まで、なんとはなし元気がなくなる。

麟太郎は橋の上で足を止めた。大川へつづくかなたを見つめる。

「行かないわけにゃ、いかねえな」

「どうして？」

「今日は伯父貴《おじき》の容態を見に来たついでに立ち寄ったのサ。お順坊との約束を果たしたら浅草へ帰らねばならぬ」

「なんで？」

「なんでって……修行中の身だからよ。食うためには、腕を磨くしかないのサ」

異国船の噂が聞こえてくる昨今、武士だけでなく、町人や百姓の間でも剣術が盛んになりつつあった。直心影流《じきしんかげりゅう》のほか、小野派一刀流や新陰流《しんかげりゅう》、真心陰流など、今や百花繚乱《ひゃっかりょうらん》で、道場はいずこもにぎわっている。

無役《むやく》の父の苦労を見て育ち、自らも城づとめの夢を断ち切られた。麟太郎はとにもかくにも剣術で身を立てようと決めている。

「免許皆伝までの辛抱だ。そのうちでっかい家を建ててやるサ」

「家なんか、いらないッ」

順は足を踏みならした。

「困ったやつだな。そうだ。絵双紙《えぞうし》を買うてやろう。それでどうだ」

「絵双紙……」

「横川町に絵双紙屋がある。妙見社の帰りに買うてやる」

「買うて、買うて」

順は目を輝かせた。文字はまだ読めないが、母に手習いを教わっている。母の信は義兄の男谷彦四郎から手ほどきを受け、能筆のお墨付きをもらっていた。

二人が橋を渡り終えたときだ。

「旦那《だんな》さまッ、旦那さまーッ」

背後で呼び声がした。勝家のただ一人の用人、初老の六兵衛が、ぜいぜい息をあえがせながら駆けて来た。

「燕斎《えんさい》さまがお亡くなりになられましたそうで……。たった今、知らせがございました」

麟太郎は顔色を変えた。

「さっき見舞《みま》うたばかりだぞ」

「へい。旦那さまがお帰りになられましたあと、ご容態が急変されましたそうで」

「亀沢へ行く。お順を頼む」

言うや否《いな》や、麟太郎は駆けだしている。

「兄さま、順もッ」

追いかけようとした順は、六兵衛に抱き留められた。

「奥さまが待っておいでです。家へ帰り、お仕度《したく》をなさってからになされませ」

麟太郎の姿はもう見えない。妙見社参詣《さんけい》はまたもやお預けだ。

順は六兵衛に連れられて家へ帰った。

燕斎とは男谷彦四郎思孝、小吉の異母兄である。男谷家は本所亀沢町に屋敷を構えていた。彦四郎は長年、幕府の祐筆《ゆうひつ》をつとめ、女婿《むすめむこ》の精一郎信友に家督《かとく》を譲ってからは書家として名を成した。

男谷家の祖は越後国長鳥出身の米山検校《よねやまけんぎょう》である。検校とは官位の高い盲人のことで、豊富な財を投じて六男に水戸藩士の身分を、九男に旗本勘定役《かんじょうやく》の身分を買ってやった。武士の位も売り買いされる時代である。

九男の平蔵には成人した男子が三人いた。長兄の彦四郎は男谷家を継ぎ、次男は松坂家の養子となって、小石川林町に住んでいる。三男の妾腹《しょうふく》の子が勝左衛門太郎惟寅《これとら》、通称小吉である。

勝家も直参《じきさん》で、四谷大簞笥組《よつやおおだんすぐみ》に属していたのだが、当主夫婦が相次いで死去、祖母と幼い娘が遺《のこ》された。近隣に住んでいた男谷家が後ろ盾《うしろだて》となり、当時七歳だった小吉に娘の信を娶《めあわ》せ、勝家の家督を継がせた。

そんなわけで、小吉は二十五歳まで亀沢町に住んでいた。腕白小僧は父の平蔵や歳の離れた兄の彦四郎からしばしばお灸《きゅう》をすえられたが、一方で、男谷家の庇護《ひご》を受けてきた。平蔵が死に、彦四郎が隠居し、男谷家では水戸藩士となった平蔵の兄の孫、精一郎信友を娘の鶴の婿に迎えた。小吉は本所内で二度引っ越し、今は入江町の借家に住んでいるものの、無役の暮らしに余裕はなく、いまだに窮《きゅう》すれば実家の男谷家に泣きついている。

家へ帰るなり、順は母に呼ばれた。

「亀沢町の伯父さまのことは聞きましたね。弔問《ちょうもん》に参ります。仕度をなさい」

はなも今、着替えをしたところだという。着替えといっても、変わりばえのしない粗末な木綿物《もめんもの》を着るだけだが、こんなときのためにつぎはぎのないものがかろうじて各人一着ずつ、質屋行きから免《まぬか》れていた。

「父さまは？」

無邪気に訊《たず》ねると、「それがねえ……」と信は眉《まゆ》をひそめる。

ちょうどそのとき、隣室から小吉のわめき声が聞こえてきた。

「行かぬ。行くものか。行かぬぞ、わしは」

六兵衛と話しているようだ。わめきながらも鼻をぐずぐずさせているのは、もしや泣いているのか。

謹慎の身である。身内の弔問であっても、許可なく外出はできない。特例として認められ、外出の許可が下りたとして、何事にも手間のかかる幕府のこと、その頃には彦四郎の亡骸《なきがら》は遺骨になっているにちがいない。

「さっきから、行くの行かぬのと騒いでおられるのですよ」

行きましょうと誘えばいやだと言う。では留守を頼みますと言えば、

「兄の葬儀に行くなと申すかッ」

と食ってかかる。だだをこねる子供のようで、信は手を焼いていた。

「旦那さまには僻《ひが》みがあるのです。余人にはわからぬ兄さまへの思いが……」

妾《めかけ》の子としての負い目。その上、兄二人が出来すぎている。小吉は子供の頃から劣等感のかたまりだった。信はそんな小吉の苦しみがわかっているのだ。

むろん、順はきょとんとしているだけ。信にしても、幼い娘にわかる話でないことは承知している。

「さ、顔を洗っていらっしゃい」

背中を押されて井戸端《いどばた》へ向かう。追いかけるように両親の言い合う声が聞こえてきた。

「他行留だぞ。さようなことができるかッ」

「わかりました。ご実家には、わたくしから重々お詫《わ》びを申し上げます」

「なに？　お詫び？　兄の葬儀だぞッ」

「たった今、行かぬと……わたくしはさっきからおいでなされませと申しております」

「おまえは御法度《ごはっと》破《やぶ》りをせよと申すかッ」

「恩知らずよりましにございましょ。義兄《あに》さまには大恩をこうむりました。今生の別れをなさるは人の道にございます」

顔を洗って戻ったときはもう、言い争いは終わっていた。どうなったのか、小吉はまだ隣室にこもったままだ。

「おはな。その帯をこちらへ」

順はまだ独りでは仕度ができない。とうに仕度をすませたはなが、母と一緒に妹の着替えを手伝う。

はなと順は二歳ちがいである。大人しく聞き分けのよいはなは、信の気性をそっくり受け継いでいた。一方の順は小吉に似てはねっかえり、姉妹の性格は正反対だ。

「父さまはどうなさるのですか」

はなが小声で訊ねた。

「いらっしゃいますよ。はじめからそのおつもりでいらしたのです。父さまにとって義兄さまは父とも慕うお人ですから」

小吉は障子《しょうじ》の向こうでググッと喉をならした。表へ飛びだす気配がしたのは、井戸端で顔を洗うつもりか。

「父さまのお仕度をしなければ。さあさあ、お順、早うなさい。おはな、お順の髪《かみ》を梳《す》いておあげなさい」

父さまも一緒――。

死の悲しみなど童女にはわからない。めったにない家族そろっての外出がうれしくて、順はぴょんぴょん飛び跳ねた。

六月のその日、順は母の信、姉のはな、それに謹慎中で本来なら外出禁止の父、小吉と共に、小吉の異母兄、男谷彦四郎燕斎《えんさい》の葬儀へ出かけた。女三人は粗末ながらも一張羅《いっちょうら》の単衣《ひとえ》、小吉だけは隣人の関川讃岐から借りた易者のいでたち。深編笠《ふかあみがさ》に道服はお上《かみ》の目をくらます扮装のつもりである。

男谷家は亀沢町、同じ本所なので入江町からは四半刻《しはんとき》もかからない。男谷家の表門には黒白の鯨幕《くじらまく》が張りめぐらされていた。晩年は書家として名を成した彦四郎だが在任中は御勘定役をつとめていた。信州中之条と越後水原《すいばら》の代官に赴任していた時期もある。交友関係は広い。女婿《むすめむこ》の精一郎も麻布の狸穴《まみあな》に男谷道場を開いているから多くの弟子がいる。弔問客はひきもきらない。

人目をはばかって、勝家の面々は裏門へまわった。こちらも忙しげに働く家人でごった返していた。まずは遺骸が安置された表座敷へ赴いて、香華《こうげ》を手向《たむ》ける。

「少しお休みなさい」

人に酔い、ぼーっとしているはなと順をだれもいない小座敷へ案内してくれたのは、精一郎の妻女の鶴である。

鶴は彦四郎の娘で、兄弟がいないため、従弟《いとこ》の精一郎を婿養子に迎えた。その点は信も同じだが、連れ合いが人格者の精一郎と放蕩者《ほうとうもの》の小吉では、以後の人生に天と地ほどのちがいがあった。鶴は今や堂々たる旗本の奥方であり、信は相変わらず貧乏侍の妻としての暮らしからぬけだせない。

童女に母と鶴を比べる才覚はまだなかったが、これまでも男谷家を訪れるたびに、順は首をかしげたものだ。住まい、着物、食べ物、使用人の数……なぜ、父さまの家と伯《お》父《じ》さまの家はこんなにちがうのか、と。

この日はなおのこと、目を丸くした。男谷家の威風に子供ながら圧倒されている。伯父さまや精一郎従兄《あに》さまのような、エライお人の奥方になりたいなァ——。負けず嫌いの童女の中に、まだ形にはならないものの、大家への羨望《せんぼう》と憧憬《どうけい》が芽生えたのはこのときだった。

男谷家の人々は皆、気さくでやさしい。

「おや、あなたたちもここにいたのですか。わたくしも腰が痛うて……」

信に手を引かれ、彦四郎の妻女の遊《ゆう》も骨休めにやって来た。

「子供には難儀でしょう。ひと眠りなさい。鶴どの、床をとっておあげなさい」

夫に死なれたばかりの女とは思えぬほど、遊は気丈だった。自分のことはさておき、義弟の子であるはなや順を気づかう。

遊は若い頃の小吉の母代わりだった。男児がいなかったせいもあるのか、腕白ぶりに悩まされながらも慈《いつく》しんでいた。

「お咎めがなければよいのですが……」

いまだに小吉は悩みの種、遊は老いのきわだつ顔に憂慮の色を浮かべる。

「義兄さまにお別れを言えませなんだら、死ぬまで悔やむことになります。それを思えばお咎めくらい……」

「さようですねえ。人目もはばからずに泣いておりました。あのお姿を見たら、わたくしまで涙が止まらず……」

「なんというても兄弟ですもの。叱られてばかりいましたが、うちの人はだれより義兄さまを慕うておりました」

「主人も最期まで気にかけておりましたよ」

彦四郎は古武士を想わせる、寡黙で実直な男だった。水と油のような兄弟だが、それゆえにこそ、強い絆《きずな》で結ばれていた。

女たちは涙ながらに思い出話をしていたが、ほどなく用人が呼びに来た。遊、鶴、信の三人は再び表へ出てゆく。

「ねえ、兄さまを探しに行こう」

順も腰を上げた。はなが行かないと言うので、独り、小座敷を出る。

どこをどう歩いたのか。渡り廊下の先に、人けのない座敷があった。床も柱も黒光りするほど磨き込まれ、青畳の一隅に一尺四寸四方ほどの板が敷いてある。この板の下が炉で、ここが茶室だということは、童女にはわからない。が、静謐《せいひつ》な座敷に足を踏み入れただけで胸がどきどきした。

奥の枝折り戸《しおりど》が開いている。外に目をやると坪庭に人がいた。こちらに背を向け、刀を頭上にかざしている。

はじめは兄かと思った。が、男は麟太郎よりはるかに大柄である。

侵《おか》しがたい気配は童女にも伝わってきた。順は息を詰め、足をすくませる。

次の瞬間、「たあーッ」という裂帛《れっぱく》の気合と共に刀が振り下ろされた。

驚きのあまり、順は悲鳴をあげた。

男が振り向いた。黒く太い眉の下のくぼんだ目がまっすぐに順の目を見つめる。射ぬくような眼光だった。獲物を狙う獣《けもの》を想わせる……。

順は金縛り《かなしば》にあったように動けない。

そのとき足音がした。

「おう、こちらにおられたか。島田先生、広間へおいでいただけませぬか」

麟太郎である。

島田虎之助は豊前中津藩士の子で、十五歳にして藩内に相手になる者がいなくなったという凄腕《すごうで》である。九州各地を武者修行したのちに江戸へやって来て男谷道場の門弟となった。虎之助には小太郎という兄がいる。小太郎は江戸へやって来た当初、勝家に居《い》の候《そうろう》していた。だから順は小太郎はむろん、虎之助にも会っているのだが、幼かったので当人は覚えていない。

「なんだ、お順坊、どうした?」

兄の腕が肩にふれた。そのとたん、順は堰を切ったように号泣していた。

突然、泣きだした童女に、男二人が狼狽《ろうばい》したのは言うまでもない。

なぜ泣いたのか、順自身もわからなかった。ただ、虎之助の凄《すさ》まじい剣技に怯《おび》えて泣いたのではないことだけはたしかだ。はじめて見る男の仁王《におう》のような体つきや、いかつい顔、鋭い眼光、機敏な動作に目を奪われた。といって、恐ろしげな男の風貌に懼《おそ》れを抱いたわけでもない。

怖《こわ》くはなかった。

順は虎之助の強さ、激しさ、逞《たくま》しさ、傲岸不遜《ごうがんふそん》にすら見える堂々たる風格に、目ではなく、心を奪われたのである。

順の身内には剣の手練《てだ》れが何人もいた。筆頭は男谷精一郎で、剣聖の誉れが高い。けれど男谷道場は麻布の狸穴にあるので、順は行ったことがなかった。順の知っている精一郎は小太りで丸顔の、いつもにこにこしている従兄《いとこ》にすぎない。人格者としても知られ、野良犬もぞろぞろついて来ると言われるほど温厚な人柄である。

父の小吉も、兄の麟太郎も、剣が得意だ。が、二人は小柄で目鼻が整っている。雄弁で明朗闊達《めいろうかったつ》な性格は父や兄には好もしいが、剣士の凄味《すごみ》には欠ける。

つまり、順は虎之助に剣士の凄味を見たのだった。抗《あらが》いがたい宿命《さだめ》が頭上に落ちてきたような予感がしたのかもしれない。

他の諸々と同じく、順はこの出来事をすぐに忘れてしまった。忘れたつもりでいた。実際はそうではない。記憶のひだに埋もれていたのだ。以後、事あるたびに、炙《あぶ》りだしのように浮き上がってくる。


幸いなことに、謹慎中の小吉が兄の弔問に出向いたことについて、お咎めはなかった。小吉は同年、天保十一年の九月に、めでたく「他行留」を解かれている。

そもそも「他行留」となったのは、おととし無断で上方《かみがた》へ出かけたためだった。この上方行きは、家主の旗本、岡野孫一郎の窮状を救うため、岡野家の所領へ赴いたもので、やむをえぬ仕儀だったという小吉の弁明が聞き入れられたのである。暴れ者で「柄《え》のぬけた肥柄杓《こえびしゃく》」と眉をひそめられる小吉だが、義理と人情は有り余るほど持っていた。

順五歳のこの年、それも男谷家で葬儀があった同じ六月、中国ではアヘン戦争が勃発《ぼっぱつ》した。鎖国中の日本もこれ以後、異国の脅威にさらされることになる。

一方、国内では、早急に手を打たなければならない案件が山積みしていた。

天保六、七年の大飢饉《だいききん》以来、各地で一揆や打ち毀《こわ》しがつづいている。八年の大塩平八郎の乱、つづく十年の蛮社《ばんしゃ》の獄《ごく》――渡辺崋山《かざん》や高野長英《ちょうえい》ら蘭学者《らんがくしゃ》が捕縛された弾圧事件――が世を騒がせ、昨年末に老中首座となった水野越前守忠邦《ただくに》は、いよいよ大胆な改革に乗りだそうと策を練っていた。

時代は急激に動こうとしている。

とはいえ順を取り巻く環境は一向に変わらなかった。謹慎を解かれるや、小吉は性懲《しょうこ》りもなく、刀剣の鑑定や道具類の売買、入江町界隈《かいわい》の裏路地にひしめく怪しげな店々の揉《も》め事《ごと》仲介業を再開した。まとまった銭《ぜに》が入ったので借家に中二階を建て、茶の湯をはじめて茶道具を買《か》い漁《あさ》り、連日のように吉原や浅草へくりだしては豪遊する。右から左へ使い果たしてしまう悪癖《あくへき》も変わらない。

「親父さまはおられぬかッ」

麟太郎が、いつになく険《けわ》しい顔で談判にやって来たのは、年の瀬も押し詰まったある日のことだった。

「それがねえ、出かけておられるのです」

母の信からすまなそうに言われ、麟太郎は舌打ちをした。

「また遊山か」

「父さまはお寺巡りですって。土産《みやげ》をたんと買うてくると仰《おお》せでした」

ねえ……と、はなに話しかけられ、順もうなずく。姉妹は手習いをしていた。

「寺巡りとはようもまあ……」

「なんぞ面白きことがあるのでしょうよ。岡野の殿さまと示し合わせて」

小吉の遊興は留《とど》まるところを知らない。

「親父さまも懲りぬのう」

座敷へ上がり、くつろいだ様子であぐらをかいた麟太郎はやれやれと苦笑した。浅草新堀の道場へ泊まり込み、免許皆伝をめざして剣術の猛稽古《もうげいこ》、寝る間も惜しんで柔術に座禅にと専心している麟太郎から見れば、小吉の放蕩三昧《ざんまい》は歯がゆいばかり。が、一方で麟太郎は父の苦悶《くもん》を知っていた。無役《むやく》の悲哀も、早々に隠居をすることになったいきさつも、夢酔と号した胸の内もわかりすぎるほどわかっていたから、あからさまな非難はしない。常に子として親を敬う姿勢をくずさなかった。

けれど、この日ばかりは、腹にすえかねることがあるようだ。

「旦那さまに用事があるのですか」

信が水を向けると、麟太郎は口をへの字にゆがめて見せた。

「なにをなさろうと、口だしをする気はありませぬ。だが島田先生にちょっかいをだすのだけはやめていただきたい」

「ちょっかい？」

信はけげんな顔になる。

「さよう。親父さまは道場を訪ねて先生をからかったあげく、無理やり引っ張りだして吉原へ伴うたそうな。先生は剛直なお人ゆえ、たいそう迷惑しておられました」

小吉は一時期、虎之助の兄、小太郎の世話をしていた。悪戯心《いたずらごころ》を起こして、今や道場主となった虎之助をからかいにゆくなど、いかにも小吉のやりそうなことである。

虎之助の話になったので、順も耳を澄ませた。漠然とではあったが、刀を振り下ろしたときの驚きと感動を思いだしている。

「なるほど、そういうことでしたか。あの虎之助さまが吉原へねえ……」

信は忍び笑いをもらした。

「それはようございました」

「よいですと？　母上、先生はお困りになられておるのですよ」

「それも修行の内でしょう。世の中を見ることとも。旦那さまのように入《い》り浸《びた》るのは困りものですが、一度も行ったことがないというのも褒《ほ》められたものではありませぬ。まして人の上に立つ者なれば」

「母上……」

いつもは無口な母に、饒舌《じょうぜつ》な麟太郎がやりこめられている。

「虎之助さまのことはともあれ……」

と、信は表情を引きしめた。

「たしかにねえ、このところの旦那さまのなさりようは度がすぎております」

「そのことです」

と、麟太郎も身を乗りだした。

「亀沢で聞いた話では、ご老中は昨今の旗本の行状に懸念を抱いておられるとか」

「越前さまですね」

「由々《ゆゆ》しき噂もあるようで、男谷家の者たちは皆、案じておりました」

「その話なら、先日も義姉《あね》さまからうかがいました。くれぐれも身を慎《つつし》むようにと」

小吉の実家の男谷家からは、再三、注意をうながされている。が、小吉は馬耳東風だ。厳格だった兄の彦四郎が死去した。甥の精一郎は寛容を絵に描いたような男である。今となってはだれはばかることもない。

——もはや親もなし、心願もなし、せめてしたいことをして死ぬるまで。

小吉は嘯《うそぶ》いている。

よくがまんできますねえと、遊や鶴は憤慨《ふんがい》しているが、信自身はとうに慣れっこになっていた。今さらどうとも思わない。

幼くして両親を亡くした信は、男まさりの祖母から家名を死守せよと厳命された。後ろ盾となってくれたのが男谷家で、しかも、七歳で養子に入った小吉は、この祖母にいじめぬかれながらも、とにもかくにも勝家を守り、信の産んだ麟太郎に家督《かとく》をつないでくれた。こんな家へ入ったがために苦労をかける……と、むしろ負い目を感じているのは信のほうで、どれほど放蕩をしようが責める気にはなれない。

とはいえ、そうまでして守ってきた勝家が危《あや》うしとなれば、話は別である。

「旦那さまには旦那さまのお考えがおありなのでしょうが、というて、またお咎めを受けるようなことにでもなれば……」

そなたからも話してくださいと言われて、麟太郎は憂《うれ》い顔でうなずいた。

順は手習いの筆を止め、母と兄の顔を見比べている。

そうこうしているうちに年が明けた。

天保十二年、順は六歳である。

正月の勝家はいつになく活気づいていた。

これまでは正月の餅《もち》でさえ搗《つ》けない年が何度もあった。そんなときでも小吉は家族をほったらかしにして出歩いていたので、まだ子供だった麟太郎が亀沢町や番場町、両国橋を渡った小石川林町の親戚の家まで、餅を恵んでもらいに出かけたという。

「橋の上で風呂敷が破れて、餅が地面にちらばった。あたりは真っ暗闇《やみ》、這《は》いつくばって二つ三つ拾ったものの、いまいましくなって、川ン中へ投げ込んでやったこともあったっけ」

順は兄から聞かされている。

五年、六年前の大飢饉の際は、勝家だけでなく、どこの家も食うのが大変だった。行き倒れが何人も出た。いまだに余波がつづいているというのに今年の勝家は──。

男谷家から餅を恵んでもらうどころか、近隣に配って歩く大盤ぶるまい。交遊の広い小吉だけあって、武士、商人、易者や祈禱師《きとうし》から女郎屋《じょろうや》の女将《おかみ》までが年賀にやって来た。まともな武士と言えるのは、麟太郎に読み書きを教えたことのある近所の旗本家の用人、多羅尾《たらお》七郎三郎くらいで、あとはいずれも怪しげな輩《やから》ばかり。

言うまでもなく目当ては銭や馳走《ちそう》だ。それなのに上機嫌の小吉は、後先も考えず一同を引き連れ、吉原や浅草へくりだしては有り金をはたいてしまう。

「旦那さまは自棄《やけ》になっておられるのです」

信がぽつりとつぶやいた言葉だけが、順の耳に鮮烈に残った。

三

天保十二年二月、小吉が発病した。

はじめは食あたりだと思った。遊興三昧《ゆうきょうざんまい》で疲れ果てていたところへ、腐りかけたものでも食べたのだろう……と。ドクダミなど煎《せん》じて飲んでいるうちに高熱が出て、起き上がることさえできなくなった。

これまで病《やまい》らしい病に罹《かか》ったことのない小吉である。鬼の霍乱《かくらん》と笑っていた家族は青ざめ、医者だ薬だと大騒ぎになった。

岡野家の中長屋に町医者がいる。この医者の見立てでは、長年の乱脈な暮らしがたたって、臓腑《ぞうふ》が弱っているという。

「このままではいつまで保《も》つか……」

首を振るところを見ると大病らしい。

知らせを聞いた男谷家からも薬や見舞いが届いた。麟太郎も毎日のように浅草から様子を見にやって来る。よくなったかと思えばぶり返す、といった按配《あんばい》で、床上げができないまま春も盛りになった。

その日、順は兄と妙見社《みょうけんしゃ》に詣《もう》でた。父の病快癒《やまいかいゆ》を祈願するためである。北割下水《わりげすい》の近くにある妙見社は妙見宮ともいわれ、妙見大菩薩《だいぼさつ》を祀《まつ》っている。

満開の桜がはらはらと散りかかる中、賽銭箱《さいせんばこ》になけなしの銅銭を投じ、兄妹はそろって合掌《がっしょう》をした。

「あのとおり、どうしようもねえ親父《おやじ》じゃァあるが……」

麟太郎は微苦笑を浮かべた。

「あれほど子煩悩《こぼんのう》な親父もいねえよ。ほれ、おはなとおめえが疱瘡《ほうそう》に罹ったときだ。ありがたいことに軽くすんだが、女の顔に痣《あざ》が残っちゃいけねえと親父は大騒ぎ、水垢離《みずごり》だ、お百度だと毎晩、神頼みしてたっけ」

言われてみればそんなこともあったような気がする。が、物心つく以前のことなので、順ははっきり覚えていない。

「水垢離といや、おれのときもそうだった。野犬に咬《か》まれたのサ。あんときゃ死ぬかと思った。親父のおかげで助かったんだ」

順は兄の顔を見上げた。

「みずごりって？」

「病が治《なお》りますようにと念じながら、夜中に井戸端《いどばた》で水をかぶって身を清めるんだ」

「かぶったら、治るの？」

「だろうな。けど一回こっきりじゃだめだ。治るまで毎晩、清めなけりゃ」

「父さまは、治る？」

「さあ……いや、治ってもらわにゃあな。なんとしても、治ってもらわなけりゃ。おめえもそう思うだろ」

順は力をこめてうなずく。

「親父は妾《めかけ》の子だった。妾の子……わからんか。ま、いいや。とにかく上の二人、男谷と松坂の兄さんの出来がよすぎたから、親父はみそっかすだった。で、お父つぁんに目を向けてもらいたくて、それで悪戯《いたずら》ばかりしてたんだ。御役《おやく》が欲しくて駆けまわったのだってお父つぁんに褒《ほ》めてもらいたかったのサ。叶《かな》わぬうちに死んじまった。そのあとはもう、どうでもよくなっちまったのサ」

麟太郎は眉根《まゆね》にしわを寄せ、虚空《こくう》を見つめている。

「親父が死んじまったらどうなる？　おれは親父の二の舞だ。だから、今はまだ、死んでもらっちゃ困るんだ。いっぱしになって、親父にヨシと言ってもらわねえとな」

全部が全部、理解できたわけではなかったが、順は熱心に耳を傾けた。父に褒められたいというのは順も同様である。

「どうしたらヨシと言うの？」

「御役に就《つ》くのがいちばんだな。が、それはまず無理として、免許皆伝を授かり、自分の道場をおっ建てて、名声を高めるのサ。待ってろ。そうしたらお順坊にも楽な暮らしをさせてやるからナ」

順はうなずいた。

「わたくしは？」

「女は、そうだな、良妻賢母になることか。いや、おめえは強運だそうだから、とてつもない大物の女房になるかもしれねえな」

「とてつもない大物って？」

「亀沢の死んだ伯父貴《おじき》や従兄《いとこ》みてえなエライお武家か、島田先生のような剛腕か……おっと、おめえは島田先生が苦手だっけな」

順がびくっとしたのに気づき、麟太郎は付け足した。何事にも目ざとい麟太郎も、順の虎之助を想う気持ちが恐れではなく憧憬《どうけい》であることまでは気づかない。

「ま、まちがってても岡野家みてェなとこへは嫁《とつ》がぬことだ。女は嫁ぐ家によって地獄と極楽の差があるからナ」

順の耳に琴《こと》の音がよみがえった。奥方の涙、やつれた横顔、はじけ飛んだ弦《げん》……。

順は兄に連れられて家へ帰った。麟太郎は妹を送り届けただけで、浅草新堀へ帰って行く。

父さま、死なないで――。

その夜、順は床に入っても、目をこすり頰《ほお》をつねって起きていた。夜半を待って、手探りで表へ出る。月明かりの庭を井戸端へ向かいながら、決意も新たに拳《こぶし》をにぎりしめていた。花冷えである。冷たい井戸水を浴びると思っただけで、もう歯が鳴っている。昂《たかぶ》っていたので気づかなかった。井戸端まできて、はっと足を止める。

同時に、うずくまっていた人影が動いた。合掌したまま潤《うる》んだ眸《ひとみ》を向けたのは――。

「あれ」と声をもらした信は、首を伸ばして順の背後の闇《やみ》を透《す》かし見た。

「おや、おはなも……」

母の視線を追いかけて、順も振り向く。順の後《うし》ろにはながが棒立ちになっていた。帷子《かたびら》に素足は、やはり水垢離をとるために床からぬけだして来たのか。

「まあまあ、おまえたちときたら……」

母に手招きをされて、はなと順は駆け寄る。ぬれそぼった体に抱き留められた。両腕で娘たちを抱きながら信が涙を流したのは、悲しいからではなく、奇《く》しくも同じことを思い立った我が子の気持ちがうれしかったからだろう。苦労ばかりさせられながらも小吉と別れずにいたことを、信はこのとき、心底よかったと思ったにちがいない。

母娘《おやこ》は小吉のために水垢離をとった。といっても、娘たちに風邪をひかせるわけにはいかない。はなと順は両手に釣瓶《つるべ》の水をかけてもらっただけだった。

それでも母娘の願いは届いた。以後、一進一退ながらも小吉は快方に向かった。

「辛気《しんき》臭《くさ》くていけねえや。早いとこ床上げして、パーッとくりだしさにゃ……」

熱が下がればもう遊ぶことを考えている。

病と闘っていた小吉は、老中水野越前守がいよいよ着手しようとしている天保の改革の過酷さをまだ知らなかった。

梅雨の晴れ間である。勝家の水口のかたわらには青紫の紫陽花《あじさい》がひと群れ、玄関脇には百日紅《さるすべり》がたわわな花房をゆらしている。

小石で地面に覚えたての文字を書いていた順は、ズドーンという声に目をみはった。音ではなく声だ。

「あ、兄さまッ」

小石を放りだして家の中へ駆け込む。

小吉の病間で、小吉と麟太郎が話し込んでいた。順が座敷の隅に腰を下ろしても二人は気に留めず、熱心に話をつづけている。

「ふうむ、さほどの威力とはのう……」

小吉は腕組みをして、何度もうなずいた。

「高島……なんと言うたか」

「秋帆《しゅうはん》。長崎の町年寄だそうです。出島の和蘭人《オランダじん》から大砲を買って、長年、研究を重ねておったそうで……」

「隣国の例もある」

「まさに。高島どのが建議書を提出したのも異国の侵略を恐れるがゆえ。もはや油断はできぬ、万全の備えをいたすべし、と」

「虎も地獄耳だわい」

「島田先生は九州におられましたからね」

島田と虎、という名に、順は毎度のごとく耳をそばだてた。名前を聞くたびに、大柄の体つきや鋭い眼光、裂帛《れっぱく》の気合がよみがえる。といって、不快ではない。

「ふむ、わしもこの目で見たいものだ」

そこで、小吉は順を手招いた。這《は》い寄《よ》ってきた娘を膝《ひざ》に抱き寄せる。

「おまえの兄さまはすごいぞ。ズドーンを見たそうじゃ」

「ズドーンて？」

「大砲よ、大砲」

「これからは剣術より砲術の時代になりますよ。西洋の兵術を学ぶ者が増えると島田先生もおっしゃっておられます」

麟太郎は膝を乗りだした。

虎之助と麟太郎は、五月九日に武州の徳丸ケ原《とくまるがはら》で行われた洋式砲術の調練を見物したという。この調練は高島秋帆の建議を幕府が取り上げたもので、高島の弟子の中にまぎれて見物することができたのは、かつて長崎で高島と交流があった虎之助の口利《くちき》きによる。

童女に大砲はわからないが、頰を紅潮させて弁舌をふるう兄を見て、一緒に胸をときめかせた。なにより、父子が熱心に語り合う姿を見るのは久々である。

「ズドーン、ズドーン」

順ははしゃいで大声を上げた。

　麟太郎は直心影流《じきしんかげりゅう》の免許皆伝を許されている。寄寓《きぐう》していた島田道場の近くに家を構え――というとご大層だが、吹けば飛ぶような小家を買い、そこから島田道場や麻布狸《まみ》穴《あな》の男谷道場の代稽古《だいげいこ》に出向いて暮らしをたてるようになった。入江町の実家では遠い上に、小吉が病臥《びょうが》していたからだ。これまでどおり柔術や座禅も怠《おこた》らない。

「父上、母上。今しばらくお待ちください。銭《ぜに》を稼《かせ》ぎ、名をあげて、道場を開きます。江戸いちばんの道場にしてみせますよ。屋敷を建て、お迎えいたします」

　麟太郎の話は大きい。

「どうだ、覚えたか」

　入江町へ顔を出すたびに、麟太郎は妹たちに声をかけるのも忘れなかった。はにかんでうなずくだけのはなとちがって、順は手習いの紙を見せ、あるいは目の前で覚えたての文字を書き散らし、あれこれ質問をしたり、話をせがんだりする。

「お順坊にあっちゃ、かなわねえな」

　苦笑しながらも、麟太郎はあることないこと面白おかしい話をして妹たちを笑わせた。

　小吉が寝込んでいるので、わずかな扶持《ふち》と麟太郎が剣術指南で稼ぐ銭だけが頼りだ。蓄えのない家はこんなとき、たちどころに困窮《こんきゅう》する。暮らし向きは苦しいが、いつになく平穏な日々がつづいた。

陰暦の八月は秋たけなわ。涼風の季節になって、小吉はようやく床上げをした。厄払《やくばら》いと称して遊び歩く日々が戻ってきた。が、以前ほどの元気はない。

再び不調を訴えたのは師走《しわす》のはじめだった。めまいがする。寒気がする。体がむくむ。そのうちに背や胸の激痛で寝返りさえできなくなった。医者の薬も効《き》かず、うんうんうなっていた十二月二十二日、追い打ちをかけるように処罰の沙汰《さた》が下った。

昨年の謹慎は、無断で上方へ出かけた一件が咎《とが》められたものだ。が、今回は長年の不《ふ》行跡《ぎょうせき》がお咎めの理由である。となれば、弁明のしようもない。

不良旗本及び御家人の処罰は、老中首座となった水野越前守の改革の一環だった。小吉の処分は「押し込め」。同役、つまり小普請組《こぶしんぐみ》支配の旗本、保科栄次郎の屋敷の一隅に同居させられる、というものだ。

保科家の上屋敷は虎ノ門内にある。敷地は広壮で、屋敷も広い。が、そんなことは小吉には無関係だった。屋敷の一画に、座敷と板敷、二間きりの家が長屋のようにずらりと設《しつら》えられ、処罰を受けた小普請とその家族が収容される。

重病だからといって許されるはずもなく、小吉は駕籠《かご》に乗せられ、保科家へ送られた。留守宅は勝家唯一の用人、六兵衛に託して、信、はな、順も同行した。小吉は外出が許されないので、家族が看病と身のまわりの世話をしなければならない。

入江町の借家も武家とは思えぬつつましさだったが、こたびの住まいときたら……。極寒の時季でもあり、狭いわ寒いわ、厠《かわや》や賄《まかな》い場が共用なのも、屋敷への出入りにいちいち許可が要《い》るのも不便きわまりない。雑然としていた岡野家とちがって、好き勝手に庭を歩きまわることもできない。越前守の逆鱗《げきりん》を恐れるためか、保科家の待遇も厳しい。

ひと足遅れで、麟太郎もやって来た。むろん、来たくて来たわけではない。勝家の当主であり家族である以上、ひとりだけ難を逃れるわけにはいかない。

「お武家さまお武家さまと揉《も》み手《て》をしていたくせに、道具屋ときたら足下を見やがって。二束三文《にそくさんもん》にもなりゃしねえ」

麟太郎の話では、いつ戻れるかわからないし、薬代も馬鹿にならない。銭が要るからとなじみの道具屋を呼んで家を売り払ったところが、恩着せがましいことを言われた上に、わずか四両二分で買いたたかれたという。

それでもありがたい銭だった。というのは日頃の苦労がたたったか、信までが体調をくずして寝ついてしまったからである。

勝家の家族は、明けて天保十三年の正月を保科家の屋敷内の寓居で迎えた。病の両親と幼い娘たち、それに麟太郎がいたわり合いながら粥《かゆ》をすすって空腹を満たし、夜は夜で重なり合うように眠る。

「なァに、大飢饉《だいききん》の最中を思やァ極楽サ」

麟太郎は順に徳利《とくり》搗《つ》きの話をした。徳利の中へ玄米を入れ、木の棒で搗く。これを篩《ふるい》にかけて炊《た》く。手の皮が剝《む》け、まめができる。どれほど辛《つら》かったか。白米が高価で手に入らなかった時期である。

「赤土を天日でさらして丸めた土団子だの、松の木の皮を剝《は》いでスルメに見立てたものだの、なんでもかでも食ったっけな」

順は目をみはった。そんなものを食べるなんて想像もつかない。

「あの頃は行き倒れの骸《むくろ》が道端《みちばた》に転がっていたものサ。お救い米といったって、五十年も六十年も昔の腐ったような米ばかり。赤茶けて臭くて、あんなもん、食べられたもんじゃねえや」

麟太郎は外出するたびに焼《や》き芋《いも》や団子を買ってきた。家族そろってにぎやかに芋や団子を食べる。麟太郎がいるだけで、暗く沈みがちな雰囲気が華《はな》やいだ。

麟太郎はもうひとつ、思わぬ効用をもたらした。

小吉は寝たきりである。が、生来、好奇心が旺盛《おうせい》な男だから、少しでも容態がよくなると退屈でたまらない。麟太郎が持ち込んだ書物を、見るともなく眺めるようになった。

「ふうん。なんだかよくはわからねえが、退屈しのぎにゃァなるな」

それを聞いた信は麟太郎に耳打ちした。

「やさしく読めて面白いものをなにか、借りてきておくれよ」

これを機に、小吉は書物に親しむようになった。枕辺《まくらべ》で信が子供たちに読み書きを教えているときなど、小吉まで身を乗りだしている。子供の頃いやいやながらも多少の教育は受けていたから、思いのほか、覚えは早い。放蕩三昧《ほうとうざんまい》で勉学嫌いの小吉が学問に関心を抱きはじめたのは、大病と押し込めという二重苦の最中、勤勉な息子と共に暮らして感化されたからにほかならない。

去年のにぎやかな正月とはなんというちがいか。勝家の家族は、天保十三年の正月を、罪人小屋ともいうべき保科家の長屋の一隅でひっそりと過ごした。しかも押し込めの沙汰を受けた小吉本人は病の床にある。

羽振りのよいときにすり寄ってくる輩《やから》ほど当てにならぬものはなかった。逆境となると手のひらを返したように離れてゆく。去年はふるまい酒にありつこうと列をなした人々が、今年は年賀の挨拶どころか、見舞いの言《こと》づてさえよこさなかった。それだけならまだしも、貸した銭は持ち逃げされ、預けてあった道具類も勝手に処分されて、小吉はすっからかん。麟太郎の稼ぎと男谷家の援助がなければ飢えに苦しんでいたはずだ。

小吉は一向に完治しない。信も病身である。男谷家からの陳情もあったのだろう、病人に押し込め処分は無謀との判断が下され、小吉は処罰を解かれることになった。我が一家そろって入江町の借家へ帰って来たのは、春も終わろうという季節だった。

家へ戻って安堵《あんど》したのか、信は元気を取り戻した。小吉もしばらく寝たり起きたりしていたものの、徐々に快方に向かい、夏が終わる頃には気力体力共に回復した。

回復した、となると、遊び仲間がどっと押しかける。怪しげな儲《もう》け話や眉唾物《まゆつばもの》の道具類や埒《らち》もない馬鹿騒ぎや……誘いは引きもきらない。

さすがの小吉も、こたびばかりはなびかなかった。押し込めがこたえたこともある。病《や》みあがりということもあったが、小吉の中でなにかが明らかに変わっていた。

順は父の肩を叩《たた》く。

「すまねえな、ありがとよ」

しんみり礼を言われるたびに、目を瞬《しばた》く。父の放蕩が止《や》み、家にいてくれるのはむろん歓迎すべきことではあったが、すっかり丸くなった父はかつての父とは別人のようで、順はなにやら哀しかった。

秋風が立ちはじめた夜のことだ。

「もし、もうし……」

玄関でひそやかな女の声がした。

「あ、だれか来たッ」

順は跳ね起きた。

「行ってはなりませぬ」

はなが引き留めたのは、時ならぬ女の来訪を小吉の浮気相手が乗り込んだとでも思い、子供の出る幕ではないと気をまわしたのだろう。七つの順にそんなことはわからない。

玄関へ飛びだしたところで、あッと目をみはった。とそこへ、信が出て来た。

「これはまあ、奥さま……」

娘たちを寝かしたあと台所で片づけをしていた信は、襷《たすき》がけをしている。あわてて襷をはずし、式台へ膝をついた。

同じ敷地内に住んでいても、家主の奥方が勝家を訪ねることなど、これまでならありえない。しかも夜、たったひとりでやって来るなど思いも寄らない。

「なんぞございましたのですか」

「どうしても相談したきことが……。人目を忍んでこんな時刻になってしまいました」

「それはまあ……どうぞ、お上がり下さいまし。お順、なんですか、早うお休みなさい」

順は追い払われた。が、玄関の暗がりでも、岡野家の奥方の頬を伝う涙だけは見まちがいようがなかった。

寝床へ戻ったものの好奇心を抑えきれず、順は隣室の襖《ふすま》へ耳を押しつける。手狭な家なので、客を通すのは隣の茶の間しかなかった。寝たふりをしながら、はなも聞き耳を立てている。

ここ数日、麟太郎は浅草新堀の島田道場へ泊まり込んでいた。買ったばかりの家を売り払ってしまったので、麟太郎の住まいはこの入江町の借家である。直参《じきさん》の無断外出は禁じられているため、組頭《くみがしら》の許可を得ての外泊だが、代稽古《だいげいこ》は目下のところ、勝家にとってなくてはならぬ収入源だった。

麟太郎がいないので、当然、相談事は小吉が聞くことになる。

「また、伯父御か……」

襖越しに小吉の声が聞こえた。

「もうもう堪忍《かんにん》がなりませぬ。家中が難儀をしておるのです。こちらさまより、なにとぞ御支配さまへ……」

奥方は、ふしだらな夫、孫一郎に愛想を尽かして、強引に隠居させたことがある。今、奥方を悩ませているのは、年若い息子、孫一郎の後見人となって好き放題をしている伯父の仙之助だ。不良幕臣に対する水野越前守の目は厳しい。小吉が押し込めになったことも、奥方をふるえあがらせた。このままでは家名の存続さえ危《あや》ういと思い悩み、人が変わったように真面目になった小吉に助けを求めてきたのだ。

「わたくしの一存です。他言無用に」

岡野家には一人として頼りとなる家臣がいない。不用意に話して仙之助の耳に入れば、謀《はかりごと》は水の泡である。だからこそ、夜を待ってこっそりやって来たのである。

「相わかり申した。ご嫡男《ちゃくなん》はおいくつになられましたかな」

「十四に」

「さすればお任せあれ。元服についても問題はございませぬ。拙者《せっしゃ》が後見いたそう」

「毎度毎度、痛み入りまする」

奥方は安堵して帰って行った。だが、信はむしろ不安にかられたようだ。

娘たちの寝床の隣に身を横たえたとき、

「何事もなければいいけれど……」

くわばらくわばらと唱えた。小吉はまだ四十一歳である。長年、共に暮らしてきた信には、むちゃくちゃな夫が急に行い澄ましてしまうのは、なにやら不吉な思いがしたのかもしれない。

岡野家の奥方の願いは叶った。小吉の尽力で孫一郎は元服して当主となり、仙之助は後見人を解かれて出家の身となった。

「剃髪《ていはつ》されたのですからもう……」

「いや。頭を丸めたからというて行いが改まるものでもあるまいよ。かえって身軽になられ、したい放題されるやもしれぬ」

「そういえば旦那さまもさようでした。隠居なさったとたん、喜々として上方《かみがた》へ出かけてしまわれました。それがために他行留《たぎょうどめ》のご処分を……」

「言うてくれるな、昔のことよ」

小吉と信は、ようやくここへきて夫婦の語らいを楽しむようになっていた。両親の和《なご》やかな笑顔は順も大歓迎である。

それにもましてうれしかったのは、この一件の礼として、小吉が奥方から琴をもらいうけてくれたことだった。

奥方が輿入れの際に持参したという、あの弦の切れた箏《そう》の琴である。売り払われるはずだったのが、辛《から》くも難を逃れたものらしい。一本ならず弦の切れた琴では買い手がつかなかったのかもしれない。

──娘たちのためにぜひ。

という小吉の申し出は、渡りに船だったのだろう。

かくして、順は琴を手に入れた。おまけに奥方が手ほどきをしてくれるという。小吉に弦を直してもらい、六兵衛に運ばせて、母屋で琴の稽古に励む。音曲よりお針のほうが性に合っている姉とちがって、順はめきめき上達した。

「好きこそものの上手なれ、お順どのはほんに琴がお好きなのですねえ」

奥方は目を細める。

「ほう、なんとか曲らしゅうなったの」

その日も琴を弾《ひ》いていると、麟太郎が入って来て、かたわらにあぐらをかいた。

明けて天保十四年、順は八つである。

「なんという曲だ？」

「若竹です」

少しばかり尖《とが》った声で、順は答えた。たどたどしいのはわかっているが、兄は茶化すばかりで一度も褒めてくれたことがない。

そもそも麟太郎は、ほとんど家にいなかった。近頃は男谷と島田両道場の師範代《しはんだい》として諸藩の藩邸内に設けられた道場をまわっている。剣術は大流行で、麟太郎の評判もよいと聞くが、そんなに駆けまわっても、大した稼ぎはないらしい。

「お順坊はよいのう。好きなものを好きなだけ習えるのだ」

たまたま家人はいなかった。幼い妹の前なので、麟太郎は気をゆるめ、いつになく弱音を吐いた。

順は手を止め、兄を見る。

「兄さまだって、お好きなことをしておられます」

そう、剣術である。麟太郎は子供の頃から腕白で、武芸が大好きだった。剣術を極《きわ》め、今では生業《なりわい》にしている。順から見れば、兄こそ好きな道を邁進《まいしん》しているように見えた。

麟太郎は唇《くちびる》をゆがめた。

「いや、今は剣術より砲術だ。ズドーンだ」

「ズドーン？」

「つまり西洋の兵学サ。海の向こうの国々には、我が国とは比べものにならぬ威力の鉄砲や大砲がある。おととし、高島秋帆先生が徳丸ケ原で砲術の調練をされた。幕府は肝をつぶして、江川太郎左衛門と下曾根《しもそね》金三郎の二人にこれを学ぶよう命じた。そこでだ、どこのご家中でも、後《おく》れまじとばかり藩士を高島先生の塾へ入門させた」

話がむずかしくなったので、順は眉を寄せた。それでも、懸命に兄の話を聞き取ろうとする。兄の話ならなんでも知りたい。

「ところが昨秋、高島先生は囚《とら》われの身となってしまわれた。密貿易の疑いというが、異国というだけでお上はがまんがならぬのよ」

「父さまみたいに押し込められたの？」

「親父よりひどい。牢《ろう》へ入れられたのサ」

じっとしていられなくなったのか、麟太郎は勢いよく腰を上げた。狭い座敷を縦横《じゅうおう》無尽《じん》に歩きまわる。落ち着きがないのは毎度のことで、次第に早口になっていた。

「とにかく、おれも習おうと思うておったがこのザマだ。出遅れた」

昨年は小吉が押し込めとなり、両親共々病に倒れて、勝家は大わらわだった。家族を養うだけで精一杯だった麟太郎には、塾に通う余力はなかった。家計が苦しいのは今も変わらない。

「やりたいことを、心ゆくまでやれる身分になりたいものよ」

「兄さまもズドーンを習うの？」

順は無邪気に訊《たず》ねた。

「いや。そうではない。高島先生は入牢中だが、いずれ異国の兵学が世を席巻するときがくる。となれば、なにを学んでおくべきか。まずは異国を知ること。それには異国の言葉を学ぶこととサ。島田先生にも蘭学《らんがく》をはじめてはどうかと勧められた」

「らんがく？」

「そう、蘭学だ。しかし、塾へ通うには銭がかかる」

兄には学びたいものがある。が、資金がないので学べない。だから苛《いら》ついている……とそれだけは順にもわかった。

「じゃまをしたの。お順坊は稽古に励め」

言いたいだけ言うと、麟太郎は忙しげに出て行ってしまった。

四

「隠居がいつまでも幅を利《き》かせておっては、麟太郎もやりにくかろう」

小吉が家人に隠棲《いんせい》すると告げたのは、梅が咲きはじめた頃だった。梅に鶯《うぐいす》としゃれたわけでもなかろうが、見つけてきた住まいは鶯谷《うぐいすだに》。三嶋大明神の隣にあり、三方を田畑に囲まれている。

「もともと空き家ゆえ、店賃《たなちん》はただ同然」

小吉は小柄な背をぐいとそらせた。

「夢酔道人、庵《いおり》を結ぶ」

「なにも、さように辺鄙《へんぴ》なところでのうてもよいではありませぬか」

麟太郎は異を唱えたが、小吉は頑《かたく》なに首を横に振った。

「辺鄙ゆえ、よいのだ」

人里はなれた静寂の地で、小吉は書を読み、物を書くという。それを聞いた家族一同は顔を見合わせた。暇さえあれば出歩いて放蕩三昧《ほうとうざんまい》に明け暮れていた小吉の、なんという変貌ぶりか。

小吉は大病と押し込めの沙汰という試練を経て変わった。いや、小吉を変えたのは、なんといっても三年前の異母兄、男谷彦四郎の死だろう。憧憬《どうけい》と羨望《せんぼう》、畏敬《いけい》と反発、常に自分の面前にそびえ立っていた不動の存在が消え、小吉にはもう、反抗して困らせる相手がいなくなってしまった。そのとき憑《つ》きものが落ちた。それからは徐々に、反抗のための反抗が空《むな》しくなったのではないか。

改心が隠居後というのはいかにも遅すぎるとはいえ、小吉は一念発起して自らを変えようとしている。

ところが、周囲が問題だった。

柄《がら》の悪い入江町には、小吉を誘いだそうとする輩《やから》がわんさといる。岡野家がまた、とんでもない不良旗本で、敷地内にはごろつきがうじゃうじゃいた。ごろつきの親分とも言うべき孫一郎を隠居に追い込んだまではよかったが、それで落着したわけではない。

小吉は岡野家のために家内の乱れを正そうとした。ところが隠居して江雪となった孫一郎はなおも懲《こ》りず、とんでもない用人を雇い入れて、一緒に悪さをするようになった。家人に泣きつかれ、小吉はまたもや用人を追いだすべく駆けまわる。やっと追いだしたものの、江雪の悪計は止《や》まず、銭《ぜに》を使い込むわ、女郎《じょろう》を身請《みう》けするわ……。そのたびに小吉がひと肌脱ぐことになった。

先日も小吉は、柳島に別宅を誂《あつら》え、江雪が連れ込んだ女郎を送りつけた。女郎屋との駆け引きから身請け金の工面、別宅の準備、奥方の説得まですべて小吉の働きによる。これではせっかく悔い改め、心安らかな晩年を過ごそうと思ってもそれどころではない。

「ここにおっては書物も読めぬわ」

「わたくしも旦那《だんな》さまのおそばで書などして過ごしとうございますが……」

「なにもないところだ。みすぼらしい庵よ」

娘たちを連れてぞろぞろついて行くほどの広さはない。賄《まかな》いは近隣の農婦に頼むということで、まずは小吉が独りで鶯谷へ移ることになった。

「他国へ行くわけでなし。なんの、行ったり来たりすればよいではないか」

「さようですね。鶯谷は江戸御府内《ごふない》、ときおり様子を見に参りましょう」

最後には信も同意した。


勝家の隠居、小吉は、身のまわりの品々や書物を担いだ六兵衛を従え、鶯谷の庵へ居を移した。諸々の用事をすませ、無事に主《あるじ》の隠居暮らしがはじまったのを見届けたのち、六兵衛は入江町へ帰って来た。

「ご心配には及びません。賄いに通うてくれる農婦も見つかりました。隣は三嶋大明神、上野のお山にもほど近い風光明媚《ふうこうめいび》なところにございます。旦那さまは早速、執筆に専心しておられました」

六兵衛の報告に胸をなで下ろした信は、息子の前で居住まいを正し、

「旦那さまはそなたのためを思うて出て行かれたのです。これからは名実共にそなたが勝家の当主、思うがままにおやりなさい」

と、言った。布包みを膝元《ひざもと》へ押しやる。

麟太郎は首をかしげた。

「わずかですが、そなたのために貯《た》めておいた金子《きんす》です。くれぐれも、ご自分の実にな

ることに使うてください」

「母上……」

麟太郎は感極《きわ》まって両手をついた。と、そのとき、母のあとについてきた順が「ズドーン」と声を上げる。

「なんですか、お順ッ」

信は敷居際《ぎわ》に突っ立っている娘に目を向けた。にらまれても、順はひるまない。兄を見て、ぺろりと舌をだした。

「兄さまは蘭学《らんがく》をなさるのです。ねえ、兄さま、そうでしょ」

「蘭学……」

信は子供たちの顔を見比べる。

麟太郎は苦笑した。

「お順坊の言うとおりです。天文方の通詞《つうじ》、箕作阮甫《みつくりげんぽ》先生には入門を断られましたが、かわりに門下生をご紹介いただきました。赤坂の黒田家中屋敷にお住まいの永井青崖《せいがい》先生です。少々遠うはござるが、なんとしても、お教えを請《こ》うつもりでおります」

なぜ蘭学を学ぶのか、蘭学とはなにか、麟太郎は滔々《とうとう》と語った。信は感心して聞《き》き惚《ほ》れる。

ようやく話が途切れたところで、信はおもむろに話を変えた。

「母はそなたを信じています。なんでも好きなことをなさい。ただし麟太郎、そなたは二十一になるのではありませぬか。そろそろ嫁御《よめご》を迎える算段もしなければなりませぬよ」

心に想う女子《おなご》はいないのかと訊かれて、麟太郎は目を白黒させた。

「浅草新堀の家にいた頃は、女子が出入りしておったとやら」

「だれがさような……」

「付け文も山なしていたと聞きました」

「島田先生ですね。島田先生が父上に戯《ざ》れ言《ごと》を言われたのでしょう」

島田虎之助の名が出たので、順は耳をそばだてた。

麟太郎は美男である。少年時代は大奥の人気者だった。二十歳をすぎて、女の一人二人いないはずがない。

「旦那さまの血を引いているのです。だれもおらぬとは言わせませぬよ」

「母上、勘弁してください。無役《むやく》の小普請《こぶしん》の家に好んで嫁《とつ》ぐ女子はおりますまい」

「それがまことなれば、男谷家に相談してみましょう。よき縁を探していただくように」

小普請、小禄《しょうろく》、借家住まい、おまけに悪評高い父親は押し込めになった。これまで麟太郎に縁談がなかったのはそのせいである。小吉が鶯谷で庵を結ぶというのも、自分がいれば我が子の縁談の足を引っ張るのではないかと案じたせいもあったのか。

「拙者《せっしゃ》のことはご放念ください。まだ修行中の身ですから」

麟太郎はあわててさえぎり、信もそれ以上は追及しなかった。が、順はこのときはじめて、兄もいつか妻を娶《めと》るのだという事実に気づいた。まだ見ぬその女人に、もし大人なら嫉妬《しっと》とも呼べるものを感じて、思わず頰《ほお》をふくらませる。

季節は初夏。天候さえよければ、この時季の舟旅は快適である。

大仰《おおぎょう》なものではない。江戸は網の目のように水路が張りめぐらされている。舟は庶民の足である。

順、母の信、姉のはな、そして用人の六兵衛を乗せた舟は、大川から山谷堀へ入って、根岸の渡し場へ到着した。

渡し場の隣には無数の梅の木で名高い梅屋敷がある。梅屋敷の茶屋を横目でながめながら、一行は竹落葉の舞い散る道を鶯谷へ向かう。御隠殿の脇の道をぬければ三嶋大明神で、小吉の住む庵は雑木林をへだてて隣にあった。

「やはり舟は速うて助かります」

「へい。先日は歩きとおしたせいか、腰が痛うて難儀をしました」

六兵衛と信が話している。

順とはながが鶯谷を訪れるのは、この日がはじめてだった。父がひんぱんに帰って来るので出かける機会がなかったのだが、こたびは信が娘たちに声をかけた。

「よい日和《ひより》です。三嶋大明神にお詣《まい》りをしましょう」

というわけで、寺といえば妙見社《みょうけんしゃ》しか知らない順もはなも大喜びである。

「父さまはどうしていらっしゃるかしら」

「きっと驚かれるわね」

「お嬢さまたちのお顔を見れば大喜びなさいましょう。強がりを仰《おお》せでも、まことのところはお寂《さび》しいようで……」

つつがなく参詣をすませた一行は、にぎやかに語らいながら庵の門前までやって来た。

「おや、先客がおられますよ」

小体《こてい》な庵だから、竹垣のこちらまで家の中の声が筒ぬけである。

押し込めになる前の小吉なら、女の声が聞こえてもふしぎはなかった。信も前触れもなく訪ねることはなかったはずである。

「あれは……島田さまです」

島田虎之助の道場は浅草新堀にあった。鶯谷までさほど遠くはない。

虎之助は五年前に江戸へやって来た。男谷道場へ入門、免許皆伝後は男谷精一郎の師範代《はんだい》をつとめていた。生真面目すぎて小吉にからかわれてばかりいた虎之助も、今は意気投合しているらしい。男谷家の葬儀で会っているので、順も虎之助を知っている。顔は忘れてしまったが、名前だけは、大きくて強くて神々《こうごう》しい存在として、童女の胸にくっきりと刻まれていた。

「亭主の庵へ参ってなにをぐずぐずしておるかとの仰せにございました。さァさ、中へ」

ひと足先に訪《おとな》いを入れた六兵衛が、門前で待っていた母娘《おやこ》をうながした。

三人は庵へ上がり込む。藁《わら》葺《ぶ》き屋根の庵は二間しかなく、表に面した座敷で小吉と虎之助が話し込んでいた。

「お話し中に申し訳ありませぬ」

「いや、今日は礼に参っただけで……」

「虎どのは松平家御出入りの御師範に取り立てられたそうでの、二十人扶持《ぶち》であったか」

「さようにござる。これも夢酔さまのご推挙のおかげ、重ね重ね御礼申し上げまする」

はなと二人、敷居際に膝をそろえて、順は一心に虎之助を眺めていた。たしかに体が大きい。顔はいかついし眼光も鋭い。だが、神のごとく畏敬していた男は、こうして膝をつき合わせてみると、思っていたより親しみやすかった。

「松平家と言われますと……」

「ほれ、松平内記さまだ。あの松浦勘次に口を利《き》いてもろうたのよ」

「ご一緒に銚子へ行かれた……」

「ま、さようなこともあったの」

小吉は気まずげな顔をした。松平家の家臣の松浦勘次なる武士は、岡野孫一郎と似たり寄ったりの放蕩者《ほうとうもの》で、小吉が改心する以前は連れだって遊び歩いていた。

もちろん、それはこの際、関係ない。だれの口利きであれ、虎之助が松平家にその腕を買われたというなら、めでたい話だった。

「この虎どのはの、いやはや強いのなんの、豊前中津のお生まれだそうだが、十四、五にしてもう、ご家中では相手になる者がおらなんだそうよ。で、九州を武者修行して歩いたが、それも相手がいなくなり、江戸へ出て来られたという強者《つわもの》での……」

小吉は虎之助を褒《ほ》めそやした。麟太郎の師というだけでなく、自分とは正反対の実直で無骨な虎之助を高く買っている。

虎之助は照れくさそうな顔をした。

「買いかぶりにござる。男谷先生に比べたら拙者なんぞまだまだ……。それより夢酔さまは御本をお書きになられたそうにて」

よくぞ言ってくれたとばかり、小吉は大きくうなずいた。

「今、その話をしとったとこよ。平子龍《へいしりよう》先生の遺事を書いておかねばと思うての」

平子龍先生とは、名だたる兵法家、平山行蔵《こうぞう》のことである。小吉も男谷精一郎も元はといえば行蔵の弟子だった。小吉は心酔する亡き師について後世に語り伝えようと考えたのだろう。

冊子を見せられた信は、思わず袖口《そでぐち》で目頭を押さえた。

「ようもまあ、旦那さまが……」

親類縁者から「柄《え》のぬけた肥柄杓《こえびしやく》」と迷惑がられ、悪行が高じて親には座敷牢《ざしきろう》に入れられ、他行留《たぎようどめ》や押し込めにもあうほど放蕩のかぎりを尽くしてきた夫が、庵にこもり、自力で勉学に励んで本を書き上げた。糟糠《そうこう》の妻にとって、これほどの喜びがあろうか。

「六兵衛が蕎麦《そば》を持って参りました。皆で昼餉《ひるげ》をいただきましょう。島田さまもどうぞ」

和《なご》やかな昼餉のあと、虎之助は少しでも役に立ちたいと思ったのか、水汲《みずく》みを買って出た。井戸は雑木林をぬけた、三嶋大明神の裏手にある。

小吉はうたた寝をしていた。信とはるは台所、六兵衛は薪割《まきわ》り。

順はこっそり庵を出た。虎之助のあとを追いかける。わけもなく、ついて行きたかった。

雑木林の道は、足を踏み入れればもう先方に出口が見えるほどの短さだが、椚《くぬぎ》や欅《けやき》、杉や槙《まき》の若葉が木洩《こも》れ陽《び》とたわむれている。

道の半《なか》ばで、虎之助は両手に大ぶりの手桶《ておけ》をぶら提《さ》げたまま振り向いた。

順は思わず立ちすくむ。見上げるほどの大男は、さっきまで話したり食べたりしていたときは普通の人に見えたのに、今はまた神が乗り移ったかのように神々しく見えた。男の背後にきらめく光が躍っている。

虎之助は眩《まぶ》しげに目を細めた。

「お順どのというたの。食うている間もずっと拙者をにらみつけておったが、気になることがあるなら、遠慮はいらぬ、言うてみよ」

にらみつけていたわけではない。見惚《みほ》れていたのだ。が、順には上目づかいや流し目をする癖があり、目つきだけが、愛らしい丸顔に似合わず大人びていた。

立ちすくんではいたものの、怯《おび》えてはいない。順は丹田《たんでん》に力を込め、

「剣術を見せてください」

と、思い切ってせがんだ。男谷家の葬儀で虎之助が刀を振り下ろすのを見た。あのときの光景がまぶたによみがえっている。

虎之助はけげんな顔をした。

「今、ここでか」

「亀沢で、見ました」

「亀沢？　男谷家か。おう、あのときの……。妹に大泣きされて、勝どのは往生しとったの」

「もう泣きませぬ」

「ふうむ……」

虎之助はまじまじと順を眺める。

「それで追いかけて来たか」

「はい」

「妙な小娘だが……よし。見とれ」

おもむろに手桶を下ろした。

虎之助は下駄《げた》を脱ぎ飛ばし、刀の柄《つか》に手をかけた。二人の距離はわずかに二間ほど。順の目を見つめたまま、鯉口《こいくち》を切る。

余人が見たら、暴漢が小娘に斬りかかろうとしているところだと思ったにちがいない。順は息を呑《の》んだ。が、逃げようとは思わなかった。蛇《へび》に呑まれる蛙《かわず》のように、黒眸《くろめ》がちの目を見開いて虎之助を見返している。

すらりと刀がぬかれた。刀身がきらめく。次の瞬間、「たあッ」という気合と共にスパッと音がした。虎之助の体は向きを変え、道端の雑木の枝を斬り落としたのである。見事な太刀《たち》さばきに順が目をみはっている間に、虎之助は刀を収め、下駄を履《は》いて、手桶を拾い上げた。背を向け、何事もなかったかのように歩きはじめる。

我に返るや、順も小走りに虎之助のあとを追いかけた。虎之助はなにも言わず、ずんずん歩いて井戸端《いどばた》へ出る。釣瓶《つるべ》をたぐり、手桶に水を満たした。

「手を出せ」

「え？」

「両手だ。美味《うま》いぞ」

言われたとおり、両手をお椀の形にして突きだすと、虎之助は釣瓶の水をバシャッと投げ入れた。四方に飛び散った水は頭から降りかかったが、順は飛び退《との》きもせず、喉《のど》を鳴らして水を飲んだ。

「美味いだろう」

問われて、うなずく。美味かった。こんなに美味い水ははじめてだ。

虎之助は釣瓶からそのまま飲んだ。うっすらと伸びた髭《ひげ》に水滴が光っている。

「小娘のくせに、おれが怖《こわ》くないとはの」

虎之助は頰をゆるめた。

「このご面相ゆえ、近所の女子供は皆、怖がる。お順はいくつだ?」

「八つです」

「そうか、八つか……」

虎之助は今一度、じっくりと順を見た。八つと聞いて、なにか特別な感慨が芽生えたようである。

「虎……じゃなくて、島田先生はおいくつですか」

「三十。おぬしの父親ほどの歳だ」

順は眉《まゆ》をひそめた。

「父さまはずっと年寄りです」

「まだ四十そこそこではないか。年寄りは気の毒だが……いや、たしかに。庵を結ばれ、行い澄ましておるところはまさしくご老人」

虎之助は順をうながし、帰路についた。水を満たした手桶を両手に提げている。

「兄さまはズドーンを習うのですって」

思いついて、順は言ってみた。

「ズドーン？」

「らんがく」

「ほう、お順は蘭学を知っておるのか」

順は首を横に振った。

「西洋の学問だ。ズドーンは砲術で蘭学とはちがうが、どちらもこれからは欠かせぬものだぞ。それゆえ、まずは蘭学を学べと、おれが兄者《あにじゃ》に勧めたのだ」

「はい。うかがいました」

「箕作先生より永井先生のほうが性に合っているようだ。意気投合しておるらしい」

「はい。うれしそうに出かけてゆきます」

「一を聞いて十を知る。賢い兄者だ」

兄が褒められてうれしい。それにもまして順は、虎之助と並んで歩くうれしさに有頂天になっていた。

八歳の順に恋の自覚はない。ただ宝物の貝殻《かいがら》や小石、お手玉や御守りと同じように、島田虎之助が好きでたまらなかった。かつては「柄のぬけた肥柄杓」と呼ばれた暴れ者の父、小吉ゆずりの烈《はげ》しさと大胆さを併《あわ》せ持つ末娘は、好みも小吉とよく似ていた。

小吉は、目下めきめきと名を上げつつある剣客を「虎」「虎」と呼んで親しんでいる。いつ何時でも泰然自若《たいぜんじじやく》、禅や儒教《じゆきよう》の素養もある虎之助は、威風堂々とした体つきからして小吉の憧れだった。なにより強い。加えて、諸国を武者修行して歩いたという経歴も、庶子の劣等感を引きずりながら七歳で勝家の女婿《むすめむこ》となり、井の中で反抗をくり返してきた小吉には羨望《せんぼう》の的《まと》である。

父に感化されて虎之助に惚れ込んだわけではなかったが、似た者父娘《おやこ》だけあって、順も虎之助に強く魅《ひ》かれている。好き、となると堪《こら》え性《しよう》がなくなるのも父ゆずりだ。

「兄さま。道場へ連れて行ってください」

麟太郎にせがんだ。

「女子《おなご》が道場など訪ねてなんとする？」

「稽古《けいこ》を見てもよいと言われました」

「島田先生ならおらぬぞ。あちこちから引っ張りだこで大忙しだ。島田は島田でも、おるのは師範代の島田小太郎どのよ」

小太郎は虎之助の兄である。

順が唇《くちびる》を尖《とが》らせたので、麟太郎は苦笑いを浮かべた。

「お順坊は先生に会いたいのか」

「はいッ」

「妹が会いたがっていたと言うといてやる」

これではいつになることやら。

母にも頼み込んだ。

「剣術？　女子が剣術など習うてなんとするのです。そなたのような小娘を指南してくれるところはありませぬよ」

「島田道場ならたぶん……」

「独りでは通えませぬ」

これ以上、娘がお転婆《てんば》になっては一大事と信は取り合わなかった。

「琴《こと》はどうしたのです？　あれほど大騒ぎをしたのに、飽《あ》いたのではありますまいね」

飽きたのではないが、家主の岡野家の奥方から琴を習う回数は、以前より減っていた。

奥方の度を越した好意がうっとうしい。稽古のたびに、若き当主、孫一郎が出てくるのも不愉快だった。

順は凡庸《ぼんよう》なもの軟弱なものが大嫌いだ。だから孫一郎が嫌いである。放蕩三昧の父親と愚痴《ぐち》ばかりの母親、ごろつきさながらの家臣郎党に囲まれて育った孫一郎は、元服《げんぷく》をすませた今もまるで頼りなかった。視線はきょときょとと落ち着かない。話しかけてもはにかんでいるだけで明瞭《めいりょう》な答が返って来ない。

まどろっこしいったら――。

それなのに順に迷惑顔をされてもそっぽを向かれてもこたえないのか、頬《ほお》を赤らめ、にやついている。

夏の終わりに孫一郎が病《やまい》に倒れた。またもや小吉の出番である。奥方に泣きつかれて、鶯谷から駆けつけた小吉は、なまくらな家臣郎党を叱咤《しった》激励《げきれい》して医者だ薬だと奮闘した。

そもそも先代孫一郎(隠居の江雪)を看取ったのは、小吉である。

「おれの手を握ってはらはら涙をこぼし、倅《せがれ》を頼む、どうか後見をしてやってくれと……天下の武将も不良旗本も、最期は親子の情というわけだ」

小吉は我が家へ戻るなり、こらえていた涙をこぼした。遊び人の家主のために、これまでどれほど厄介《やっかい》な目にあわされたか。それでもいざ死んでしまったとなれば、共に遊びほうけた若き日々がなつかしく思いだされたのだろう。

孫一郎の病が快方に向った夜のことだ。眠りかけていた順は、両親の話し声で目を覚ました。

はなはもう順の隣で寝息をたてている。麟太郎は二階の座敷で勉学中だった。

「隠居からぜひにと頼まれていた」

小吉が言っている。

「ぜひと言われてもねえ……。これまでだって、ずいぶん探しておられたのに」

信が言い返した。

「まァな、岡野家と聞いただけで、だれもが尻込《しりご》みをするからの」

「そうでしょうとも。いくら旗本とは申せ、借金だらけの家へ娘を嫁がせたいと思う者はおりますまい」

話題は孫一郎の縁談らしい。千五百石取りの旗本といえば聞こえはよいが、岡野家の内情は火の車だ。江雪の放蕩も広く知れ渡っていた。江雪はとうに死去しているとはいえ、当主は若輩《じゃくはい》の上に無役の小普請、悪評高い岡野家と縁を結ぼうという家などありそうにない。

順は、孫一郎の茫洋《ぼうよう》とした顔を思い浮かべた。たとえ借金がなくても、悪評が聞こえていなくても、あの頼りない当主に嫁ごうという女がいようか。

ところが、眉をひそめているうちに、話は思いも寄らないほうへ転がった。

「しかし、御前《ごぜん》さまにも拝《おが》まれたとなると、なんとかしてやらぬとなあ」

御前さまとは奥方のことである。

「無理ですよ。おはなにはつとまりませぬ」

「御前さまも、はなとは言うとらぬ」

「なれど、お順はまだ八つです」

「おれは七つのとき婿にきた。まんざら無茶な話とも言えまい」

「奥さまがお順をお気に入ってくだすっているのはありがたいことです。でも、あの娘を岡野にやるのだけは承伏できかねます。讃岐《さぬき》さんも言うておりました、お順は強運ゆえ、必ずや偉いお人の妻になると……」

関川讃岐は同じ地内に住む易者である。

順は耳を疑った。岡野家に嫁ぐ？　孫一郎と夫婦《めおと》になる？

とんでもない話だった。古畳や雨漏《あまも》りのする天井がいやだというのではない。同じ敷地内とはいえ、家族から引き離されて、あの陰気くさい屋敷で暮らすと思っただけで虫《む》酸《ず》が走った。

怒りと不安が一気にこみ上げる。

突然、隣室から聞こえてきた泣き声に、小吉と信は顔を見合わせた。何事かと襖《ふすま》を開けた信は、目の前で足を踏ん張り、大泣きしている順と、床の上で半身を起こし、眠そうな目をこすっているはなを見つけた。

「どうしたのです、お順。怖い夢でも見たのですか」

娘を抱き寄せる。

「行かぬ行かぬッ。母さま、お順を余所《よそ》へやらないで……」

順は涙ながらに訴えた。

「あれまあ、聞いていたのですか」

「母さま、母さま、母さま……」

両腕を首にまわしてしがみついてくる娘を信はひしと抱きしめた。

「やりませぬよ。どこへもやるものですか」

「ほんとうに？」

「ほんとですとも。むろん、そなたが大きゅうなったら、お嫁にゆかねばなりませぬ。でも安心なさい。そのときは母が天下一のお人を探してあげますよ」

信は小吉に目を向けた。

「こうと思うたら聞かぬ娘ゆえ……」

小吉もうなずく。

「おれも気が進まなんだのよ。来い」

と、両手を広げた。まだ鼻をすすっている娘を引き寄せ、かたわらに座らせる。

「この父は七つで勝家へやられ、勝の祖母《ばあ》さまにいじめぬかれた。おまえの母さまがおらなんだら、とうに逃げだしていたはずだ」

勝家の祖母さま——信の祖母は順が三つのとき死去している。

「祖母さまもそうだが、なにより辛《つら》かったのは親に棄《す》てられたと思い込んだことだ。近所におったがゆえになおのこと、親元にいる兄さまたちが羨《うらや》ましゅうて憎らしゅうて……」

妾《めかけ》の子である小吉は、物心ついたときにはもう生母と引き離されていた。

「おまえにおれと同じ思いをさせるわけにはゆかぬ。おれには母さまがおったが、岡野の倅では役にも立たぬ」

岡野へやられずにすむとわかって、順は涙をおさめた。が、それで話が終わったわけではない。

「奥さまになんと申し上げるのですか」

「あれこれ言う前に、娘をやってもよいという家を見つける」

「さように奇特な家がありましょうか」

「あろうがなかろうが探さねばならぬ。遺言だけはなんとしても……」

小吉は翌日、鶯谷の庵へ帰った。本所界隈《かいわい》では、岡野家の悪評は知れ渡っている。庵を基点に、本郷、小石川、さらには牛込、四谷といった遠方へ足をのばし、得意の交渉術で岡野家へ嫁に来てくれる女をつかまえようというのである。
娘の身を案じたのか、小吉はこのとき、順を鶯谷へ伴った。

五

寒風が吹きすぎるたびに、落葉がカサコソと音を立てる。雨戸を閉めれば暗い。障子《しょうじ》を開ければ寒い。で、閉めきった障子の際《きわ》に文机《ふづくえ》を並べ、小吉と順は神妙な顔で筆を動かしていた。

立て付けが悪いせいもあるが、それでなくても人家のまばらな鶯谷《うぐいすだに》は本所より寒々として、冬の訪れも早い。父娘《おやこ》はありったけの着物で着ぶくれ、手拭《てぬぐ》いを首に巻いた珍妙な格好だった。どうせ訪ねて来る者もいないと安心している。

「どうだ、できたか」

「はい。父さまは?」

「あと少しだ。吉原での喧嘩《けんか》を書き忘れた。やはりこれだけは入れておかぬとな」

『平子龍先生遺事《へいしりようせんせいいじ》』を書き終えたあと、小吉は己の半生記に取り組んでいた。型破りな行いの数々を書き記し、悔恨《かいこん》と反省を述べて子供たちへの家訓にしようというのである。

順は父の書いたものを別紙に写しとっていた。清書というほど上手には書けないが、字を覚えるにはちょうどよい。

義兄の男谷彦四郎燕斎《えんさい》に書の手ほどきを受けた信は、能筆で知られている。その母に伝授された順も、小娘にしてはなかなかの達筆だった。

のどかな鄙《ひな》では琴《こと》をつま弾《び》くか書き物をするか、あとは気ままに散策をするくらいで、二六時中ざわついている入江町の暮らしとは雲泥《うんでい》の差がある。順はここの暮らしが気に入っていた。ただし、寒いのとひもじいのだけはいただけないが……。

「そう言えば、先日浅草に立ち寄った際、虎がおまえのことを訊《たず》ねておったぞ」

小吉は筆を休め、娘を見た。

順ははっと目を上げる。

「なにを訊ねておられたのですか」

「いやなに、元気にしておるか、というようなことだが……。虎はおまえがいたく気に入っとるらしい」

順は頰《ほお》を赤らめた。島田虎之助とは初夏以来、会えぬままである。

岡野孫一郎との縁談をほのめかされたあのときから、順は嫁《とつ》ぐなら虎之助と決めていた。もちろん相手は二十歳以上年長で、今や江戸でも五指に入る剣客である。けれど、そんなことは問題ではなかった。

虎之助の素性はよく知らないが、兄の話では妻帯はしていないという。順は小普請《こぶしん》の娘だが、血筋でいえば、江戸屈指の剣客、男谷精一郎の姪《めい》であり、肝胆相照《かんたんあいて》らす高弟、麟太郎の妹でもあった。虎之助の伴侶として遜色《そんしょく》はない。あと六年、いや五年、待ってもらえさえすれば、きっと上手《うま》くゆくはずだ。易者の関川讃岐から強運と言われたことも、順の思い込みを後押ししていた。

ここにいれば虎之助に会えるかもしれない。大川の対岸の入江町より、鶯谷のほうが浅草に近い。

「島田先生は……」

言いかけて、順は唾《つば》を呑《の》み込んだ。胸がどきどきしている。

「……お独りとうかがいました。どなたがおまんまをつくっているのですか」

「弟子が大勢おるからの。身のまわりのことは、弟子どもがやっておるのよ」

「どうして奥さまをもらわぬのですか」

思い切って訊《き》いてみる。

「あいつは堅物《かたぶつ》だからの、女子《おなご》には関心がないのだ。何度も世話してやろうとしたが、そのたびに断られたわ」

順は胸元で両手を握り合わせた。堅物の虎之助が自分のことを訊ねてくれたというだけで、舞い上がっている。

もっと訊きたかった。話していたかった。が、小吉はもう書きかけの半生記に目を戻していた。『夢酔独言《むすいどくげん》』と名付けたその半生記に、小吉は全精力を注ぎ込んでいる。

順も筆写に戻った。むろん心ここにあらず、虎之助の面影《おもかげ》を偲《しの》んでいる。順が思い浮かべるのは虎之助の顔や姿ではなかった。鋭い気合と共に刀を振り下ろす黒い影、並んで歩いたとき全身を満たしてくれた安心感、気さくな語り口、ときおり眸《ひとみ》の奥にちらつく寂《さび》しげなかげりだ。

父娘は黙々と作業をつづける。

どれほど経ったか。

「あれまあ、お目を悪うしますよ」

近隣から賄《まかな》いに通って来る農婦の声で、二人は我に返った。似た者父娘は没頭するとまわりが見えなくなる。あたりはすっかり暗くなっていた。

「ご隠居さま。米がない、米がありません。いかがいたしましょうか」

「なに？　米がない、だと？　なぜそれを早う言わぬのだ」

「昨日も申しました。ご隠居さまはうんうんとうなずかれましたよ」

「う……耳が遠くなったのやもしれぬ。他になんぞないか」

「なにもありませんよ」

小吉は舌打ちをした。

「落葉でも炊《た》いて食わせろ」

農婦はけろけろと笑った。

「お腹をこわします」

「おれの腹は泥饅頭《どろまんじゅう》でもびくともせぬわ」

「ご隠居さまのお腹はいざ知らず、お嬢さまが腹痛をおこされては一大事」

「我が娘はさような柔《やわ》ではないわ」

「フフフ。それもそうだ。いえ、ひとっ走り家へ戻って、なんぞお持ちしましょう。ただしその前に……」

農婦は男のように大きな手のひらをつきだした。給金がとどこおっている。よこせば食い物を持ってきてやろうというのだろう。

「どいつもこいつもごうつくばりばかりよ」

小吉はしぶしぶなけなしの銭《ぜに》を渡した。

「フン。クソ婆《ばば》ァめが」

農婦が出てゆくや、小吉はいまいましげにつぶやいた。自分一人なら、どこか飯を恵んでくれそうなところへ出かけて行って腹を満たすこともできるが、娘がいるとなるとそうもいかない。

「しかしまァ……」と、小吉は娘に目をやった。順は我関せずといった顔で文机にかがみ込んでいる。「たしかに、こいつなら落葉も泥饅頭もへいちゃらやもしれぬのう」

「お順。喜べ。見つけたぞ」

ある日のこと、朝から出かけていた小吉が帰るなり大声を張り上げた。

たいがいは一日中、庵《いおり》へこもって執筆に専念している。ときたま出かけて行くのは、のっぴきならない用事があるからだ。

本所入江町の勝家の家主、岡野家の若き当主、孫一郎の花嫁探しである。

小吉は今は亡き先代当主の江雪から後事を託されていた。が、江雪の放蕩《ほうとう》で悪評高く、借金だらけの岡野家である。花嫁探しは難航していた。焦《あせ》った奥方は順に目をつけているようで、となれば、災難を避けるためにも、早急に花嫁を見つけなければならない。

「おや、狸《たぬき》でも見つけましたか。狸汁はなかなか美味《うま》いものだそうで……」

順が出て行く前に、農婦が台所から訊き返した。庵は小さい。台所といっても玄関の土間に小さな竈《かまど》があるだけだ。

「馬鹿を申すな。狸ではない女子《おなご》だ」

「あれまあ……」

「おまえに言うたのではない。お順。岡野孫一郎の花嫁が見つかったぞ。それも歴とした武家の娘よ」

これで災難が降りかからずにすんだと小吉はほっとした顔だったが、順は安堵《あんど》より、よくぞ見つかったという驚きのほうが大きかった。

「どのようなお人ですか」

「本人にはまだ会うてはおらぬが……」

奇特な花嫁は、麻布市兵衛町に住む伊藤権之助という旗本の娘だという。歳は孫一郎より五歳上の二十歳だった。二十歳といえば嫁《ゆ》き遅《おく》れの部類である。

伊藤家か娘本人か、おそらくどちらかに問題があって嫁き遅れた。それで先方も焦っていたのだろう。小吉の巧言《こうげん》に丸め込まれて、縁談を承諾した。その上、なんと持参金を百両もつけてきたという。

「百両ッ」

「いかにも百両だ。となれば奥方も文句のつけようがない。あばずれだろうがへちゃむくれだろうが、ふたつ返事で承諾しよう」

小吉の予想は当たった。

岡野家の者たちは大喜び、気が変わらぬうちにと小吉をせっつき、即刻、祝言《しゅうげん》の運びとなった。

鶯谷にいた順は祝言を見たわけではない。花嫁を見る機会もなかった。が、後日、両親から聞いたところによると、花嫁は器量も十人並みで、奇矯《ききょう》でも偏屈でもなかったが、そびえるような大女だったという。ひ弱な孫一郎と並ぶと母子《おやこ》としか見えなかったそうで、果たして夫婦仲がしっくりゆくかどうか。むろん、そこまでは小吉の出る幕ではない。

やれやれと肩の荷を下ろした小吉だったが、御役御免《おやくごめん》はまだ早かった。婚儀につづき、小吉は岡野家の家屋の修理の算段と、馬の調達を頼まれた。知行地《ちぎようち》の代官を呼び、得意の弁舌をふるって銭をかき集め、資金の調達をしてやる。ついでに居《い》候《そうろう》の仙之助にも敷地内に小家を建て、身のまわりの世話をする妾《めかけ》をあてがってやった。まさに八面六臂《はちめんろつぴ》の働きである。岡野家の家人の感激ぶりといったら……。

ところが――。

岡野家の婚儀の際、花嫁は持参金を百両も持ってきた。知行地からも四百両に及ぶ祝い金を集めた。中へ入って駆けまわった小吉が仲介手数料、いや、せめて礼金をもらって当然と思うのは大まちがい。江戸っ子を自任する小吉は、亡き江雪の遺言と心得、自分からは一銭も要求しなかった。勝家へ届けられたのは宴会の残りの折り詰めとちゃちな引き出物、雀の涙ほどの礼金だけである。

勝家は相も変わらず銭に窮《きゆう》していた。小吉だけでなく、入江町の家でも鶯谷の庵でも、家族全員が困窮していた。もともと浮き沈みの大きい家である。麟太郎が直心影流《じきしんかげりゆう》の免許皆伝を受け、師範代《しはんだい》をつとめるようになってしばらくはそれでもまずまずの暮らしだったが、大飢饉《だいききん》をなんとか乗り越えたというのに、ここへ来て再び生活苦にあえぎはじめた。麟太郎の稼《かせ》ぎが急激に目減りしているためだ。

　黒田家お抱えの学者、永井青崖のもとへ通い、蘭学《らんがく》を学びはじめたのが、その原因だった。老中の水野越前守が目下、天保改革を推し進めている。水野の片腕である江戸町奉行、鳥居耀蔵《ようぞう》は大の蘭学嫌いで、弾圧の目を光らせていた。にらまれるのが怖《こわ》いから、麟太郎の稽古《けいこ》をそれとなく断ってくる者が増えた。

　家長として稼がぬわけにはいかない。が、やっとのことで師を見つけ、学びはじめた蘭学もやめたくない。悩んだものの、これぱかりは麟太郎も我を通した。そして小吉も、息子の志を尊重した。

「これからは蘭学です。今やめてしまえば元も子もありませぬ」

「わかっておる。思うとおりやってみろ」

　かくして、家族はきゅうきゅうとしている。

　貧窮はどこにいても同じだ。岡野家の婚儀が終わった今、大手を振って入江町に帰ろうと思えば帰れた。けれど順は、鶯谷から動かなかった。

　虎之助に会いたいがためである。大川の対岸の入江町より、鶯谷のほうが浅草に近い。冬の夜々、小吉と順は農婦のつくった粗末な粥《かゆ》をすすった。屑野菜の入った粥を、これほど美味いものはないと思いながら。

畦道《あぜみち》には福寿草や連翹《れんぎょう》が、雑木林には辛夷《こぶし》や沈丁花《じんちょうげ》が咲きはじめた。鷺谷は多彩な色と香りにあふれている。同じ花でも岡野家の雑然とした裏庭で見るより色鮮やかに見えるのは、順の心がはずんでいるからか。

この日は麟太郎が来ていた。明朗闊達《めいろうかったつ》な兄がいるだけで、みすぼらしい庵が一気に活気づく。小吉も順も、空《す》きっ腹さえ忘れるほどの歓迎ぶりだった。

麟太郎は一人ではない。渋田利右衛門という商人《あきんど》を伴っていた。

利右衛門は、順が心魅《ひ》かれる剣客、島田虎之助とは正反対だ。色白の細面《ほそおもて》は女のようだし、体つきは細身で物腰も柔らかい。穏やかなまなざしや物静かな話し方は商人というより学者のようだった。歳は小吉と似たり寄ったりか。

「ほう、これは愛らしいお嬢さまにございますな。賢そうな御目をしておられる」

もてなそうにも茶菓はない。白湯《さゆ》を運んできた順に、利右衛門は笑顔で話しかけた。

「ご本宅にもお嬢さまがおられました」

「はなは姉です」

「お順はこの老父の世話をするために、鷺谷と入江町を行き来しておるのよ」

「夢酔さまが老父なら、わたくしまで老人になってしまいます。まだまだ若いつもりでおりましたが……」

利右衛門は箱館の弁天町で廻船問屋《かいせんどんや》を営《いとな》んでいるという。宗谷や根室、斜里《しゃり》へ赴く漁船の置場を貸し、商いの資金を貸し付ける。漁船は帰路、鮭を江戸へ運んで売りさばく。貸した金と利潤を取り立てるため、利右衛門は毎冬、江戸へやって来て、春まで滞在する。

「こたびは麟太郎さまと知り合うことができました。まことに幸運にございました。わたくしは三度の飯より書物が好きという変わり者でして。同好の士を得て、江戸へ参る楽しみが増えましてございます」

「渋田どのは入江町へもお訪ねくださった。あまりの貧しさに驚いて、書物を買う資金ばかりか、紙束《しそく》まで調達してくれたのです」

資金というのが二百両だと聞いて、小吉も順も口をあんぐり開ける。

利右衛門の温顔は変わらなかった。

「いやいや、どうせ訳もなく使い果たしてしまう銭、為《ため》になる本を選んでいただき、お読みになられたあとでお送りいただければ、そのほうが二度、役に立つというものにございます。蘭書などもぜひ翻訳していただきたいとお頼みいたしました」

二人が出会ったのは日本橋の書物商の店頭だという。書物好きな二人は、主人の嘉七に引き合わされた。麟太郎は銭がなくて書物を買えないので、店にたびたび通っては、片《かた》っ端《ぱし》から書物を立ち読みしていたという。

「蘭学のお話をお聞かせいただきました。並々ならぬ決意に感じ入りましてございます」

利右衛門に言われて、麟太郎は小鼻をうごめかせた。

「今、蘭学をやらねば我が国は後《おく》れをとる。和蘭語《オランダご》を修得して、西洋の兵学、砲術を学んだ者が、これからの世を動かすのです」

「倅《せがれ》は先々代の将軍家より、先見の明あり、とのお墨付《すみつ》きをもろうてござる」

希望の星である息子が褒《ほ》められるのが、小吉はなによりうれしい。小柄な背中をそっくり返して悦《えつ》に入っている。

良くも悪くも、勝家の人間は熱中すると抑えの利《き》かない質《たち》である。何事にも猪突猛進《ちょとつもうしん》。今や麟太郎は剣術から蘭学へ、小吉は放蕩《ほうとう》から物書きへ、一心不乱になっていた。順も勝家の娘である。男たちの話を聞いているうちに胸が昂《たかぶ》ってきた。

「兄さまは異国の言葉が話せるのですか」

「話せはせぬが、簡単な文を読むくらいならなんとか……」

「麟太郎さまは麻布へ和蘭語を習いに通われておられますそうで」

「狸穴《まみあな》に都甲斧太郎《つこうおのたろう》という老人がおります。元は幕府の馬医者ながら今は隠居の身。このご老人は小関三英《こせきさんえい》より蘭学を学んだそうで、難解な文も読みこなします」

「小関三英と言えば、蛮社《ばんしゃ》の獄《ごく》の際に自殺をしたご仁《じん》だのう」

蛮社の獄とは、幕府の蘭学弾圧により渡辺崋山、高野長英らが捕らわれた事件である。小関は渡辺崋山の依頼で聖書を翻訳した科《とが》で捕らわれることを怖れ、自殺してしまった。

「このご老人がとてつもないお人なのです。書物の山に埋もれ、寝ころびながら日がな一日、本を読んでおられる」

「それならわたくしも同様。若い頃は両親にひどく叱《しか》られ、両手両足を縛《しば》られて押し込められたこともございますよ」

「押し込めか。押し込めは難儀だのう」

「それでも懲《こ》りず、足の指で書物をめくって読んでおりましたら両親はあきれ、もうよい、勝手に読みたいだけ読めと申しました」

一同は声を合わせて笑う。

麟太郎は真顔になった。

「とにかく、都甲老人は和蘭語の達人なのです。で、狸穴の帰り道に、嘉七の店へ立ち寄ったというわけです」

書物好きの男たちの話は尽きない。

「蘭学と申せば箕作先生や永井先生の御名が高うございますが、『江戸名家一覧』にもお名前の出ておりました佐久間象山先生も蘭学をはじめられたと小耳にはさみました」

利右衛門の話に小吉は身を乗りだした。

「おう、お玉が池にて象山書院を開校しておられる……。象山先生は松代藩、真田家ご家中で、郡中横目付《よこめつけ》役をつとめておられるとか。塾で教えるかたわら、海防策を幕府へ上申したり、伊豆へ砲術の調練に出かけたり、たいそうな働きだと虎が話しておった」

　麟太郎も膝《ひざ》を進めた。

「象山先生ならお訪ねしたばかりです」

「お玉が池においでになられましたので？」

「ほう、どのようなお人かの？」

　利右衛門と小吉は大いに興味をかきたてられたようだ。が、順は飽《あ》いてきた。あくびを噛《か》み殺し、席を立とうか、がまんしようかと迷いながら尻《しり》をもぞもぞさせる。

　麟太郎は忍び笑いをもらした。

「永井先生の仰せどおり、まさに目から鼻へぬけるような……当代一の学者であることは疑いようもありませぬ。とはいえ、あの尊大な物言いときたら……なにしろ自惚《うぬぼ》れが羽織袴《はおりはかま》をまとうているかのごときお人でした」

　兄の言葉が順を引き留めた。「自惚れが羽織袴をまとう」とはどういうことか、にわかに興味をそそられる。

「それは虎も言うておった」

　小吉が言うと、利右衛門もうなずいた。

「嘉七が黒川良安先生から聞いた話では、蘭学を習いに来られる際も、緞子《どんす》の紋付《もんつき》羽織に古代模様の袴といういでたちとか。些細《ささい》な過《あやま》ちも正さずばすまぬお人柄にて、教えるほうも気をゆるめられぬそうにございます」

「いかにも。ただ者でないのはまちがいありませぬ。ただ者でないどころか……いやァ、驚いたのなんの」

麟太郎が思わせぶりに目玉をまわしたので、利右衛門や小吉ばかりか、順までが次の言葉を待ちわびる。

麟太郎は象山の風貌を描いて見せた。

「まず背が高い。五尺七、八寸はありましょう。筋骨は隆々、容貌は魁偉《かいい》……顔は長く、額は広く、色がぬけるように白い。目は大きく、炯々《けいけい》と輝いている。黒く艶《つや》やかな総髪をひとつに結わえ、丹念に整えた口髭《くちひげ》をたくわえている。それだけでも目を奪われますが、例の仰々《ぎょうぎょう》しいいでたちで、腕を組み、傲然《ごうぜん》と座している。たいがいの人間は見ただけで頭をぶん殴《なぐ》られたような気になりますよ」

順はこくりと唾を呑み込んだ。いったいどんな男か。島田虎之助にはじめて会ったときも頭をぶん殴られたような衝撃を受けた。ただし、虎之助は容貌魁偉ではない。いかつい顔はよく見れば滋味《じみ》に富んでいるし、身なりは質素で目立たない。

「永井先生の遣《つか》いだったのです。それゆえ、それがしにはまことに丁重で、韮山《にらやま》での砲術調練の話などもされ、旧知のごとくもてなしてくださいましたが……」

学問に取り憑《つ》かれ、自らを天下一と思いこんでいる象山を畏敬《いけい》しながらも、麟太郎は少々腰が引けているようだった。

「しかしまァ、お江戸にはエライお人がおられるものでございます」

利右衛門はひたすら感心している。

佐久間象山という男に会ってみたいと、順は思った。勝家の娘は好奇心も旺盛《おうせい》なら、腕力であれ才気であれ、傑出《けっしゅつ》した人物に魅かれる気持ちも人一倍強い。

そうはいっても——。

「お互い蘭学に励む身、切磋《せっさ》琢磨《たくま》してゆこうと話しました」

目を輝かせて言う兄を見れば、剣術のほうはどうなったのか、以前のように剣術に専心して虎之助と共に歩んでほしいと、順は少しばかり不満だった。

この日、利右衛門は夕刻まで庵に留《とど》まり、従僕を使いにやって近場の料亭から運ばせた膳《ぜん》を勝家の家人にふるまった。数日中には箱館へ帰るという。帰れば多忙の身、初冬になるまで江戸へは来られない。

「それまでに思う存分、書物をお読みください。なにをどう読まれたか、お会いしてうかがうのを楽しみにしておりますよ」

麟太郎に言ったあと、利右衛門は順にも温顔を向けた。

「女子《おなご》とて賢くなければなりません。これからの世は女子の力こそ大事、お嬢《じょう》さまもぜひとも勉学に励まれますよう」

「はいッ」と、順はうなずく。

「やれ、たいしたお人がおるものよ」

麟太郎と共に帰って行く利右衛門を見送るや、小吉は感嘆のつぶやきをもらした。

天保十五年、初秋の朝のことだ。

「浅草へ行くぞ、食うたら仕度《したく》をせい」

小吉に言われ、順は食べかけの粥に噎《む》せそうになった。

「浅草って？」

「新堀に決まっておろうが。虎がの、たまにはおまえを連れて来いと言うとった」

「島田先生がッ」

「今日は久々に出稽古がないそうな、むくつけき男の顔ばかり見ておるゆえ、たまには女子《おなご》の顔を見とうなったのだろう」

浅草にいながらあの堅物は遊び方も知らぬわ……などと小吉はまだぶつぶつ言っていたが、順はもう聞いてはいなかった。早くも胸をときめかせている。

鶯谷にいれば虎之助に会えるかもしれないと期待していたのに、これまで機会がなかった。もちろん順はいつも庵に居るわけではない。小吉の都合で入江町の我が家に帰っていることもある。虎之助はたまたま順が留守のときに何度か訪ねて来たようで、そのたびに順の近況を訊ねていたという。

三十一の男がなんと思って九つの娘を気にかけるのか。ともあれ、自分のあとをつけてきて「剣術を見せよ」とねだった突飛《とっぴ》さ大胆さに、虎之助が一目置いているのはたしかだ。

一方の順は、なぜこうも胸がときめくのか、子供なのでまだわかってはいない。が、小吉の娘は、育った環境のせいもあって、同年配の武家娘よりはるかに早熟だった。

「ついでに広小路へ連れて行ってやろう。取り締まりが厳しゅうてひと頃の活気はないがの、それでも面白き見世がたんと出ておる」

父娘は庵を出た。路傍には露草や女郎花《おみなえし》が碧や黄色の小花を咲かせ、どこからか虫の声も聞こえている。下谷の新寺町通りを東へ行くと、大川から水路を引き込んだ新堀川へ出る。島田道場はその少し手前を右へ折れたところにあった。

この界隈《かいわい》には御書院番組《ごしょいんばんぐみ》や大御番組《おおごばんぐみ》の組屋敷をはじめ、大小の武家屋敷が並んでいる。虎之助が出稽古に通う松平内記の屋敷も新堀沿いにあった。住まいは裏手で、通りに面した道場からは、かけ声や竹刀《しない》を打ち合わせる音など稽古の気配が聞こえていた。

「兄さまも教えていらっしゃるのかしら」

「あいつは赤坂か麻布か、蘭学サ。ここの師範代は虎の兄の小太郎だ」

近頃の麟太郎は蘭学に熱中していた。赤坂溜池《ためいけ》の黒田藩邸には蘭学者の永井青崖が、麻布にも蘭学者の都甲老人がいる。

二人は通用門から中へ入り、道場の脇をぬけて裏手の屋敷の玄関へ出た。屋敷といっても小体《こてい》な二階家だが、狭くてみすぼらしい住まいには慣れっこなので順はなんとも思わない。それよりこれから虎之助に会うと思うと、心の臓が飛びだしそうだった。

小吉は玄関で訪《おとな》う。ヒタヒタと足音がして、なんと虎之助自身が現れた。

「おう、ようおいでになられた。お順どの、久しいのう」

威圧するような体つきも頑固そうな顔も相変わらずだが、虎之助は頰をゆるめ、歓迎の意を示した。

「お目にかかれてうれしゅうございます」

小吉が口を開くより先に、順は挨拶をする。できるだけ大人に見せようと精一杯気取って挨拶をしたつもりだが、虎之助がどう思ったかはわからない。

小吉はくつくつと笑った。

「お嬢もやりおるわい」

「さ、上がられよ。弟子に浅草餅《もち》を買いに行かせておるところだ」

家の中は座敷も廊下も塵《ちり》ひとつなく磨き立てられていた。塵はともかく、家具調度の類《たぐい》もほとんどない。初秋の今はまだよいが、冬はさぞや寒々としているにちがいない。

通された座敷も、床の間に掛《か》け軸《じく》があるだけで、花瓶《かびん》も灰吹《はいふ》きもなかった。掛け軸も簡潔に「心」と墨文字がただ一字。

小吉と虎之助は雑談をはじめた。それもしゃべっているのはほとんど小吉だ。小吉は昨年、書き上げた家訓『夢酔独言』や随筆『卯年《うどし》ひろゐかき』の話を得々《とくとく》としている。あとはまたもや蘭学の話題で、麟太郎の勉学の話の中に、順もいつぞや聞いたことのある佐久間象山という学者の近況もあった。象山はいよいよ蘭学にのめり込み、蘭学者の黒川良安をお玉が池の象山書院に招いて、この六月から良安に蘭学を教わり、自分が良安に漢学を教えるという交換授業をはじめたとやら。

「寝る間も惜しんで励んでおるそうだ。一日一刻も眠れば足りるとやら」

「ご子息もご同様でしょう」

「今少し若ければの。おれも倅には負けぬ」

「しかし高野長英先生の例もあります。用心だけは怠《おこた》らぬよう」

「麟太郎ならとうに目をつけられておるわ。今さらじたばたしたところではじまらぬ」

なぜだれもが蘭学蘭学と言うのか。こんなつまらぬ話を聞くためにはるばるやって来たわけではない。順がへそを曲げかけたとき弟子が浅草餅を運んできた。

茶菓で場が和《なご》む。虎之助は順にもわかるように、九州や東北を武者修行してまわったときの面白おかしい話をしてくれた。小吉が首をかしげるほどに、虎之助は順にやさしい。

「さてと。お順さまは女子ゆえ、小太刀《こだち》の使い方を教えてやろう」

順は目を輝かせた。座っているのにはもう飽き飽きしている。せっかく道場へ来たのだ、まねごとでいい、剣術を習いたい。むろん虎之助に手ほどきをしてもらえるなら、なんであれ、大歓迎だ。

ところが、喜ぶのは早計だった。直心影流の剣術指南が小太刀を教えるわけがない。板敷きの小部屋へ順を伴い、襷鉢巻《たすきはちま》きをさせて小太刀の持ち方を教えてくれたのは、虎之助ではなく、小太刀の使い手だという弟子の一人だった。

体《てい》よく順を追い出したあと、小吉と虎之助がなにを話していたのか。

「お順さまのおかげで気持ちが休まった。ぜひまたおいでくだされ」

帰路につく際、虎之助がかけてくれた言葉と思いのこもったまなざしがなければ、順は落胆していたはずだ。

「父さま。また連れて来てください」

順ははずんだ声で言った。

小吉はあっさりうなずいた。

「ま、虎がおまえに会いたいと言うのだ。それで慰《なぐさ》めになるならお安い御用」

では、順がいない場で、虎之助はまた順を連れて来てほしいと小吉に頼んだのだろうか。順が慰めになると言ったのか。

うれしくて飛び跳ねたくなった。

「お順は島田先生のお嫁さまになります」

うっかり口をすべらせると、小吉は目を丸くする。と思うや、無遠慮に笑いだした。

「それはどうかのう。虎にはの、おまえよりひとつ年上の娘がおるそうな。下関に残してきた娘が恋しゅうて、それでおまえに会いたがっておられるのよ」

六

民《たみ》という女が本所入江町の勝家を訪ねて来たのは、翌弘化二年（前年十二月二日に改元）二月も終わろうという頃だった。

この日、順はひとりで家にいた。「ごめんなさいまし」という声で玄関へ出てゆく。妙齢《みょうれい》の女だった。娘というほど若くはないが、眉《まゆ》も剃《そ》らず、歯も染《そ》めていないところを見ると人妻ではなさそうである。物腰はしなやかで人慣れして見えるが、といって、以前よく勝家へ押しかけてきた茶屋や女郎屋《じょろうや》の女たちのようにくずれた風情《ふぜい》はない。髪《かみ》は小ぶりの島田、男物のような地味な唐桟《とうざん》の袷《あわせ》に黒繻子《くろじゅす》の帯といういでたち。両腕にひと抱えはある風呂敷包みを掲げている。

「先生はおられますか」

澄んだ声で言われて、順は目を瞬《しばた》いた。

「先生……」

「いやだ、旦那《だんな》さまだわね。皆が勝先生、勝先生と呼ぶものだからつい……」

首をすくめると、女はぐんと若やいだ。

「兄さまなら赤坂へ出かけています」

「あら、ご禁足《きんそく》じゃ……赤坂へも麻布へも行かれなくて腐っておられるんじゃないかと思ってお見舞いに参ったのですが……」

蘭学《らんがく》にのめり込んでいた麟太郎が、老中に返り咲いた水野越前守の顔色をうかがう小《こ》普請組《ぶしんぐみ》の組頭から禁足——外出禁止——の沙汰《さた》を言い渡されたのは昨秋だった。先頃、水野は病免となり、麟太郎の禁足も解けた。

それにしても、麟太郎が赤坂や麻布へ蘭学を習いにゆくことまで知っているとは、二人はよほど親密な関係にあるらしい。

「お許しが出たばかりです。兄さまは早速、赤坂へ飛んで行きました」

「あれまァ」

女は大仰《おおぎょう》に頰《ほお》をふくらませた。真っ先に知らせてくれてもよいのにと機嫌を損《そこ》ねたのだろう。が、それも本気ではないのか、すぐに笑顔に戻って、

「母上さまは？」

と、明るい声で訊《たず》ねた。

「鶯谷です」

「そう。ではこれを旦那さまに渡してね。話はつきました、お納めください、と」

「あのう……」

「砥目《とのめ》の民、と言えばわかります」

「とのめ、の、たみ、さま」

「さまというほどのもんじゃありませんよ。砥目屋はわたしの実家で、薪炭《しんたん》を売るかたわら質屋もやってるんです。これは質草」

民が式台に置いた包みへ、順は目をやる。物問いたげな顔をしたからか、民は思いだし笑いをした。

「庵《いおり》で使う薪炭まで息子にねだるわけにはいかぬと、お母さまがお着物を持って来られたんです。それを知った旦那さまが、お着物をお母さまにお返ししろと仰せになられて、代わりに脇差を質草になさいました。どうせ禁足だから用はないと……。そうはおっしゃられてもねえ、お武家さまがお腰の物を質草にするなど、お母さまがお聞きになられたらさぞ嘆かれましょう。どちらも流れては一大事、というわけで、このわたしがね、お預かりしてたんです」

一人前の蘭学者になったら肩代わりをした借金を返してもらうと民は言ったが、質屋の娘が、ただの客にそんな親切をするはずがない。

民さんは兄さまがお好きなのだ――。

今の順には、人を好きになる気持ちがどんなものかわかっていた。自分が民で、島田虎之助が兄なら、やはり同じことをするだろう。もっとも、したくてもできない。民はどうしてそんなに銭《ぜに》があるのか。

よく見れば、贅沢《ぜいたく》でこそないが、民は直参《じきさん》の勝家の家族よりずっとましなものを着ていた。箱館の商人《あきんど》、渋田利右衛門といい、民といい、町人は武士より裕福らしい。

「兄さま母さまがお世話になりました」

順は両手をついた。十歳になった今はもう、武家娘の作法を身につけている。いかに貧しくとも、母の信は子供たちの躾《しつ》けだけは怠《おこた》らなかった。

「さすがは先生のお妹さまだこと」

民は目を細めた。

「ええと、お嬢さまはおはなさま……」

「順です」

「まァ、あなたがあのお順さまね」

麟太郎からどんな話を聞かされているのか、民は愉《たの》しげに笑う。

「それではお順さま。先生……旦那さま母上さまにくれぐれもよろしゅう」

会釈《えしゃく》をしてきびすを返した。その仕草も鮮やかだ。

どうしたらこんなふうに颯爽《さっそう》とした身のこなしができるのか。それより、兄さまは民さんをどう思っているのだろうと、順は後ろ姿に見惚《みほ》れた。

麟太郎はすでに二十三で、勝家の当主である。周囲から縁談について訊《き》かれるたびに、両親はやきもきしていた。美男で人好きのする麟太郎がいまだ独り身なのは、本人のせいではない。小吉の謹慎があった。そのあとは押し込めになった。不良直参と指をさされる親がいては縁談どころではないと小吉は鶯谷に庵を結んで隠居したのだが、今度は麟太郎自身が禁足を申しつけられた。無役《むやく》の小普請というだけでも敬遠されるのに、父《おや》子《こ》共々お上から罰則を食らった身。その上、勝家は雨漏《あまも》りのする借家に住み、食う物さえ事欠く貧乏暮らしである。これではまともな縁談などなくて当然。

兄さま、おかわいそう——。

かつては見知らぬ女に兄を盗《と》られたくないと思ったものだが、今はもうそんな気持ちはなくなっていた。兄よりもっと気になる男がいるからだ。

民の気さくな話し方や屈託のない笑顔に、順は好感を抱いていた。

「兄さまは、どうして、民さんをお嫁さまになさらぬのですか」

その夕、帰宅した麟太郎は、妹から唐突に訊かれて狼狽《ろうばい》した。

「そりゃ、まァな……情が深い、度胸がある、機転が利《き》く、あいつなら武家の妻女にはもってこいなんだが……」

「だったら」

「そう簡単にゃいかねえのサ。あいつの家は商家だし、それに民は芸者だしナ」

芸事が好きで深川の芸者になった。借金はないというが、どのみち薪炭屋兼質屋の娘では武家の嫁にはなれない。

兄の話に、順は首をかしげた。

「どうして？」

「どうしてって……お許しが出ないからサ。武家は武家、町人は町人同士でなけりゃ、縁組みはできねえって決まりがあるのサ」

順は思わず顔色を変える。

「そんなッ。なら兄さま、わたしもお武家さまのところでなきゃお嫁にゆけないの？」

「そりゃそうさ。だが心配はいらねえ。はなもおまえも、おれが相手をめっけてやる」

順は眉を寄せ、あわただしく思案をめぐらせた。島田虎之助は剣客である。松平家出入りの師範《しはん》として扶持《ふち》をもらっていた。それは武士と言えるのか。

「武士ならだれでもいいの？」

真顔で訊かれて、麟太郎は苦笑した。

「まさか、その歳で、意中の人がいる、なんぞと言わんでくれよ。まァ、女子《おなご》の場合はそううるさいことは言われずにすむ。が、こっちはそうはいかねえ。側妻《そばめ》というテもあるがあいつは首を縦には振らんだろう」

二人の父親、小吉は放蕩三昧《ほうとうざんまい》をしてきた。が、側妻はいなかった。理由は簡単、扶養する銭がなかったからだ。男谷家にも側妻はいない。精一郎は生来の堅物《かたぶつ》で、家付き娘の鶴以外、女には目も向けない。

「側妻ってのは召使いだ。おれは大奥にいたことがあるからよくわかる、正室と側室は天と地ほどちがうのサ。正妻は唯一絶対。大名家に望まれても、おまえは側室になんぞなるなよ」

小吉ゆずりの勝ち気な娘に二番手三番手の暮らしは耐えられまい……と、麟太郎は見ぬいている。

順も、他の女に後《おく》れをとるなどまっぴらだった。もとより嫁《とつ》ぐなら「一番の男」と決めている。兄の話を聞いて「一番の女」という新たな決意が加わった。虎之助を思いつつ、順はきっぱりうなずいた。

とんとん拍子だったわけではない。が、勝麟太郎と砥目屋の民は、その年、弘化二年の九月に無事、祝言《しゅうげん》まで漕《こ》ぎつけた。

足しげく鶯谷を訪ね、困窮《こんきゅう》している隠居暮らしに役立つ物を届けて小吉や信の心をつかんだ民の努力が功を奏したのである。なにより小吉が感心したのは、庵まで押しかけてきた借金取りを民が得意の啖呵《たんか》で撃退したことだ。小吉には茶器を買った際の借金があり、いまだ執拗に催促をされて、わずかずつではあったが返金していた。

　気に入った、となると、小吉は素早い。まず砥目屋に掛け合い、持参金の代わりに相応な礼金を用意させて岡野家へ持っていった。民を岡野家の養女にしようというのだ。これまでさんざん小吉の世話になっていたから岡野の妻女に否《いや》はなかった。

　内実はともあれ、表向きは千五百石の旗本家である。その養女を娶《めと》るとなれば、組頭《くみがしら》も支配も文句のつけようがない。

「麟太郎が見初《みそ》めた女子《おなご》なれば、当方にも異存はない」

　悪評の高い岡野家の養女ではあったが、人のよい男谷精一郎も従弟《いとこ》の結婚を祝福した。

　勝家はその岡野家の敷地内に建てられた借家に住んでいる。狭い上に煤《すす》けた畳もしみだらけの壁も見られたものではなかった。そこで盃事《さかずきごと》は岡野家の表座敷で執《と》り行われることになった。裏へまわれば勝家と似たり寄ったりのみすぼらしさだが、表側の座敷と庭だけはなんとか旗本屋敷の体裁を保っている。

　簡素ながら和《なご》やかな祝言だった。男谷家からは当主の精一郎と鶴夫婦が、小石川林町の松坂家からも伯父《おじ》夫婦が、島田道場からは虎之助と兄の小太郎が、麻布の都甲老人は華《はな》やいだ場所は苦手だと出席しなかったが黒田藩からは蘭学者の永井青崖が、松平家からは小吉の朋友《ほうゆう》の松浦勘次が、書物商の嘉七も箱館の渋田利右衛門から託された祝儀を届けてきた。さらには、岡野家の知行地でのゴタゴタを鎮めた小吉を恩人と慕う駿河在の素封家《そほうか》が贈ってきた、とてつもなく大きな興津鯛《おきつたい》も、宴《うたげ》ににぎわいを添えた。

「収まるところに収まるものだの」

虎之助がつぶやいたのは、麟太郎と民が昨日今日の間柄ではなく、麟太郎が浅草に仮寓《かぐう》していた頃からのつき合いで、その紆余曲折《うよきよくせつ》を間近で見てきた感慨によるものだろう。

「島田先生は奥さまをもらわぬのですか」

下関へ預けてきた娘はいるが、妻女がいるとは聞かない。順が訊ねると、

「粗忽者《そこつもの》ゆえ来手がないのだ」

虎之助は冗談めかして答えた。

「でしたらわたくしをもろうてください」

「おう、それは重畳《ちようじよう》。早う大人になれ」

笑ったところをみると戯《ざ》れ言《ごと》か。

祝言が終わると、いつもながらの日々が戻ってきた。

「貧乏などへいちゃらです」

歓喜に頰を上気させ、勇ましく宣言した花嫁を、勝家の家族は一抹《いちまつ》の不安を覚えながら見守る。貧乏が当たり前の自分たちはともかく、飢饉《ききん》の際に苦労をしたとは聞くもの

の、民は小商《こあきな》いながらも飢えとは無縁の家で育った。華やかな花柳界にも身を置いていた。果たして耐えられようか。

不安は杞憂《きゆう》だった。勝家に入るや、民は持参した着物や道具をことごとく売り払い、古着屋で買った縞木綿《しまもめん》に装束を改めた。二歳年上の姉さん女房は、貧乏などものともせず喜々として家事に勤《いそ》しむ。

麟太郎の結婚を機に庵を建て増しして、信、はな、順の三人は鶯谷へ移った。これまでも交替で庵に住み込み、小吉の世話をしていたのだが、新婚の若夫婦をはばかって、そろって引き移ることにしたのだ。このところ体調のすぐれぬ信のためにも、娘たちがいたほうがよい。

となると、麟太郎夫婦も入江町で暮らす意味がなくなった。水野越前守が病免され、その片腕であった蘭学嫌いの鳥居耀蔵《ようぞう》も失脚して、蘭学への風当たりは弱まっている。むしろ若者の間では蘭学や西洋砲術への関心が高まっていた。水を得た魚のように、麟太郎は永井のもとへ通い詰めている。永井のほうでも勉学熱心な麟太郎を大いに気に入り、藩邸への自由な出入りや資料の閲覧《えつらん》を黒田家に要請してくれた。

入江町は本所の中でも東寄りにある。一方、福岡藩邸は外桜田に上屋敷が、赤坂の溜《ため》池《いけ》に中屋敷があり、永井青崖はこの中屋敷内の長屋に住んでいた。入江町から溜池へ行くには本所を西へ歩き、両国橋を渡って、神田から日本橋――つまり江戸城の東南をぐるりとまわらなければならない。二里ほどの距離は、男の早足なら半刻《はんとき》の余もあれば行かれるとはいえ、毎日のように往復するのは時間の無駄である。今となっては岡野家にこだわる理由もない。さらに言えば、十五年暮らした家は傷《いた》みも激しい。

どうせなら溜池の近くに――。

麟太郎は永井の弟子の伝手《つて》を頼って、溜池にほど近い赤坂田町の、森川と長島という二人の旗本が共有する敷地内に建つ空き家を借りることにした。

なにゆえ空き家か。ひと目見れば納得のゆくあばら屋だが、黒田家中屋敷にも麻布の都甲老人の家にも近く、勉学にはもってこいである。剣術指南を辞めてしまったので麟太郎には稼《かせ》ぎらしい稼ぎがない。勉学のための銭は出てゆくばかり、困窮ぶりは大飢饉の最中にも匹敵するほどだった。が、寒さもひもじさも、新婚夫婦の水入らずの生活を脅《おびや》かすほど深刻なものではなかった。

一日一食、天板は薪《まき》にしてしまい、畳も三枚しか残っていないという壮絶な暮らしの中で、民は第一子を出産した。結婚してちょうど一年、弘化三年の九月十五日である。

御役《おやく》に就《つ》く当てはまるでない。希望を抱くたびに裏切られ、すさんでいった父の半生を見て育った麟太郎は、端《はな》から御役に就くことなどあきらめていた。猟官運動も一切するつもりはない。蘭学についても、習得したからといってどう役に立つのか、いまだ不明だ。お咎《とが》めの心配こそなくなったものの、神田のお玉が池で私塾を開いていた佐久間象山にしてからが、この閏《うるう》五月には郷里の松代へ呼び戻され、塾を閉じてしまった。

そんな明日の見えない日々である。

それでも麟太郎は、長女を夢と名付けた。


「夢ちゃんに会いたいなァ」

庭に持ちだした盥《たらい》で大根を洗いながら、順はため息まじりにつぶやいた。

兄の初子を見に赤坂へ行きたい。それ以上に行きたいのは浅草新堀の島田道場だ。虎之助とは兄の婚礼以来、顔を合わせていない。

「母さまの容態を知らせたから、そのうち向こうから顔を見せにくるわよ」

言いながら、はなは泥をこそげ落とした大根を盥に入れる。

「首がすわるようにならなきゃ、連れて来られないでしょ。わたし、見に行く」

「だめだめ、遠すぎるわ」

二人は干し大根をつくっているところだ。小吉が近隣の畑へ手伝いに行き、分けてもらってきた大根である。

同役押し込めの沙汰を受けて一家が保科家の一隅で暮らしていた頃から、信はしばしば体調をくずすようになった。めまいや動悸《どうき》がつづき、食欲も失《う》せる。はじめこそ近所の医者に診《み》てもらったが、藪医者の見立てはあやふやで、無駄な銭をかけることもないとやめてしまった。夏の終わりから、また持病に悩まされている。

鶯谷の暮らしも、赤坂の麟太郎夫婦の暮らしに負けず劣らず貧窮していた。入江町の借家を引き払う際、用人の六兵衛にも暇《いとま》をだしていたので、家族四人が助け合ってなんとかしのいでいる。とはいえ、隠居と病人、子供二人では飢えをしのぐのが精一杯だった。

もはや売る物もない。執筆どころではなくなって、小吉は農家をまわり手伝い仕事に励んでいた。が、長年の不摂生がたたったのか、すぐに疲れ、足腰が痛いとうめいている。

食事の仕度《したく》、片づけ、掃除や洗濯、母の看病をして父の足腰を揉《も》んでやるのはよいが、姉妹にとっていちばん辛《つら》いのは朝夕の水汲《みずく》みだった。雑木林をぬけて井戸へ行くたびに、順は虎之助とはじめて話をした日を思い浮かべた。あの頃も貧しかったが、今よりはましだったような気がする。麟太郎によれば天保の大飢饉は凄《すさ》まじかったというが、はなも順も幼かったので記憶にはない。

「あー、お腹が空《す》いたァ」

順は大根を囓《かじ》った。

「およしなさいってば」

取り上げようとしたものの、妹があまりに美味《うま》そうに食べるので、はなもがまんできず瑞々《みずみず》しい大根にかぶりつく。

「美味《おい》しいーッ」

「ねッ。そういえば入江町でも、よく仙之助さんに野菜を囓らせてもらったね」

元は僧侶の仙之助は、怠《なま》け者ぞろいの岡野家で、ひとり畑仕事に励んでいた。

「易者の讃岐さんも、岡野の奥さまもどうしているかしら」

遠いところへ来てしまったような……。入江町で過ごした幼い日々をなつかしく思いだしつつ、順はサクサクと大根を噛《か》んだ。


鶯谷の庵での日常は、空腹さえがまんをすれば、平穏で和やかだった。人たらしの小吉は近隣に住む風流人の知遇を得て、上野の山を散策したり、ときには歌会に顔をだして怪《あや》しげな歌を詠《よ》んだり……。親分肌を発揮して村人の揉《も》め事《ごと》を仲介することもある。おかげで村人たちが米や野菜を分けてくれた。

麟太郎が暮らし向きの銭を届けに来たり、民がややこの顔を見せに来たり……。今は縁者の家に引き取られている六兵衛や松平家の家臣の松浦勘次、岡野家の居候《いそうろう》の仙之助もときおり訪ねて来た。男谷家からもしばしば見舞いの品々が届く。

訪問者の中には島田虎之助もいた。多忙な合間を縫ってやって来れば、時を忘れて、小吉と世間話に興じている。

「ここへ参ると、郷里の中津へ帰ったような心地がいたします」

十六で武者修行の旅に出たという剣客は、今になって棄《す》ててきた故郷が恋しくなったのか。虎之助は剣術だけでなく儒学《じゆがく》や禅の道も究《きわ》めた。今やその名は関東一円にとどろいている。弟子の前で軟弱な姿を見せられないぶん、ここではくつろぎ、素の顔をのぞかせることができるのだろう。

虎之助は庵へ来るたび、率先して水汲《みずく》みや薪割《まきわ》りといった力仕事を片づけてくれた。せっかくの機会である。一瞬たりと逃すまいと順は虎之助のあとをついて歩く。

「どうだ。勉学に励んでおるか」

虎之助は決まって訊ねた。

「はい。父からは教えることがのうなったと言われました。母には書が上達したと……」

「そいつは頼もしいのう」

「兄さまのように、順ももっともっと学問をしとうございます」

「そうか。お順は学問が好きか」

学問が好きというより、勉学をして知識を身につけ、父や兄、虎之助の話を理解できるようになりたかった。二番手や三番手ではなく、一番と思ってもらえる女に……。

「ここでは琴《こと》も剣術も習えませぬ」

「そうか。小太刀《こだち》も一度習うただけでは役に立たぬの」

覚えておるか、と訊かれてうなずく。

「道場へうかごうてもようございますか」

「むろんだ。が、まァ、待て。あわてることはない」

「どうしてですか」

「女子《おなご》はいずれ嫁にゆく。父御母御《ててごははご》のもとにいられるのは一時《いっとき》だ。孝養を尽くせ」

虎之助はふいに薪割りの手を休め、空のかなたに目をやった。眉間《みけん》に深いしわを刻んでいる。悔恨か苦悶《くもん》か、ずいぶん悲しそうな顔をしていると順は思った。それきり黙ってしまったところをみると悩みでもあるのか。

次に会ったとき、井戸へ向かう雑木林の中で、順は訊いてみた。

「下関にお子がおられるとうかがいました」

これまで何度も訊ねようと思った。が、なぜか訊けなかった。思ったままを口にして母や兄に叱《しか》られる順には珍しいことである。

虎之助は驚いたようだった。

「よう知っておるの」

「父から聞きました。ずっと前に」

「そうか。夢酔さまには話したことがあったかのう」

虎之助は吐息《といき》をついた。

「下関の長門屋という造り酒屋に厄介《やっかい》になっていたときだ、そこの娘に惚れてしもうた。二十歳をすぎたばかりの頃だった。修行中の身だというに、若気の至り……」

順は息を詰め、じっと耳を傾けている。

「子ができた。女子だ。菊と名付けた。そのまま留《とど》まることも考えた。が、志を抱いて郷里を棄ててきたのだ。悩んだ末、出立《しゅったつ》した」

しばらく近江に留まり、江戸へ出て男谷道場の門を叩《たた》き、武者修行に東北まで足をのばしたのち、ようやく江戸に居を定めた。

虎之助は、独り立ちした暁《あかつき》には妻子を江戸へ呼び寄せるつもりでいたという。ところが近江で妻の訃報《ふほう》を聞いた。幼女を連れて修行はできない。娘はそのまま長門屋で養ってもらうことにした。

「ここではじめてお順さまに会うたときだ。娘が愛《いと》しゅうなった。そうだ、おれにも似たような歳の娘がおったのだと……」

十二や十三の娘に、独りで江戸へ来いとは言えない。父親とはいえ顔も知らぬ男のもとへ来るのはさぞや心細かろう。

だが、長門屋も代が替わっていた。どうせ嫁がせるなら、江戸へ呼び寄せ、今や名士である父親のもとから嫁がせたほうがよい。話を聞いた松平家では、家臣の中からふさわしい婿《むこ》を探そうと約しているという。

「では、お菊さんは武家に嫁ぐのですね」

「そうなるかの。ただし、娘が江戸へ来る気になるかどうか……。なったところでどうするか。だれを迎えにやるか。いや、送ってもらう者を頼むか」

菊の仕度もある。迎えるほうの準備もある。虎之助はそれでなくても忙しい身だからそう簡単にはいかない。

「お菊さんが江戸へいらしたら、わたくしがお相手をいたします。いろいろと教えてさしあげます。そうすれば、お寂《さび》しくないでしょう」

将を射んと欲すればまず馬を射よ――という格言こそ知らなかったが、順が思ったのはそのことだった。菊の世話をするとなれば、虎之助のそばにいられる。菊が嫁ぐ頃には自分も縁談が舞い込む歳になっている。それまでに虎之助の心をつかみ、掛け替えのない女になっているというのは、まんざら夢物語ではなさそうだ。

案の定、虎之助は喜色を浮かべた。

「かたじけない。お順さまがついていてくだされば、お菊も心強かろう」

小禄《しょうろく》とはいえ、順は歴とした直参《じきさん》の娘である。礼儀作法も言葉遣《ことばづか》いも厳しく躾けられていた。それでいて育ちが育ちだから、見栄《みえ》や気取りがない。菊の話し相手にはもってこいだ。

「すぐにとはゆかぬが、そのときはお順さまにいらしていただこう。夢酔さまには今からよう頼んでおく」

「はいッ。お任せください」

順は勇んで応えた。

七

「兄さまッ。兄さまってば」

下駄《げた》を脱ぎ飛ばして、順は座敷へ駆け上がった。

座敷といっても、畳が敷いてあるのは半分の三畳だけで、残りは一段低い板床がむきだしになっている。食うに食えず、畳を売ってしまったのだ。入江町でも同様だったから、それだけなら驚くには当たらない。

書物が積み上げられ、大量の紙束《しそく》に囲まれた中に、文机《ふづくえ》が置かれていた。その前に麟太郎がいる。古ぼけた柔術の稽古着《けいこぎ》にすりきれた袴《はかま》というなりで、机の上に突っ伏していた。

麟太郎は隙《すき》のない男だ。半鐘《はんしょう》が鳴れば真っ先に飛び起きる。居眠りをしていても頭のどこかが醒《さ》めているのか、飛んできた蚊《か》を器用に叩《たた》きつぶす。それなのに、何度、声をかけても微動だにしない。

死んでしまったのでは――。

順は青くなった。

「兄さまッ、兄さまッ、しっかりして」

板床のそそけだった木片で足の裏を突き刺し、痛みに顔をゆがめながらも、兄の背中に取りつく。

「うう、なんでえ……」

麟太郎はくぐもった声をもらした。

「あ、生きてたッ」

「お順坊か。脅《おど》かすない」

月代《さかやき》は生え放題、眼窩《がんか》は落ちくぼみ、目は血走っている。麟太郎は艶《つや》のないざんばら髪《がみ》を振り立てて大きな伸びをした。

「ああ、よかった」

順はぺたんと尻餅《しりもち》をついた。

「おれが死んだと思うたか。ハハハ、熟睡してたのサ。死にゃァしねえよ。こいつを写しきるまでは、死んでなるものか」

動悸《どうき》を鎮《しず》めつつ、順は文机の上の紙に目を向けた。みみずがのたくったような横長の模様が十列余り、紙面の三分の一ほどを埋めている。

「和蘭語《オランダご》だ」

「おらんだ、ご……」

「左右の頁に同じ意味の……左に和蘭語、右に日本語が書かれているんだ。対《つい》になってるから、こっちを見れば、和蘭語の意味がわかる。和蘭語でなんというかも調べられる」

麟太郎は身振り手振りで説明をした。

「こいつを一枚写すと十六文だ。日本語のほうは八文。『ヅーフ・ハルマ』は五十八巻三千頁の大作だからナ、いい稼《かせ》ぎになる」

『ヅーフ・ハルマ』というのは、和蘭人フランソワ・ハルマが編纂《へんさん》した蘭仏《らんふつ》辞書を、和蘭カピタンのヘンデレキ・ヅーフが蘭和辞書に直したもので、長崎の通詞《つうじ》十一名が二十一年がかりで完成したものだという。この『御用紅毛辞典』は長崎の通詞部屋と江戸の天文台、幕府の奥医師《おくいし》・桂川甫周法眼《ほしゅうほうげん》のもとにあるきりで、印刷は禁止されていた。

となると手で写すしかない。が、なにしろ五万余の語が収録されている辞書だから、かかる時間もさることながら、よほどの根気がなければ写しきれない。大坂の蘭学者、緒方洪庵《こうあん》の適塾《てきじゅく》にも写本があるというが、閲覧者《えつらんしゃ》は引きもきらず、順番がめぐってきても引っ張りだこで、じっくり読むこともできぬ有り様とやら。

「三千頁……」

順は目をみはった。

「全部写すのにどのくらいかかるのですか」

「ま、一年はかかるな」

麟太郎は知人の旗本、上田実に頼み込み、一部を借りだしてもらって深川の上田家へ通って写している。江戸に二冊しかない貴重な原本なので昼間は閲覧できない。夜間に写して、写したものを持ち帰り、昼間は自宅でもう一部、写していた。

一部では売ってしまえばそれでお終《しま》い、といって所蔵しているだけでは一銭にもならないから食ってゆけない。この際、二冊を……という思いはわかるものの、気が遠くなるような作業である。昼夜分かたず写本に没頭しているために、着の身着のまま短時間で熟睡するこつが身についたのだと、麟太郎は苦笑した。

「だけど兄さま、これじゃ、写しきらないうちに倒れてしまうわ」

順は兄の顔に視線を戻した。

無精髭《ぶしようひげ》におおわれた顔は、生気が失《う》せ、肌もどす黒く、充血した両眼だけがぎらぎらと強い光を放っている。

「ほう、母上のようなことを言うのう」

麟太郎は目くばせをした。いくつになったかと訊《き》かれて、順は十三と答える。

「こいつは驚いた。子供と思うておったが、もうそんなになったか」

勝家の家族は小柄で色白で目鼻が整っている。麟太郎も美男だった。はなは雛人形《ひなにんぎよう》のようだ。末娘の順はあどけない顔をしているので歳より幼く見られる。

「なれば、ひとつ言うておく。ここぞというときにやらねば運を逃す。お順坊にもそういう大事なときが必ず巡ってくる。逃すな。つかみとれ。とことんやるんだ」

麟太郎はそこでにやりと笑った。

「おれはおかしな性分での、追い詰められればられるほど闘志がわいてくる。ここまで食い詰めると、柱を囓《かじ》ってでも生き延びてやるぞ、とかえって愉快になってくるのサ」

兄は昔からそうだった。決してへこたれない。大飢饉《だいききん》で食うや食わずのときも、小吉の不始末から押し込めになったときも、元気溌剌《げんきはつらつ》としていた。華奢《きゃしゃ》な体のどこに不屈の力がひそんでいるのか。寝ぼけ眼《まなこ》の、おでこに赤い寝跡のついた顔に順は見とれる。

「さてと、よう寝た」

「夢ちゃんと嫂《おねえ》さまは？」

民は三歳になる夢を連れて実家の砥目屋《とのめや》へ帰っていると麟太郎は答えた。

「おめえが来るとわかってりゃ、行かせなかったんだがナ。あいつはおめえに会いたがってたっけ」

若夫婦には苦労もよいが、夢は育ち盛りだ。食い物がなくなると民の実家へ連れて行き、飯を食わせてもらうのだという。

「ところで、独りで来たんじゃあるめえな」

「六兵衛がちょうど訪ねて来たので、ここまで送ってもらいました」

どうしても行きたいとせがんだので、小吉は娘を元用人の六兵衛に託した。写本に取り組んでいると聞いてはいても、小吉自身、顔を見せない息子が気にかかっていたのだろう。

「父さまは明日、迎えに来るそうです」

「そうか。てことは、お順坊はここに泊まるのか。となりゃ、やっぱり民を実家へ行かせたのは先見の明だったたナ」

夜具がひと組しかないという。

「だったら兄さまはどこへ寝るの？」

「おれは寝ない。深川へ行かねばならぬ。だがせっかくお順坊が来たんだ」

写本を早めに切り上げ、散策がてら永井先生に本を返しにゆくから一緒に来いと言われて、順は一も二もなくうなずいた。

「ここへ来るとき通ったろう。黒田さまの中屋敷はでっかいぞ」

永井先生のところでは茶菓くらい出るはずだ。うまくすれば弟子のだれかが帰りに屋台の蕎麦《そば》でもおごってくれるかもしれない、いや、知り合いの貸本屋を訪ねて飯にありつこう……などと、麟太郎の話はいつもながら調子がいい。

「おれは資金を貯《た》めて蘭学塾を開く。ヅーフの写本さえ持っていれば百人力だ。お順坊、まァ、見ておれ。そのうち勝麟太郎義邦《よしくに》……と、こう『名家一覧』にも名が出る。おめえも楽しみにしてろよ」

話がどんどんふくらんでゆくのも毎度のことだった。兄は自信家である。ホラ吹きでもある。兄といると気が大きくなってくる。

順は胸をはずませ、下駄を鳴らしながら兄と共に溜池《ためいけ》沿いの道を歩いた。

『ヅーフ・ハルマ』の筆写はその年、嘉永元年の秋に完成した。麟太郎は一部を売った代金から筆写にかかった費用を払い、残りは生活費に充《あ》てた。報告がてら鶯谷《うぐいすだに》の庵《いおり》へ扶持《ふち》を届けにきたときは、晴れ晴れとした顔だった。

「こちらはなんとかやっています。寝もやらず働いてつくった大切な金子《きんす》、ご自分のためにお使いなされ」

「いえ。父上母上にはご苦労をおかけしております。これもそれがしの力が足りぬゆえ。遠慮なくお納めください」

麟太郎と二人、押し問答をしていた信だが、それでは……と小吉が手をだそうとするや、素早く金子の包みを取り上げた。

「では、お預かりいたしましょう」

昔のように馬鹿げた遊蕩《ゆうとう》こそしないものの、銭《ぜに》を持てば右から左へ使ってしまう癖はなおらない。小吉にはまだ借金も残っていた。

銭のことより、あれほどの労作が火事にあったり盗まれたりしないかと順は心配だった。麟太郎の話では安全な場所に預けてあるという。おそらく黒田家中屋敷内に住む永井青崖に保管を頼んでいるのだろう。

鄙《ひな》で暮らす順は知らなかったが、この数年来、琉球《りゅうきゅう》や長崎へ異国船がひんぱんに来航していた。海防策が盛んに論じられるご時世である。

「これからは海防、となれば西洋兵術は必須です。老中の阿部伊勢守さまも海防第一と話しておられる由《よし》。江川先生の砲術塾も入門者であふれています。兵術を学ぶには蘭学が欠かせませぬ。それがしには『ヅーフ』があります。いよいよ出番が参りましょう」

麟太郎は自信満々である。

「先日、亀沢へ参ったところが、精一郎もなにやら息巻いておったぞ。海防もよいが、まずは軟弱な若者どもの性根を入れなおし、心身共に力をつけることだと……」

小吉の従兄《いとこ》、男谷精一郎は現在、御本丸御徒頭《おかちがしら》をつとめている。剣客としての名声もいや増すばかり。麻布狸穴《まみあな》の男谷道場は相変わらずの大盛況だという。

「島田道場も大にぎわいです」

「虎と言えば、下関から娘御《むすめご》が参るそうな」

順ははっと父の顔を見た。

「ちょうど江戸へ出て来る者があるそうでの、送り届けてもらうことにしたらしい」

「では、いよいよいらっしゃるのですね」

「あの堅物《かたぶつ》よ、皆、肝《きも》をぬかそうの」

小吉は小気味よさそうに笑う。

「ご妻女は造り酒屋の……」

「うむ。亡《の》うなられたそうじゃ。よほど辛《つら》い思いをしたのではないかの、これまで浮いた噂ひとつ聞こえてこなんだゆえ」

順は黙っていられなくなった。

「先生に頼まれました。お菊さんが江戸へいらしたら、お相手をしてほしいって。わたくしも先生のお役に立ちとうございます」

順は両手を揉《も》み合《あ》わせる。

小吉は膝《ひざ》を叩いた。

「おう、そうだ。わしも頼まれとった。しばらくお順さまをお借りしたい……と」

「なるほど。お順坊なれば人見知りもしないし、物怖《ものお》じもしない。適任ですね」

「虎はお順が気に入っとるのだ。顔を合わせるたびに、お順さまはどうしておるかと訊いてくる。お互い、気が合うのだろう」

「へえ、そいつは驚きました。お順坊があの先生を手玉にとるとは……」

師として畏敬《いけい》してきた麟太郎には、虎之助と妹との親しげな光景など想像もつかない男谷家の葬儀の日、虎之助の素振りを目の当たりにして大泣きした妹の姿を思い浮かべているのかもしれない。

いずれにしろ、小吉も信も麟太郎も、虎之助と順のかかわりは父娘《おやこ》のようなもの、と高をくっていた。順が胸の内に秘めている恋情に、まだ気づく者はいない。

島田虎之助の娘、菊が江戸へやって来たのは晩秋だった。江戸へ移り住むという商人一家に同行したもので、品川宿へ入ったとの知らせに虎之助は弟子を迎えにやり、同時に鶯谷へも伝言を届けてきた。赤子《あかご》の頃の顔しか知らぬ娘ではどう接してよいかわからず、不安にかられているのだ。

こんなときじっとしていられないのが小吉である。信とはなに留守を任せ、順を連れて浅草へ向かった。荒川沿いの道には野菊や萩、女郎花が咲き群れて、櫨《はぜ》の葉が紅《あか》く色づいている。

「虎も江戸に根を張る気になったか」

道々、小吉は感慨深げにつぶやいた。

「根を張るって？」

順は聞き返す。虎之助の話題とあれば、聞き逃せない。

「虎には後《うし》ろ盾《だて》がない。が、娘が松平家の家臣に嫁《とつ》げば行く末は安泰」

保身のために娘を呼び寄せたような言い方が癇《かん》に障《さわ》った。生き別れた娘の話をしたときの虎之助の寂《さび》しげなまなざしを、順は思いだしている。

「先生はお菊さんのためを思って江戸へ呼び寄せることにしたのです。ずっと案じていたからこそ……」

「むろんそのとおり。が、忘れてはならぬ。わしがなぜめちゃくちゃをやったか。御役《おやく》に就《つ》けなんだからだ。勝家の当主として、家を守り立て、根を張ることができぬゆえ自棄《やけ》になった。虎とて同じだ」

順は父が書いた家訓『夢酔独言』を筆写している。順なりに父の苦難を理解していた。小吉は勝家という名に振りまわされて身を持ち崩した。小普請《こぶしん》が御役に就くことがどれほど大変か。武士が家名を存続させることがどれほど大切か。

「勝家には恐ろしい祖母《ばあ》さまがいた。おまえが生まれた頃はもう年老いておられたゆえ、よけいな口は挟まなんだがの、わしは七つで勝家に入ってから、この祖母さまに長いこと嫌いぬかれ、いじめぬかれた。非情なお人と怨《うら》みもしたが、今思えば、祖母さまもお気の毒なお人だった。とんでもない養子をもろうてしもうたのだ、勝家の存続を危《あや》ぶむがあまり、おれのすることなすことに腹がたち、苛立《いらだ》ちをぶつけられたのだろう」

畳を売り払うほどの貧乏をしようが、「柄《え》のぬけた肥柄杓《こえびしやく》」の子と白い目で見られようが、「お家大事」の精神は順も幼い頃より叩き込まれている。

「まァな、孝養らしいことはできなんだが、よき子らをもうけた。これだけは祖母さまも彼岸《ひがん》で喜んでおるはずじゃ。虎もの、江戸へ根を張るなら、娘一人では心もとない。たんと子をつくらんとな」

「先生にはご妻女がおりませぬ」

「今度こそ、見つけてやるサ」

「おやめください。母さまが言われました。父さまは他人のお節介ばかりして、苦労ばかりしょいこまれると」

「これはしたり。娘に叱《しか》られた」

小吉は機嫌のよい笑い声をあげた。

先生に嫁ぐのはわたくしです――。

喉元《のどもと》まで出かかった言葉を、順は呑《の》み込《こ》む。今はまだ、たとえ父であろうと、打ち明けるときではなかった。子供のくせに……と笑われるのがオチだろう。まずは菊の信頼を勝ち取ることが先決である。

どんな娘か。浅草新堀が近づくにつれて、好奇心がふくらんでゆく。

菊は父親に似て大柄で骨太の、口の重い娘だった。陰気ではないが、両親を知らずに育ったからか、子供らしい明るさはない。

長いこと自分を置き去りにしていた父親が突然、江戸へ来いと言ってきた。その父親は江戸屈指の剣客である。菊にしてみればうれしさより恐ろしさのほうが大きかったにちがいない。

「おうおう、はるばるよう参られた。先生が首を長うして待っておられましたぞ」

「お菊さん。仲よくいたしましょうね。これからはわたくしを頼りにしてくださいし」

人好きのする小吉の笑顔と、小娘らしからぬ順の如才《じょさい》ない挨拶がなかったら、寡黙《かもく》な父娘の初対面は気まずいものになっていたかもしれない。

虎之助は菊のためにつづき部屋を建て増ししていた。母親代わりとなる年配の女中も雇い、身のまわりの品々も買いそろえ、万全の準備をした。それでも順がいなかったら菊は郷里恋しさに泣きくれていたはずだ。

順はしばらく島田家に滞在して、菊と共に暮らすことになった。鶯谷の窮乏《きゆうぼう》生活はとりわけ冬がこたえる。その点、島田家は居心地《いごこち》がよかった。なにしろ繁華な浅草である。菊と一緒に浅草寺や両国広小路へ出かけたり、足をのばして本所亀沢町の男谷家を訪ねたり……。

遊んでばかりいたわけではない。町家で育てられた菊は、武家の作法を知らない。虎之助の意向に従って、二人は礼儀作法をはじめ、お針、書、和歌、茶の湯など、師について学んだ。

年が改まる頃には、菊も次第にうち解けてきた。枕を並べて眠りにつく前、娘たちはおしゃべりに興ずる。菊は下関にいた頃の話をした。

「お祖父《じい》さまはいつも言うていました。菊の父さまはエライお人だ。文武に秀で、人間の器も大きい。そのうちきっと天下に名を成し、おまえを迎えに来るはずだから、安心して待っているようにと……」

「お祖父さまがおっしゃったとおりになりましたね」

「でも、お祖父さまのように言う人ばかりではありませんでした。おまえは父さまに棄《す》てられたのだ、迎えになど来るはずがない、と言う者も……」

「先生はそんなお人ではありませぬよ。ああ見えておやさしいお方です」

「お順さまはほんに、父さまがお好きなのですねえ」

　鈍感に見えるからと油断していると、菊は核心をついてくる。多忙な虎之助とはめったに会う機会はなかったが、順のように虎之助の姿ばかり追いかけ、虎之助の話ばかりしていれば、わからぬはずがない。

「いえ、わたくしはただ……先生を尊敬しているのです」

「父さまもお順さまを頼りにしておりますよ。わたくしがお嫁にいっても、お順さまは父さまのおそばにいてください」

「お菊さん……」

「わたくし、お順さまに父さまのご妻女になってほしいのです」

「あら、そんな……わたくしはまだ……」

「お順さまの母さまは四歳で夢酔さまの奥さまになられたとうかがいました」

フフフ……と忍び笑いをもらした菊は、見かけとちがって、案外、人の心を見ぬく目を持っているようだ。

武家では、娘が十三、四で嫁ぐ例も珍しくなかった。適齢期はせいぜい十七まで、十八になれば嫁《ゆ》き遅《おく》れだ。十四になった順が三十六の虎之助に熱を上げるのも、まんざらふしぎなことではない。が、当の虎之助はどう思っているのか。

やきもきしているうちに、姉のはなに縁談が持ち上がった。

島田家に仮寓《かぐう》していても、順は年末年始など、鶯谷へ帰ることもある。はなが浅草へやって来ることもあった。十六になるはなは幼さの残る順とちがって、娘の色香《いろか》が匂《にお》っている。勝家の血を引く端正な顔立ちは、道場へ出入りする男たちの注視を浴びた。

もっとも、隠居してはいるものの父は悪評まみれの小吉、兄の麟太郎は蘭学狂いの小普請、勝家の貧しさを知れば、たいがいの男は二の足を踏む。

ところが奇特な若者がいた。直参《じきさん》の山本代助である。

山本家は本所に住まいがあり、男谷家とも親しく行き来していた。はなが男谷精一郎の姪《めい》だという事実が、親類縁者の反対を払拭《ふっしょく》する役割を果たしたのは明らかだった。山本家では、男谷家を通して、勝家に縁談を申し入れてきた。

麟太郎から話を聞いた小吉は、即座に承諾した。持参金も大仰《おおぎよう》な仕度《したく》もいらない、ぜひ娘御を……という口上に心を動かされたのである。山本家も小普請だが、それはお互いさまだ。代助が島田道場の門弟であるというのも願ってもなかった。

「姉さまはよろしいのですか」

順だけが不服顔である。

「良いも悪いも、父さまがお決めになられたことですから」

はなは真顔で応えた。

「山本さまとはお話をしたこともないのでしょ。どんなお人かわかりませぬ」

「お見かけしたことはありますよ」

順が見たところでは、あまりぱっとしない若者だった。

「剣術もさほど強うはないと……」

「真面目で温厚なお人とうかがいました」

「でも小普請ではありませぬか。姉さまもご存じでしょ。無役《むやく》の武家はおまんまも腹いっぱい食べられないのです」

「貧しさには慣れています。わたくしはね、大名もお大尽《だいじん》も好きませぬ。今のままのつつましい暮らしが性に合うているのです」

「姉さま……」

「先方がぜひにとおっしゃるのです。女子《おなご》は望まれて嫁ぐのがなによりの幸せですよ」

姉がそれでよいと言うのなら、よけいなことは言えない。

わたくしはいや――。

順は思った。父や兄の苦労を見ている。小普請はいやだ。というより、名もない男のもとへは嫁ぎたくない。順が魅《ひ》かれるのは「一番の男」だ。なにものをもはねのけ、傲《ごう》然《ぜん》と我が道を歩いてゆくような強い男。そう、島田虎之助のような……。いや、虎之助以外にはありえない。

「一、二年もすれば、お順にも縁談が参りましょう。我が家は小普請なのです。選《え》り好みしていると嫁き遅れになりますよ」

姉の忠告を、順は右の耳から左の耳へ聞き流した。

晩春、はなはあっさり嫁いで行った。格式ばった祝言《しゅうげん》もなければ大げさな仕度もなかった。

それを機に、順は鶯谷へ戻った。菊が江戸暮らしに慣れ、虎之助と父娘らしい会話を交わすようになっていたこともあったが、はなを手放した両親が寂しさのあまり、順を呼び戻したのである。

この年、嘉永二年ははなの祝言ともうひとつ、勝家に祝い事があった。十月二十九日、麟太郎と民夫婦に二人目の子が生まれた。麟太郎が次女につけた名は孝である。無役の勝家は相も変わらず貧苦にあえいでいたが、それでも麟太郎は意気軒昂《いきけんこう》、蘭学熱はいっこうに冷めそうもない。

実は、いよいよ私塾を開く目処《めど》がつき、麟太郎はこの時期、準備に邁進《まいしん》していたのである。蘭学は必須だ。学びたがる者はこれからも増える一方だろう。弟子ができれば束脩《そく しゅう》も入る。話題になれば幕僚の関心を引くこともできる。それが唯一、世に出る近道だと、麟太郎は考えている。

いちばんの強みは『ヅーフ・ハルマ』があることだった。大坂の緒方洪庵の適塾にも一冊しかないという蘭和辞書である。これさえあれば、塾に人が集まるのはまちがいない。問題は塾を設ける場所である。

新しい家に引っ越す余裕はなかった。いずれにしろ、まだ道半《なか》ばで学ぶことは山ほどあった。塾のためだけでなく修学のためにも、不便な場所へ引っ込むわけにはいかない。

結局、現在住んでいる赤坂田町のあばら屋に手を加え、ささやかな塾をはじめることにした。塾の名は氷解塾。看板を掲げたのは、翌嘉永三年になってからである。

蘭学を教えるだけでは物足りない。そもそも麟太郎の関心は、蘭学そのものより西洋の兵術にあった。鉄砲や大砲の造り方や台場の設計など、異国に対抗しうる兵術を広める塾にしたい。

そうなると、なんとしても砲術を学んでおく必要があった。

順が二度目に佐久間象山の噂を聞いたのは、秋風が立ちはじめる頃だった。

この日、鶯谷の庵へ麟太郎が来ていた。暑気あたりか、夏の間中、食欲がなく、体調をくずしていた小吉は、夏の終わりと共に寝ついてしまった。忙しい合間に、麟太郎はしばしば見舞いに訪れている。

「ほう。なぜまた許されなんだのじゃ」

早足で歩いて来たのか、小吉の枕辺《まくらべ》へ座ってもまだ額に汗をにじませている兄のために冷たい井戸水を運んできた順は、珍しく父のはずんだ声を耳にした。昔から小吉は麟太郎の顔を見ると元気になる。

「ご老中方は頭の堅い者ばかりですから」

麟太郎は答え、順が膝元へ置いた湯飲みを取り上げた。美味《うま》そうに水を飲む。

「長崎へ入港した和蘭船によれば、近々米国が開国を求めてくるそうです。こんなときになんたる石頭かと、象山先生はすっかり腹を立てられた由《よし》……」

麟太郎が佐久間象山のお玉が池の塾を訪ねたのは弘化元年だから、六年前になる。郡中横目役《よこめやく》を仰せつかった象山は、再三の藩の要請に抗《あらが》えず、弘化三年には塾を閉じて郷里の松代へ帰国していた。

もちろん、この異相・異能の男が郷里でおとなしく御役目《おやくめ》だけをつとめていたわけではない。江戸から運んできた豚を飼育し、朝鮮人参《にんじん》や薬草の栽培法、石灰や葡萄酒《ぶどうしゅ》の製造法を伝授し、志賀高原の開発もはじめた。さらにはテレグラフ（電信機）やエレキテル（電気）の実験を行い、自費でよいからと、藩に『ヅーフ・ハルマ』の出版許可を願い出た。

松代藩の真田家下屋敷は深川にある。昨年末より象山は江戸へ舞い戻り、下屋敷で出版準備にとりかかっていた。その噂は麟太郎の耳にも届いている。せっかくの計画が出版寸前になって幕府に却下されたことも、江戸湾の砲台を巡り、あまりの稚拙《ちせつ》さに憤慨《ふんがい》して、目下、海防意見書をまとめていることも、すでに聞き及んでいた。

「しかし、大したお人です」

砲術を学ぼうとしている麟太郎は、深川へ会いに行った。象山のもとには門弟が多数、押しかけていたという。

「これからは海防だと、先生は力説されました。大砲を鋳造《ちゅうぞう》して、西洋式の砲台を造る。なにより軍艦です。軍艦を造って海戦戦術を訓練する。そのためには広く人材を登用しなければならない。片田舎《かたいなか》にも学校を建てて、教育を盛んにしなければなりませぬ」

麟太郎の口調は次第に熱を帯びてきた。

小吉は目を閉じて、ウンウンとうなずきながら聞《き》き惚《ほ》れている。信と順も、魅入《みい》られたように麟太郎を見つめていた。

「そうです。海軍です。砲術を学ぶために蘭学をやってきましたが、西洋兵術の要《かなめ》は軍艦なのです。日本は島国ですからね。海を操らなければ将来はない」

いたく感嘆した麟太郎は、象山にねだって私塾に掛かっていた「海舟書屋」と書かれた額をもらってきたという。

「先生にお許しを得ました。海舟をそれがしの号にいただこうと思います」

「ふむ。海に舟か……」

「海舟とはよき響きですね」

小吉と信は同時にうなずく。とりわけ信が関心を示したのは、象山が朱子学《しゅしがく》と漢学の学者で、『江戸名家一覧』にも名が載ったほどの名士と聞いていたからだろう。

「象山先生はおいくつになられるのですか」

控えめな信が珍しく質問をしたのも、いつにないことだった。

「四十近くにおなりと思いますが……」

「ならば虎と似たようなものか」

小吉が薄目を開けて言う。

「島田先生は三十七です」

順は思わず口をはさんだ。一同はいっせいに順を見る。

「この娘は島田先生のことになるとムキになるのですよ」

「よいではないか。虎は心ばえのよき男だ。なんなら嫁にくれてやってもよい」

「なにをおっしゃいます。先生はよほどお菊さんの母御《ははご》に惚れておられたのでしょう。後妻を娶《めと》る気などありますまい」

象山先生のご妻子はどのようなお方ですかと、信は話を戻した。

「お子はおられるとうかがいましたが……」

麟太郎は首をかしげる。

「ご妻女はまだのようです」

「では、妾《めかけ》の子か」

「それほどのお人なら、いくらでもよきお相手がおりましょうに」

「先生は天才ですからね。天才は奇人と紙一重。そんじょそこらの女子《おなご》では気に入らぬのでしょう」

麟太郎が言って、象山の話はお終《しま》いになった。傑物《けつぶつ》だという象山に会ってみたい気もしたが、むろん、順の小さな胸は虎之助への思いでいっぱいである。

父の看病があるので、近頃は浅草へ行けない。菊は来春、松平内記家の家臣と婚儀を挙げることになっていた。となれば、順もそろそろ……。

来年、順は十六になる。こちらから縁談を持ってゆけば、虎之助は断るまいと順は信じていた。勝家と虎之助の縁は深い。

それに順は、何年か前、虎之助に思いの丈《たけ》を打ち明けていた。お嫁にもらってくださいと頼んだら、「重畳《ちょうじょう》」と応えたのである。早う大人になれ、と。もちろん童女の言葉を真に受けたと思うのは虫がよすぎるかもしれないが、虎之助がこれまで妻を娶らなかったということはもしや……。

今こそ父に頼んでみようと順は思った。何事も思い込んだらまっしぐら、ひたすら突き進むのが勝家の人間である。

今日こそ言おう、明日には打ち明けようと思ったのだが、機会は巡って来なかった。

順のせいではない。麟太郎の顔を見てあんなにうれしそうに話していた小吉が、翌日には昏睡《こんすい》してしまったからだ。高熱と体のむくみはかつて患った大病と同様である。以前も死にかけた。こたびも医者は首を横に振った。それでもいったんは快方に向かい、重湯《おもゆ》をすするまでにもちなおした。

が、それも束《つか》の間《ま》だった。麟太郎が駆けつけ、はなが、虎之助が、仙之助が、六兵衛も飛んで来た。だれもが鼻をすすり、順も泣きながら父の名を呼び、手足をさすった。

二度と目を開けなかった。

嘉永三年九月四日、小吉は永眠した。

第二章　虎之助の野暮《やぼ》

一

楓《かえで》の葉が紅《あか》く色づいている。ひと足早く散りはじめた銀杏《いちょう》の落ち葉を払いのけ、順は小さな実を拾い上げた。

ぎんなんは臭《くさ》い。ふれた指まで臭くなる。けれど七輪の金網にのせて焼けば、堅い殻《から》がはぜて、艶《つや》やかな薄緑の種子《たね》が現れる。

香ばしい種子は小吉の好物だった。

「柄《え》のとれた肥柄杓《こえびしゃく》」と言われた小吉も、さんざん悪臭をふりまいた。まわりの人々から眉《まゆ》をひそめられたものだが、放蕩者《ほうとうもの》の殻の中には実がぎっしり詰まっていた。

父さまがもうどこにもいないなんて――。

順はうつろな目を泳がせた。

現《うつつ》とは思えなかった。そもそもが神出鬼没で、許可も得ず遠出をしてはお咎《とが》めを受けるような父だから、なおのこと、死んでしまったなんてなにかのまちがいとしか思えない。ひょいと戻って来るのではないか。

そのくせ、蠟《ろう》で固めたような死に顔もまぶたに焼きついていた。頰《ほお》を押し当てたら、ひやりと冷たかった。生気の失《う》せたあの顔は、父であって父ではない……。

「おい。お順坊」

名を呼ばれて振り向く。

麟太郎《りんたろう》が手招いていた。縁側にあぐらをかき、膝元《ひざもと》に冊子や紙束《しそく》を広げている。

小吉の遺骨は牛込赤城下にある清隆寺《せいりゆうじ》の墓所に埋葬《まいそう》された。清隆寺は四谷《よつや》御《お》箪笥《たんす》組《ぐみ》に属していた勝家の菩提寺《ぼだいじ》である。

小吉がいないので、信と順も鶯谷《うぐいすだに》の庵《いおり》で暮らす意味がなくなった。そこで麟太郎の住まいへ引き移ることになったのだが、赤坂田町のあばら屋は、もとより狭い上に蘭学《らんがく》塾《じゆく》を開校したばかりだ。『ヅーフ・ハルマ』を所有している強みもあって、思いのほか人が集まり、ごったがえしていた。麟太郎と民、幼子《おさなご》二人でも手狭なところへもう二人家族が増えるわけで、物を置く場所がない。とりあえず旧《ふる》なじみの岡野家に荷物を預かってもらうことにした。

というわけで、この日は麟太郎と順が庵の片づけをしている。

「こいつを見ろ」

順が縁側へ歩み寄ると、麟太郎は開いた冊子を突きだした。『夢酔独言《むすいどくげん》』の序の次、本文の冒頭の部分を指さしている。

「読みました」

手習いも兼ねて、順は父の書いた文章を清書した。うっかりなくしたり、火事で焼いてしまったり、万が一の場合に備えるためにも写しは欠かせない。

「親父《おやじ》、なにか言ってなかったか」

「なにかって？」

「この歌のことさ」

そう。冒頭には和歌が書かれている。

　気はながくこゝろはひろくいろうすく
　　つとめはかたく身をばもつべし
「我ながらいい歌ができた、おまえもしっかり覚えて座右の銘にするようにって……」

「親父らしいや」

麟太郎は笑った。

「こいつは南光坊天海さまの歌を拝借したのさ。あっちは『気は長く務めは堅《かた》く色薄く、食細うして心広かれ』というんだ。寛永寺かどっかの寺の門前に掲《かか》げてあったっけ」

「なぁんだ。自慢なさるから、父さまが詠《よ》まれたんだとばかり」

「よほどガツンときたんだろうな。これを見たとき、自分への戒《いまし》めだと思ったんだ。親父ほどこの歌と正反対の男はいないからナ」

「食細うしてってのだけ入れなかったのね。フフフ、父さまらしいわ」

「親父のやつ、食い意地がはってたからな」

「でも、食べられなかった……」

大病をしてからは食が細くなった。死ぬ前のひと月あまりは、ほとんど固形物を口にできなかった。

「食わせてやりたかったなァ。もっと美味《うま》いものをたくさん……」

麟太郎は嘆息した。食べ物だけではない。父の希望の星であった自分がいまだ父と同じ小普請《こぶしん》である。貧しいまま、親孝行もできぬまま死なれてしまい、心残りでならないのだろう。

それを言うなら、順も同様だった。

「わたくしだって、父さまを喜ばせてさしあげたかった。父さまのためになにか……」

「なら良縁を見つけて嫁《とつ》ぐことだ。女子《おなご》はそれが一番の親孝行サ」

いくつになったかと訊《き》かれて、順は十五と答える。

「そろそろ嫁入り先を探さんとな」

兄の言葉に眉をひそめた。なぜ、父が死んだとたん、だれもが自分の縁談に関心を示しはじめたのか。小吉の葬儀で、姉のはなや男谷《おだに》家の女たち、久々に会った縁者からも口々に縁談の有無を訊かれた。正直なところ閉口している。

父の看病をして庵にこもっていた半年あまりの間に、順は急に大人びた。肌の色が白くなり、体が丸みを帯びてきた。着物を着ていればさほど目立たないが、胸もふくらんでいる。だれもがそうした変化に気づいて縁談を口にするようになったのだが……。

順自身は鈍感だった。というより、体の変化にかかわらず、とうに意中の人がいる。順はこうと決めたら一途に突き進む質《たち》で、我の強いところも熱しやすいところも小吉ゆずりだった。

「わたくしはいや。姉さまのように、他人《ひと》の言うままお嫁にゆくなんて」

見初《みそ》められ、ぜひにと望まれてあっさり小普請に嫁いだはなは、父の臨終に駆けつけたときも、葬儀の席ですら、粗末な木綿物《もめんもの》を着ていた。貧しさは変わらない。とりたてて幸せでも不幸せでもなさそうな姉を見るたびに、順は首をかしげる。

身分相応というけれど、なにも変わらないなら、なんのために嫁ぐのか。どきどきしたり、わくわくしたり、はらはらしたり……そんなこともないまま淡々と日々を送るなど、まっぴらごめんである。

「ほう、お順坊は自分で婿《むこ》どのを探すのか」

麟太郎はからかうような目になった。その目つきから見て、妹に意中の人がいることまでは気づいていないようである。

「探します、自分で」

「ふうん。どんな亭主を探すんだ？」

「一番のお人」

「いちばん……」

「父さまがそうおっしゃいました」

一番というのは、道を究《きわ》めた、という意味である。言い換えれば、本物、ということでもあった。

小吉は型破りな男だったが、紛《まが》い物《もの》をなにより嫌っていた。襤褸《ぼろ》か錦《にしき》か。茶道具でもなんでも買うなら本物、で、すっからかんになる。乱暴で喧嘩《けんか》っ早いのも、妥協したり媚《こ》びたりしないからで、根が正直なのである。悪さをしても、岡野家の当主のように狡《こう》猾《かつ》ではない。だから岡野家の知行地《ちぎょうち》の住人からも信頼され、毎度いざこざの仲裁をしてきた。

腐れ縁で悪事の尻《しり》ぬぐいばかりさせられた岡野家の当主や、有象無象の遊び仲間はともあれ、小吉は人間についても本質を見ぬく目を持っていた。

その小吉が島田虎之助に惚《ほ》れ込《こ》んでいたのだ。娘が虎之助に熱を上げていることにも、薄々気づいているようだった。

虎之助は、本物である。剣術では「一番の男」でもあった。

せめてあと数日、父の意識がはっきりしていたら、恋心を打ち明けていた。そうすれば父は必ずやふたつ返事で、虎之助に縁談を承諾するよう頼んでくれたにちがいない。順はそう信じていた。

「ま、お順坊がどんな一番を連れてくるか、楽しみに待ってるぜ」

「はい。気が長くて、心が広くて、色の薄い人を探します」

言ったところで、けげんな顔になる。

「色が薄いってどういうことかしら」

「色事に深入りしないってこっちゃねえか。みだりによろめかない、浮気をしない……となると、うん、男谷の精一郎従兄《あに》さんみたいな堅物《かたぶつ》か。そういや、島田先生もそうだ」

兄の口から意中の人の名が飛び出したので順はどきりとした。兄は勘が鋭い。父ならよいが、兄にはまだ虎之助への恋心を知られたくなかった。父は父以外の何者でもないが、兄ははじめて異性を意識した男でもあった。なんとなく気恥ずかしい。

それにしても、虎之助の名を耳にするたびにどきりとするのは困りものだった。頬が火照《ほて》るのをごまかすために冊子をのぞき込む。

「学べ、たゞ、夕べに習ふ、道野辺の、露の命の明日、消ゆるとも」

冒頭に並んでいるもう一首の和歌をわざと声をだして読んでみる。するとなぜか、鼻の奥がつんとした。

順が洟《はな》をすったからか、

「親父は……ほんとうは、もっとちがう一生を送りたかったのかもしれねえな」

と、麟太郎もしんみりつぶやく。

「ちがう一生って？」

「放蕩より学問のほうが性にあっていたのかもしれぬ」

庶子《しょし》の僻《ひが》みがなければ、姑《しゅうとめ》に嫌われなければ、やり甲斐のある御役《おやく》に就《つ》いていたら

……小吉も男谷家の一員らしく、みなから尊敬される人間になっていたかもしれない。

小吉にも別の人生があったのではないかと兄が言うのはそういうことだろう。

順もうなずいた。

「讃岐《さぬき》さんが言ってたっけ。ひょんなことで右へ行ったり左へ曲がったり、たどり着くのは天と地ほどちがうところだって」

関川讃岐は岡野家の借家にいた頃、同じ敷地内に住んでいた自称、辻占《つじうらな》いである。

「学べただ……か。遅きに失した感、なきにしもあらず」

「露の命の明日消ゆるとも……父さまったらなぜこんな歌を詠まれたのかしら」

「訳などないサ。どうせ、こっちもだれかのまねっこだろ」

あれこれ言いながらも、二人は潤《うる》んだ目で小吉の文字を見つめている。

「さてと、こうしちゃおれぬ。早いとこ、片づけちまおうぜ」

麟太郎にうながされ、順も銀杏の実を放って、荷物の片づけをはじめた。

その日のうちに、岡野家から人がやって来た。荷車のかたわらに付き添って怠《なま》け者《もの》の郎党どもを急《せ》き立てているのは、現当主の叔父《おじ》で元坊主の仙之助である。

「ここのとこ顔を見ないがどうしておるかと奥さまが案じておられました。たまには琴《こと》を聴かせてくれと……」

塵《ちり》ひとつなくなった庵へ上がり込んでひと息ついたあと、仙之助は順に岡野家の奥方からの言《こと》づてを伝えた。順の琴は奥方のお古で、本所にいた頃、手ほどきを受けていた。

「そういえば琴、習う間がなくて……」

鶯谷へ引っ込んでしまったので、師匠がいない。めったに弾《ひ》くこともなくなった。

「赤坂ならお師匠がおられましょう」

仙之助に言われて、順はうらめしげに兄の顔を見る。

琴も岡野家へ預ける荷物に入っていた。赤坂田町のあばら屋には琴を置く場所がない。どのみち幼子の夢や生まれたばかりの孝、塾の喧噪《けんそう》を思えば、心静かに琴を弾くひととときなど望めそうになかった。

「塾は大評判だ。弟子があふれりゃ、でっかい家に引っ越すサ。そうすりゃお順坊、好きなだけ稽古事《けいこごと》をさせてやらあ」

妹の気を引き立てようというのか、麟太郎はいつもながら調子がいい。

「琴はともかく、茶道具をどうするかだな」

小吉はひと頃、道具の売買で禄高《ろくだか》の不足を補っていた。茶道具に凝って買《か》い漁《あさ》ったこともある。それが裏目に出て、膨大《ぼうだい》な借金をしょいこんでしまった。

小吉が死去したその日から借金取りに押しかけられて、麟太郎は辟易《へきえき》している。必ず返すからと両手をついてその場はしのいだものの、返す当てはなかった。高価な道具類の大方はとうに売り払って、借金の返済や家計の足しにしている。手元に残っているのは小吉が最後まで手放さなかった茶器で、本人の思い入れこそ強いが、売ったところで二束三文《にそくさんもん》に買いたたかれそうなものばかり。

父の形見を投げ売りするのはいかにも惜しい。といって、今はわずかな銭《ぜに》でも、喉《のど》から手が出るほどほしい。

「実はそのことでございます」

麟太郎が思案顔になったのを見て、仙之助は膝を乗りだした。

「夢酔さまの御形見《おかたみ》があれば、ぜひともおゆずり願いたい、高値にてもかまわぬという奇特なお人がおられます」

「ほう、高値にても……」

「むろん、上限はございましょうが、これがたいそうな素封家にて……」

「どこのどなただ？」

「お名前くらいはご存じかもしれません。駿河国小鹿村《おしかむら》の学者、出島竹斎《ちくさい》どの……」

「おう、存じておるとも。親父がよう話しておられた。お若いが鄙《ひな》に埋もれさせておくのは惜しいお人だ、まこと竹斎どのがおらねば大変な騒動になっておった……とかなんとか」

「竹斎どののほうでも、夢酔さまのおかげで万事、丸う収まったと喜んでおられました。あのように気の合うお人にはこれまで会うたことがないと……」

駿河国の大半は天領である。小鹿村も寺領と旗本領から成っていた。この旗本領が、かつては勝家の大家、今は麟太郎の妻の養家であり、昔から親戚以上のつき合いをしてきた岡野家の知行地のひとつだった。岡野家の前当主、孫一郎はとんでもない放蕩者で、問題を起こすたびに小吉は後始末をさせられていた。借金の算段や知行地での揉《も》め事《ごと》の収拾のため、遠くは上方《かみがた》の知行地まで出向いたこともある。出島竹斎ともその途上で出会ったのだろう。

仙之助によると、竹斎のほうでも天保十年、十一年の二度、寺領と岡野家の知行地の住民との間の紛争を仲裁するため、江戸へやって来た。このとき無能を露呈した孫一郎に代わって事件を収めたのが小吉で、以来、季節の品々を欠かさず贈り届けているという。

「そういやァ、おれの祝言《しゅうげん》に興津《おきつ》鯛《たい》を贈ってくれたっけな」

「毎年、蜜柑《みかん》を贈ってくれるお人だわ」

竹斎も年初に父の初右衛門を亡くしたばかりだった。病床の小吉から香典《こうでん》が届いたことに感激していたという。こたび、勝家の現状を問い合わせてきた。小吉の遺《のこ》した借金に家族が苦慮していると知り、麟太郎の負担にならぬよう、形見をゆずり受けるという方便を思いついたものらしい。

「ありがてえ。捨てる神あれば拾う神あり、てェのはこのことだナ」

塾をはじめたとたん、小吉に死なれ、母妹の世話ばかりか借金まで押しつけられた。内心、頭を抱えていた麟太郎である。竹斎の申し出は地獄に仏だった。

「それもこれも夢酔さまのお人柄でございますよ。むちゃくちゃのようで、あれほど情味のあるお方はおりませんでした」

仙之助自身も小吉には大恩がある。三人はしばし、小吉の思い出話に花を咲かせた。

二

赤坂田町の勝家は、新婚早々の麟太郎と民夫婦が本所から引っ越した頃よりは多少、家らしくなっていた。当初は畳まで売り払ってしまい、真冬などありったけの着物を着込んだ夫婦が一枚きりの夜具にくるまってふるえているという有り様だったのである。

想像を絶する根気で筆写した蘭和《らんわ》辞書『ヅーフ・ハルマ』の一部を売った銭《ぜに》で、麟太郎は畳を入れ、夜具を買い足し、さらに板間を増築して蘭学塾を開いた。

これは慧眼《けいがん》だった。今や時代は大きく動こうとしている。水野忠邦が老中を退き、天保改革も終焉《しゅうえん》を迎えて、人々の関心は蘭学や西洋兵学に集まっていた。異国船が出没するたびに右往左往する幕府も、海防のため、西洋兵学に目を向けざるを得ない。

麟太郎の氷解塾が予想を上まわる評判を博したのも、こうした世情の波にいち早く乗ったおかげである。小吉の葬式を終え、信と順が納戸《なんど》を改造した座敷に落ち着くことができたのも、塾の束脩《そくしゅう》があったからだ。

むろん貧困と無縁になったわけではない。塾を営《いとな》むかたわら、麟太郎は鉄砲や大砲など西洋兵学の習得に猛然と取り組んでいた。束脩の大半は書物に化けてしまう。家族はつぎのあたった木綿物《もめんもの》を着て、薄い粥《かゆ》をすすっていた。だが、妻の民も母の信も、愚痴《ぐち》をもらすどころか喜色満面だった。

「旦那《だんな》さまにお見せしたかったたねえ」

小吉がどんなに息子を自慢していたか、信は知っている。信自身も息子のすることには絶対の信頼を置いていた。塾が活気づき、弟子たちが先生先生と慕う光景を見れば、それだけで天にも昇る心地なのである。

順もにぎやかな新居は大歓迎だった。むくつけき男たちが二六時中出入りし、幼子《おさなご》の泣き声に眠りを妨げられる夜々がつづこうとも、はなが嫁《とつ》いだあとの、小吉が病床にあった頃の鶯谷《うぐいすだに》の寂《さび》しさを思えば、はるかにましというものだ。

自分にはこうした暮らしが合っていると、順は思った。愛想笑《あいそわら》いや如才《じょさい》のない挨拶は苦手だから、もし直参《じきさん》の娘でなかったとしても、商家の女房にはなれそうにない。けれど岡野家の奥方のように置物さながら、日がな一日、座っているのは願い下げだった。となれば、兄や従兄《いとこ》の男谷精一郎のように、弟子をとる学者や剣術指南の妻女が好ましい。

やっぱり、虎之助さまね――。

どう考えてもそこへ行き着く。

順は虎之助の腕っぷしの強さや、純朴な人柄や、端的に言えば「一番の男」の魅力に惚《ほ》れ込《こ》んでいた。けれどももし虎之助が自分の道場や弟子を持つ剣術指南でなければ、これほどまでに固執したかどうか。子供の頃から男谷家と勝家――男谷家の男たちと小吉――のちがいをいやというほど見て育ち、とりわけ剣術指南である精一郎に理想の姿を重ねていた順が虎之助に惹《ひ》かれるのは、当然とも言える成り行きだった。

早く浅草へ行きたい――。

引っ越しの挨拶がてら、来春、嫁ぐことになっている菊に会いに行くと言えば、兄も母もあっさり出してくれるはずである。

赤坂田町へ移って、ひと月の余が経っていた。待ちきれなくなった順は明日こそ虎之助の道場へ行こうと思いつつ、寝床へ入る。

同夜、勝家に思わぬ来客があった。

赤ん坊の孝が夜泣きもせずに眠っているので、民と夢、信と順も安眠していた。

順がふっと目を開けたのは、人声が聞こえたような気がしたからだ。信と順母娘《おやこ》のために改造した納戸は、建て増しした塾と茶の間に挟まれている。茶の間の向こうに麟太郎親子が使っている座敷があるだけの家だから、夜中まで勉学に勤《いそ》しむ麟太郎は塾でそのまま寝てしまうこともしばしばだった。

こんな真夜中に、いったいだれが訪ねて来たのか。とうに町木戸も閉まっているというのに、何用で……。

母を起こさぬよう、順は寝床をぬけだした。先立つのは好奇心、十月下旬は冬の最中なので、火鉢《ひばち》に炭を持ってゆくふりをすることにした。寒かろうが暑かろうが勉学中は他に頭が働かないようで、ふるえながら、あるいは汗をびっしょりかきながら、それでも麟太郎は根が生えたように動かない。

綿入れをはおり、台所へ行って十能《じゅうのう》に炭を入れた。玄関の式台の片側に塾へつづく引き戸がある。

「兄さま、炭をお持ちいたしました」

戸のこちらから声をかけると、ぼそぼそとくぐもった話し声がぴたりとやんだ。緊迫した沈黙が流れてくる。

出すぎたことをしてしまったかと、順は身をちぢめた。

麟太郎は小声でなにか言った。それから今度は順にも聞こえるように声を大きくした。

「炭はいらん。水を一杯」

「は、はい……」

順は台所へ戻り、水瓶《みずがめ》から茶碗に水を汲《く》みいれた。ただならぬ気配に胸は昂《たかぶ》っていたが、こういうときは性根がすわる。唇《くちびる》を引き結び、速やかに水を運んだ。

引き戸を開け、中へ入って戸を閉める。作法どおり両手をついて辞儀をした。

塾は十畳ほどの板間で、片隅《かたすみ》に文机《ふづくえ》が積み上げてある。その横には空火鉢。空火鉢の手前に袖合羽《そでがっぱ》を着た男があぐらをかいていた。手甲脚絆《てっこうきゃはん》をつけ、笠と振り分け荷を脇に置いている。ということは近所の者ではない。

麟太郎は引き戸に近い場所で、これもあぐらをかいていた。斜め後《うし》ろの文机には燭台《しょくだい》が置かれ、書物が数冊、広げられている。勉学を予期せぬ来客に中断された、といった格好である。

順は顔を上げた。客と目が合った。

火傷《やけど》の跡か、醜く爛《ただ》れた顔である。歳は五十になるかならず。窶《やつ》れて見えるのは暗闇《くらやみ》で肌の色が見えないせいもあろうが、それにしても憔悴《しょうすい》した顔だった。順に向けた目に探るような色がある。

男は、茶碗を両手で掲《かか》げ持ち、一礼して一気に飲み干した。茶碗を置き、麟太郎に向き直って深々と辞儀をする。

「ご無礼つかまつった」

出て行けと言われないのをよいことに、順は息を詰め、兄と男を見比べる。

麟太郎も礼を返した。

「お役に立てず相すみませぬ」

「いや。ご無理を申した」

「このこと、神明に誓って口外はいたしませぬゆえ、ご安堵《あんど》召《め》され」

「かたじけない」

腰を上げようとした男を、麟太郎は「お待ちください」と呼び止めた。

「万にひとつ、あとを尾《つ》けられておるやもしれませぬ。裏手へ……」

順を見る。

「塀《へい》が壊れている。あそこからお出しせよ」

「野良猫が入り込まぬようにと、石を置いたところでしょうか」

猫が赤子に悪さをしないように板をたてかけ、石で固定した箇所がある。

「さよう。おれはここで捕吏《ほり》を追い払う」

わけはともあれ、事態が切迫していることだけは順にもわかった。男は捕吏に追われているらしい。

順は腰を上げた。うながしたものの、男は逡巡《しゅんじゅん》している。

「妹御《いもうとご》まで巻き込んでは……」

「お順なら心配はご無用に。だれぞに見咎《みとが》められたとき、女子《おなご》なら逢い引きとでもなんとでもごまかせましょう」

麟太郎は二人を追い立てた。順が今一度声をかけると、男は立ち上がった。麟太郎に黙礼をする。その間に、順は塾の玄関から男の履《は》き物を取ってきた。

二人は順が入ってきた戸口から母屋《おもや》へ出た。さらに勝手口から裏庭へ。

「こちらです。今、石をどけます」

かがみこもうとすると、男が肩をつかみ、押《お》し退《の》けた。

「わたしがやろう」

石をどけたところで近々と向き合う。垢《あか》じみた体臭が鼻を突いた。が、不快ではない。爛れた顔にも動じず真っ直ぐに見返してくる娘に、男のほうが驚いているようだ。

「お順どの、と言うたか」

「はい」

「厄介《やっかい》をかけた」

「あの……」

「夢と思うて忘れてくれ。さらば」

男はもっとなにか言いたそうに見えたが、なにも言わず、壊れた塀の隙間《すきま》をくぐって消えた。足音が遠ざかるのを待って、順は元どおり板を立てかけ、石を置く。

恐怖は感じなかった。むしろ血が騒いで、胸が昂っている。男が何者で、なぜ追われているのか、そんなことはどうでもよかった。それより、もっとなにか助けてやれることがあったのではないかと口惜《くちお》しい。

小吉に似て順も反骨精神が旺盛《おうせい》だった。虐《しいた》げられている者を放ってはおけない。

「あの人、捕吏に追われていたんでしょ。どうして助けてさしあげなかったのですか」

塾へ戻るや、順は兄に詰め寄った。

麟太郎は苦笑した。

「おれは幕臣だ。お尋ね者を助けるわけにはいかねえのサ」

「お尋ね者……」

「あのお方は、高野長英先生だ」

あッと順は驚きの声をもらした。十五の娘でも長英の名なら知っている。

長英は江戸屈指の蘭方医だった。それが災《わざわ》いした。十一年前の天保十年、時の老中、水野忠邦が主導した天保改革の最中に、長英は幕府を批判した科《とが》で捕縛《ほばく》されてしまった。渡辺崋山《かざん》も投獄、小関三英《こせきさんえい》は自刃、蛮社《ばんしゃ》の獄《ごく》といわれる事件である。

水野の圧政では、蘭学に熱中していた麟太郎も痛い目にあった。小吉まで不良御家人《ふりょうごけにん》とされ、押し込めの刑に処せられている。

長英も五年間、伝馬町《でんまちょう》の牢《ろう》につながれていた。もうしばらく辛抱していたら、麟太郎のように名誉挽回できたかもしれない。ところが長英は、赦免《しゃめん》はあり得ぬと自ら判断して、強硬手段に出た。牢内の雑役夫に銭を与えて放火をさせ、火事に乗じて脱獄してしまったのである。

重罪犯となった上は、もはや逃げまわるしかない。郷里の奥州水沢や江戸の知人宅、弟子の家を転々としているらしい。

「偽名を使い、医業で糊口《ここう》をしのいでおるそうだ。青山百人町で妻子と共に暮らしているのはよいが……」

このところ、またもや危《あや》うくなってきた。あとを尾けられているような気がしたので、今も真夜中まで身を潜《ひそ》めていたという。

「匿《かくま》ってもらえぬかと頭を下げられた」

「断ったのですね。お気の毒に」

順は兄をにらんだ。

「父さまなら、匿うておりました」

確証はない。が、おそらく順の言うとおりだろう。小吉なら、長英のような大人物に頼られたというだけで舞い上がり、我が身の危険も家族の迷惑も顧みず、長英のために奔走《ほんそう》するはずである。我が家に居場所がなければ、自ら案内して安全な場所へ避難させるにちがいない。

小吉はそういう男だった。お上《かみ》に楯突《たてつ》くことなどへとも思わない。

一方、麟太郎は型破りな父に振りまわされて育った。父をこよなく愛してはいたが、その危うさや欠点を反面教師として学ぶだけの聡明さを持っていた。

「親父はどうあれ、おれは義を貫く」

「義……」

「正義、信義、忠義……無役《むやく》の小普請《こぶしん》といえども、おれはお上に仕《つか》える身だ、ちっぽけな家名なんざどうでもいいが、大義だけは守らねばならぬ」

兄の言うことはいつも正しい。情では小吉に軍配を上げても、理路整然と説かれれば、順もうなずかざるを得なかった。

「高野さまはどうなるのでしょう？」

「江戸を出るよう勧めた。先生もそのおつもりでおられるようだ。東はやめよ、西へ行けとも言うてやった」

郷里には老いた母がいる。東方へ行けば、顔を見に行きたくなるはずだ。孝心は捕吏の思う壺である。

麟太郎は岡野家の知行地《ちぎょうち》を教えた。小鹿《おしか》村の出島竹斎なら、必ずや力になってくれるはずである。まずは駿河国へ行き、小吉の名をだして竹斎に助けを求めるようにと、長英に進言したという。

「逃げのびられましょうか」

「六年間、無事だったのだ。逃げのびるサ」

兄には先見の明がある。

もう寝ろと追い払われた。順は寝床へ戻る。その夜は、島田虎之助と二人、捕吏に追われて逃げまわる夢を見た。

十中八九、麟太郎の予想は当たる。

ところが不幸にも、長英の一件については大ハズレだった。

――高野長英死す。

噂が聞こえてきたのは、十一月朔日《ついたち》の午後である。

塾生たちが声高にしゃべっているのを聞いて、順は凍りついた。

悲劇が起こったのは昨夜だという。青山百人町の寓居《ぐうきょ》を突然、捕吏が襲った。抗《あらが》ったものの多勢に無勢、逃げられぬとわかり、短刀で喉《のど》を突いた。奉行所へ連行され、仮牢で絶命したというのだが……。

長英はやはり江戸を離れる心づもりをしていたらしい。明日は別れというので、蕎麦《そば》を注文した。蕎麦屋が来たものと勘ちがいして戸を開けてしまったのが運の尽きだった。

蘭学に励む男たちの集まりである。その日は終日、ざわめきが絶えなかった。夕刻になって、いまだ興奮冷めやらぬ顔で、塾生たちは三々五々、帰って行く。

「兄さまッ」

麟太郎がひとりになるや、順はかたわらへにじり寄った。長英が真夜中に勝家を訪れたことはだれにも話していない。兄と二人だけの秘密である。となれば、兄の口から経緯を聞きたい。

「どうしてこんなことに……」

「どうして……これが先生の宿命《さだめ》だった。それだけサ。今さら、ああだこうだ言ってもはじまらぬ」

ぶっきらぼうに応えたものの、兄が自己嫌悪に陥《おちい》っているのはひと目でわかった。悔しそうに唇をゆがめている。

匿ってやればよかったと悔いているのか。いや、そうではない。匿ったところで結果は同じだろう。兄にはわかっているはずだ。

なにも言えずにいると、麟太郎は切れ長の目で順を見た。目の縁が赤い。

「先生はとびきり優れた蘭医だった。だが、ひとつだけ、足りないものがあった」

わかるかと訊《き》かれて、順は首を横に振った。たった一度、出会っただけの人である。

「教えてやる。よう聞いておけ」

がまんだ――と、麟太郎は言った。

「上手《うま》くいかないことを、上手くゆくようにするには、忍耐しかない。だれになんと言われようと、ただ、じっとがまんをするのサ」

浅草観世音の年の市は、十二月十七、十八の二日間である。神田明神、深川八幡宮、麴町天神など、そこここに年の市が立つようになってからは混雑が多少和《やわ》らいだものの、三方、門松《かどまつ》、注連縄《しめなわ》、羽子板、破魔弓《はまゆみ》、御神酒徳利《おみきどくり》の口飾り……と正月用品を買い求める人で、風雷神門へつづく通りは押すな押すなの大にぎわいだった。

「お嬢《じょう》さま方、お気をつけて。油断なさると巾着切《きんちゃくき》りに狙《ねら》われますよ」

順と菊が肩を並べて歩く後《うし》ろから、菊の女中が声を張り上げる。その声も売り声呼び声、雑踏《ざっとう》のざわめきにかき消されて、娘たちの耳には届かない。

もっとも、菊はともかく順の巾着など盗んだところで骨折り損のくたびれ儲《もう》けだ。麟太郎の蘭学塾《らんがくじゆく》はますますもって評判だが、台所の窮乏《きゆうぼう》は相変わらずで、順の巾着も風に飛びそうな軽さである。

この日、順は島田家を訪ねた。ちょうど年の市の最中である。菊に買い物の付き添いを頼まれた。

鶯谷から赤坂へ引っ越したあと、順は一度ならず浅草の島田家を訪ねている。が、剣術指南でひっぱりだこの虎之助にはめったに会えなかった。運よく顔を合わせても二人きりで話す機会はない。

順は内心、焦《あせ》っていた。父が生きていれば事は簡単である。小吉と虎之助は肝胆相照《かんたんあいて》らす仲だ。強面《こわもて》の剣の達人をつかまえ、小吉は「虎」「虎」と呼びつけて傍若無人《ぼうじやくぶじん》にふるまっていたから、「おい、虎、我が娘を嫁にせい」と高飛車に命じれば虎之助もまんざらではない顔で「ははァ」となったはずである。

麟太郎にその芸当はできない。すべてにおいて父を凌駕《りようが》する倅《せがれ》であっても――いや、だからこそ――剣の師匠であり心の師として敬愛する虎之助に妹を押しつけるのは沽券《こけん》にかかわると、躊躇《ちゆうちよ》するのではないか。麟太郎は明朗闊達《めいろうかつたつ》で、ややもすればお調子者のホラ吹きに見られるが、実は努力と忍耐の人だった。物事を理路整然と組み立てて、一歩一歩着実に前進する。情にほだされて道を踏みはずすことは決してない。

先日の高野長英の事件でも、これは実証済みだった。

兄さまは「義」と言っておられた――。

長英への情を切り捨て、幕臣である大義を貫いたのだ。そんな兄だから、師への恩義がなにより優先する。となれば、虎之助のほうから縁談を持ち込んでもらうしかない。

「さすがはお江戸ね、どこからこんなに人が湧き出てくるのかしら」

「それは公方《くぼう》さまのお膝元《ひざもと》ですもの。お菊さまもお旗本のご家来に嫁がれるのです。お江戸を故郷と思うてください」

「ええ、わたくしもそのつもりです。父もずいぶん諸国を流れ歩いたそうですが、今はこのお江戸に腰を据え、たとえ異国が攻めて来ようとも、命を賭《と》して公方さまをお守りする覚悟だと話しております」

「男谷でも同じことを言うていました。塾でも鉄砲だ大砲だと物騒な話ばかり」

「まことに異国と戦《いくさ》になるのでしょうか」

異国船来航の噂が聞こえていた。蘭学や西洋兵学の塾に人が押しかけ、道場も大盛況である。片や蘭学指南の妹、片や剣術指南の娘は世の中の動きに無関心ではいられない。

「戦など恐るるに足らず。なれど島田先生はますますお忙しくなられますね」

順はため息をもらした。と、菊の手が順の腕にふれる。

「以前も申しました。わたくしがお嫁にいってしまったら、父はひとりです。お順さま、父の面倒をみてくださいね」

このところ顔色が悪い、疲れがたまっているようだと、菊は案じ顔である。言われるまでもなかった。拝《おが》み倒してでも押しかけたいところだ。

「そうしたいのは山々です。でもわたくしの一存では……」

「一存ではありません。父は野暮天《やぼてん》ですから自分からは口にできないのです」

「かといって……」

どうすればいいのか。

菊は順の腕にかけた手に力を込めた。

「父のことはお任せください。お順さまはわたくしの恩人、お順さまがいなければ下関へ逃げ帰っていたかもしれませぬ。今度はわたくしがひと肌脱ぐ番です」

娘たちは目を合わせる。

「おっと、どけどけ、危ねえぞ」

「羽子板はどうですかい、姉さんがた、お安くしときますよ」

「ちょいと、ねえ、うちの子、見なかったかい。どこいっちまったんだろ」

止《や》むことのない喧噪《けんそう》も、もう順の耳には入らなかった。菊が仲を取り持ってくれるなら、大船に乗ったようなものである。虎之助が自分に好意を抱いていることは、前々から感じていた。あとは背中を押してくれる手さえあればいい。

風雷神門をくぐった。

「お菊さま、このとおり」
神仏などそっちのけで、順は菊に両手を合わせた。

三

赤坂田町のあばら屋で迎えた嘉永四年の正月は、一茶の句ではないが、「めでたさも中くらい」だった。小吉が大盤ぶるまいをして近所の人々が押しかけたような華《はな》やかさもないかわり、男谷家から餅《もち》を恵んでもらうほどのみじめさもない。

むろん、正月といっても喪中《もちゆう》なので、万事つつましく、松飾りもなければ鏡餅も屠蘇《とそ》もなかった。が、塾のほうが順調なので、門弟が入れ替わり立ち替わり賀詞にやって来る。喪中と知って帰ろうとする弟子たちを引き留め、麟太郎は上機嫌で歓待した。

「親父《おやじ》はにぎやかなことが好きだった。遠慮はいらねえよ。さ、上がれ上がれ」

上がり込めば、血気盛んな男たちだ、砲台だ大砲だと正月らしからぬ話題に口角泡を飛ばしている。

幼子《おさなご》二人の世話で民が動けないときは、順が塾へ茶菓や酒肴《しゆこう》を運んだ。

「お順、おめえ、いくつになった?」

麟太郎はわざと訊《たず》ねる。

「十六になりました」

「なら、そろそろだな。ここにも独り者がいるから、よォく見ておけ」

「はい」

ふつうの娘なら、目を伏せ、真っ赤になって逃げだすのだろうが、順はこんなとき、兄に似てくっきりとした目を見開き、居並《いなら》ぶ男たちの顔を平然と見渡した。二十代三十代の塾生の中には、はっとするような美男もいれば名家の子息もいる。だが愛らしい娘にしげしげと見つめられて咳払《せきばら》いをしたり尻《しり》をもぞもぞさせたりしている男たちは、おしなべて平々凡々に見えた。虎之助をはじめて見たときの、爪先《つまさき》からふるえが這《は》い上がってくるような凄味《すごみ》がない。

門弟たちが帰ると、決まって訊《き》かれた。

「どうだ？　気に入った野郎はいたかい」

順は首を横に振る。麟太郎は笑いながら妹のおでこをつついた。

「おめえは、はなとは大ちがいだな」

はにかみやのはなは、あっという間に見初《みそ》められて、下級武士の妻になってしまった。

「女は愛嬌《あいきょう》、それにしおらしさだ。おめえのようにパキパキしてちゃ、野郎どもが尻込みしちまう。嫁のもらい手がなくなるぜ」

「わたくしのことならおかまいなく」

そのへんの男に関心はない。順はもう虎之助への恋が実った気になっている。

麟太郎だけでなく、信や民も順の縁談を探していた。

「良縁はないものかねえ」

「商人《あきんど》なら伝手《つて》があるんだけど……」

民の実家は質屋と薪炭屋《しんたんや》を兼ねている。

「岡野さまにお願いしてみましょうか」

「およし。類は友を呼ぶと言いますよ。やはり男谷へ頼みましょう」

民は岡野家の養女として勝家へ嫁《とつ》いだ。岡野家は小吉の代からのつき合いだが、悪評にまみれた不良旗本の仲介ではろくな縁談は見つかりそうにない。

その点、男谷家は錚々《そうそう》たる旗本である。先代の彦四郎燕斎《えんさい》は御勘定役《ごかんじょうやく》や代官を歴任、書家としても名を成した。当主の精一郎こと、下総守《しもうさのかみ》信友は、剣聖としても知られている。幸いなことに、はなが嫁いだ頃より勝家の評判は上がっていた。台所事情もわずかながら好転している。いまだ無役《むやく》の小普請《こぶしん》ではあるものの、麟太郎は今や気鋭の蘭学者《らんがくしゃ》として頭角を顕《あらわ》しつつあった。だからこそ、当代一の蘭医、高野長英も助けを求めてきたのだ。

「はなのような縁談では、あの子は首を縦に振りますまい」

娘の気性を、信はだれよりもよく知っていた。順は、女にしては聡明すぎるし、勝ち気すぎる。よほどの男でなければ大人しく従いはしないだろう。よほど、とは、家柄でも財力でもない。特別ななにか――順が参ったと兜《かぶと》を脱ぎ、畏敬《いけい》の念を抱くようなものでなければならない。

母と嫂《あによめ》がそんな話をしていることを、当の順は知らなかった。順の頭は、菊がいつ、どんなふうに虎之助との仲を取り持ってくれるのか、そのことでいっぱいである。

菊は約束を忘れなかった。

松の内が過ぎた一日、島田家から使いがやって来た。明日、父娘《おやこ》で夢酔《むすい》さまの墓参をする、ついては順さまにも同道してもらえぬかとの口上である。島田家は浅草新堀、勝家は赤坂田町、清隆寺《せいりゅうじ》は牛込赤城下、順には遠まわりになるものの、神田明神で落ち合って参詣《さんけい》して行こうとの誘いだ。

「喜んでお伴いたしますと伝えてください」

順は小躍りした。これこそ、菊の計略にちがいない。

「親父どのは大の島田先生贔屓《びいき》だったの」

「墓参してくださるとは、旦那《だんな》さまもお喜びになられましょう」

「先生によろしく伝えてくれ」

兄や母から許しも得た。なにを着てゆこうか、帯はなに、半襟《はんえり》は簪《かんざし》は……と、早くも娘らしい思案にくれる。

虎之助に会ったら、今度こそ、はっきり言おうと順は決めていた。幼い頃から虎之助の妻になると決めていたこと、今もその気持ちに変わりはないこと、それどころか、日増しに思いがつのって、もう一日も耐えがたくなっていることも打ち明ける。

母が知れば「はしたない」と眉《まゆ》をひそめるかもしれない。けれど芸者をしていた民なら、わかってくれるはずである。

その夜は、気持ちが昂《たかぶ》って眠れなかった。なにかじゃまが入りはしないか、雨が降って中止になりはしないか、心配は尽きない。

翌朝は薄曇《うすぐも》りだった。春とは名ばかりで肌寒い。が、天気の変わりやすい季節、降らないだけでもありがたい。

藍地《あいじ》に蘇芳《すおう》の唐桟《とうざん》を着て、黒繻子《くろじゆす》の帯を吉弥《きちや》にしめる。島田髷《まげ》には祖母の形見の簪を挿した。頭を悩ませたところで数少ない着物である。普段と変わりばえのしないいでたちではあったが、順はいそいそと家を出た。

神田明神までは、信に呼び戻され、手狭なため通いで働くことになった古参の老僕、六兵衛が供をした。

「本所におりました頃は、お嬢さまにせがまれ、よう妙見社《みようけんしや》へ詣《もう》でたものでございます」

「そうだったわね」

「お狐さまがほしい、盗《と》って参れ、などとまァ、困らせられたものでした」

「そうだったかしら」

話しかけられても上の空。神田明神が近づくにつれ、歩みは自《おの》ずと速くなる。

「ここでいいわ。お帰り」

神田明神は湯島台地の東端にあった。明神下の上り口で、もっとついて来たそうな六兵衛を帰した。動悸《どうき》を鎮《しず》め、ゆっくり坂を上る。

かつては神田橋御門近くにあったという明神は、江戸城の東北の鬼門に当たるため、産土神《うぶすながみ》として庶民だけでなく幕府からも尊崇《そんすう》されている。山王祭《さんのうまつり》と一年交替に行われる神田祭には身動きができないほど混雑する参道も、この朝は閑散《かんさん》としていた。城下の向こうに海原を見晴らす社《やしろ》は、月見、雪見、元旦の日の出や桜の季節ににぎわう。

「お順どの」

名を呼ばれて、順は振り向いた。

虎之助が大股《おおまた》で駆け上がってくる。剣術で鍛えた男が息を切らしているのは、浅草から駆け通して来たのか。

「呼び立ててすまぬの」

江戸屈指の剣客となり、旗本家の禄《ろく》を食《は》む身となったのに、虎之助は順がはじめて出会った頃と変わらなかった。すり切れた袷《あわせ》に野袴《のばかま》姿、いかつい顔にうっすらと無精髭《ぶしょうひげ》を生やし、月代《さかやき》がだらしなく伸びている。それでも双眸《そうぼう》はいつもながら澄んでいた。見ようによって、厳しくも優しくも見える目だ。

「お声をかけていただいてうれしゅうございます。あら、お菊さんは……」

「途中まで来たのだが、頭痛がすると言いだしての、婚儀も近いゆえ、大事をとって家へ帰した。自分は行けないが、かわりにお順さまと墓参をしてほしいと……」

順は胸の内で快哉《かいさい》を叫んだ。これが菊の計略か。仮病をつかって、虎之助と二人きりになれる機会をつくってくれたのだろう。

「おかげんはいかような……」

案じるふりをして訊ねた。

「熱はない。心配はなかろう」

神田明神まで、島田家より勝家のほうが遠い。知らせをやったところで、すでに順は家を出ている。虎之助はいったん菊を家へ送って行った上で、あわててとって返したという。それはよいとして——。虎之助の顔にはまだ困惑の色が浮かんでいた。

「では、わたくしがお菊さまのぶんも墓参をいたしましょう」

その前に明神である。虎之助をうながして石段を上がろうとすると、

「あ、いや……待たれ」

と、虎之助は仁王《におうだ》立ちになった。

「まっこと申し訳ない。行けぬのだ。またの機会に願いたい」

順は首をかしげる。

「それが、帰らねばよかったのだが、門前で松平家の用人につかまった。殿の呼びだしゆえ、なんとしても参るようにと言われての。呼び立てておいて相すまぬが、これも宮仕《みやづか》えの辛《つら》いところだ。察してくれ」

主家の呼びだしとあれば、腹を立てるわけにもいかない。菊が気を利《き》かせて下手《へた》な芝居をしなければ、今頃は三人で清隆寺へ向かっていたはずだ。そう思うと、落胆のあまりその場へしゃがみ込みたくなった。

「わかりました。帰ります」

唇《くちびる》を嚙《か》みしめる。

「そこまで送って行こう」

歩きだそうとした虎之助の前に、順は立ちふさがった。

「その前に、ひとつだけお願いがあります」

「なんなりと」

「お菊さんのご婚儀が終わったら、一緒に鶯谷《うぐいすだに》へ行ってはもらえませぬか」

「鶯谷……」

「なつかしいあの庵《いおり》に、もう一度、行ってみたいのです。先生とご一緒に」

「そういうことなれば、むろん……」

「よろしいのですね。では約束です」

虎之助はうなずく。

約束をとりつけたのがせめてもの成果だった。

薄曇りの空の下、順は重い足を励まして石段を下りた。


嘉永四年、花の盛りに、島田虎之助の娘の菊と、松平内記忠敬の家臣、松浦家の嫡男《ちやくなん》との婚儀が執《と》り行われた。当主は松浦勘次といって、かつては小吉の遊蕩《ゆうとう》仲間だった。虎之助が松平家お抱えの剣術指南に推挙されたのは、この勘次の引き合わせによるものだから、言うなれば小吉もこの縁談にひと役買っていることになる。

「夢酔さまがおられたら、どれほどお喜びになられるか」

「父は鼻高々、己《おのれ》ひとりの働きのごとく、盛大に吹いて歩きましょう」

感無量の虎之助に、麟太郎は苦笑する。

これを機に、勘次は隠居することになっていた。嫡男のほうは父親とは正反対の堅物《かたぶつ》だというから、少なくとも菊は夫の放蕩や浮気に悩まされることはなさそうである。

祝言《しゆうげん》には順も参列した。

お菊さんたら、すっかり江戸の女らしゅうなられて――。

下関から出て来たばかりの頃は、大柄な体をちぢめてうつむいてばかりいた。が、今や惚《ほ》れ惚《ぼ》れするような花嫁姿である。

たったひとつしか歳がちがわないのだ。わたくしだって……と、順が力むのもむりはなかった。順の視線は、ともすれば花嫁花婿《はなよめはなむこ》より虎之助へ向いている。

松平家の屋敷も島田道場と同じ浅草新堀にあった。松浦家は屋敷内の長屋にあるので、菊も長屋に住むことになる。

「いつでもお父上に会えますね。先生もそれがなによりでしょう」

帰り際《ぎわ》に順が言うと、菊は角隠しの下で目くばせをした。

「父にはそれとなく話してあります。次はお順さまの番ですよ」

思いもよらぬ言葉に、順はどきりとした。それとなく……とはどういうことか。菊はなんと話したのだろう。虎之助はそれにどう応えたのか。少なくとも拒否はしなかったようである。

婚儀のあと、虎之助や虎之助の兄の小太郎をはじめ弟子たちと共に、麟太郎と順も道場の裏手にある島田家へ立ち寄った。男たちは再び酒盛りである。小吉の思い出話をしているかと思えば、いつのまにか海防や大砲の話になるのは、この節、毎度のことである。

「五十斤石衝天砲だと聞いたぞ」

「しくじったんじゃないのか」

「いや、しくじったのはポンペン弾だ。火薬の量をまちがえて寺の庭に落下したんだと」

「しかし三度目は上手《うま》くいったそうだぞ」

「なんのお話ですか」

島田家では菊と女中がいなくなってしまったので、元の男所帯に戻ってしまった。小太郎や弟子の女房に混じって甲斐甲斐しく酒肴を運んでいた順は、小声で兄に訊ねる。

「象山先生の話だ。国元で大砲の試射をされたのサ」

「象山先生……あッ」

松代藩の藩士ながら気骨あふれる学者で、兄に海舟という扁額《へんがく》をゆずってくれた人だ。順が記憶しているのは、だれもが驚く異相の男だという話だった。

昨秋、麟太郎は深川の松代藩下屋敷へ出かけ、佐久間象山から砲術指南を受けた。象山はたいそうな人気で、麟太郎だけでなく、各藩の志ある若者が大挙して押しかけているると順も耳にしている。

そんなに凄いお人なら会うてみたい――。

ちらりと思ったものの、順の関心は大砲にも異相の学者にもなかった。

ふっと見ると、熱気のこもった男たちの中で、ひとり虎之助だけが放心していた。宙をさまよう視線には、いつもの虎之助らしい精気がない。娘を嫁がせたばかりの父親の感慨に浸っていると思えば、そう思えぬこともなかったが……。

見つめられていることに気づいたのか、虎之助は順を見た。と思うや、目を逸《そ》らせた。

これまでにないことである。

虎之助は、菊から順の気持ちを打ち明けられて、困惑しているのだろう。手放しに喜んではいないのだ。順の胸は、突如、不安でいっぱいになる。

やがてお開きの時間になった。兄にうながされて席を立ったものの、このまま帰る気にはなれなかった。いったんは兄と一緒に島田家を出た。

「いけない、お菊さまから先生への言《こと》づて、伝えるのを忘れていました」

家の中へ駆け戻る。座敷にはまだ人がいた。

「先生。ちょっと……」

兄に言ったのと同じ嘘をついて、隣の座敷へ引き入れる。薄暗がりの中で、順は虎之助と向き合った。

「すみません。お菊さまの言づてと言ったのは嘘です」

虎之助はうなずいた。今度は目を逸らさず、先をうながすようにじっと見返している。

「先日の約束……鶯谷へ一緒に行ってくださるって……。いつ、行ってくださいますか」

本当はもっと直截に、好きか嫌いか、夫婦《めおと》になってもらえるかどうかと訊ねたかった。が、十六のはねかえりでも、今、この場がそれにふさわしくないことくらいはわかる。

隣室には人がいた。表では兄も待っている。

「どうしても行っていただきたいのです」

虎之助は一瞬、逡巡《しゅんじゅん》する素振りを見せた。が、真面目すぎるほど真面目な男は言い逃れをしなかった。

「お順さまのよいときに」

「では明日、でなければあさって、それともしあさって……」

順はたたみかける。虎之助は頬《ほお》をゆるめた。

「変わらぬの。言いだしたら聞かぬお人よ。よし。あさってだ。それでよいか」

「はいッ」

「さればまた明神下まで迎えに行こう」

「お願いいたします」

約束を取りつけるや、順は逃げだした。

虎之助は野暮天《やぼてん》である。こうでもしなければ事は進展しそうになかった。ぐずぐずしているうちに縁談が舞い込む心配もある。小普請の娘である以上、たとえ意に染まぬ縁談でも組頭《くみがしら》から命じられれば断れない。

後悔はしていなかった。とはいえ、今になって羞恥《しゅうち》がこみ上げている。

「どうした？　赤い顔をして」

提灯《ちょうちん》の明かりではわかるはずもないのに、麟太郎は目ざとく訊いてきた。よほどうろたえて見えるのか。

「お菊どの、なんだって？」

「兄さまにはお教えできませぬ」

「こいつ、いっぱしの口、ききやがって」

麟太郎は笑った。屈託のない笑い声だ。

兄に打ち明け、力を貸してくれと頼んでみようか——。

麟太郎は勝家の当主で、いずれにしろ同意がなければ虎之助の妻にはなれない。

今は、やめておくことにした。

あさって、虎之助と鶯谷へ行く。すべてはそれからだ。鶯谷で、順はなんとしても虎之助の同意を取りつけるつもりでいた。

かつて父とたどった道を虎之助と歩くのは無上の喜びだ。うれしさだけでなく、胸にこみ上げるものもあった。

ありがたいことに晴天、花の香《か》も芳《かんば》しい。

「足は痛うないか。どこぞで休もうか」

虎之助に訊かれた。

「さっき休んだばかりです。わたくしならご心配なく」

二人は腰掛け茶屋で麦湯を飲んでいる。

「お順さまはお強い。見かけはお順さまより頑丈《がんじょう》だが、お菊ならとうに音《ね》を上げていよう」

「そんなことはありませぬ。お菊さまは下関から歩いていらしたのですもの」

「ひと月近くもかかったそうだ。物見遊山でもしておったか」

やはり休もうと、虎之助は道端の木陰であぐらをかいた。

「先生がお疲れなのではありませぬか。諸国を経《へ》巡《めぐ》っていらしたお人とは思えませぬ」

順も笑いながら腰を下ろした。

「もう昔のことだ。歳をとったせいだろう、ときおり息切れがする」

「先生はまだまだお若うございますよ」

「四十は老人だ」

「さようなことはありませぬ。男谷の従兄《あに》さまなど、お目にかかるたびにお若うなられます。それに、先生は三十八でしょう」

「よう知っておるの」

「先生のことならなんでも知っております」

言ってしまって、順は頰を赤らめた。虎之助は気づかぬふりをして空を見ている。雲ひとつない空だ。

「お順さまは十六か。よいのう、これからがはじまり、なんでもできる」

「先生だってできます」

「そうはゆかぬ。おれの歳になってみろ、そのときおれは……」

「もうッ。なぜ、そのようなことばかりおっしゃるのですか。せっかくこうしてご一緒しているのに」

順は腰を上げた。先に行きますと歩きはじめると、虎之助も追いかけて来る。

「もう言わぬ。きげんを直せ」

きげんを損《そこ》ねているわけではなかった。意を決して自分から誘った。家を出るときは、菊に会いに行くと嘘をついた。やっとこうして二人きりになれたのだ。このひとときを台無しにしたくない。

二人は各々の思いにふけりながら、見渡すかぎり田畑のつづく道を歩いた。順は、小吉に連れられてはじめて島田道場へ出かけた日のことを思いだしている。あれは十になるやならずの頃だった。六、七年も昔になる。あのときのうれしさ誇らしさといったら……。花の咲き乱れる道を、疲れなど感じる暇《いとま》さえなく、早足で歩いた。まるで雲の上を歩いているようだった。あの頃は恋という言葉も知らず、ただ無性に虎之助に会いたかったのだ。

思えば、その四、五年前、物心がついて間もない頃からずっと虎之助を想いつづけてきた。とりこになったのは、男谷家で営《いとな》まれた伯父《おじ》の葬儀の日だ。庭先で虎之助が鋭い気合と共に剣を振り下ろすのを目にしたあの瞬間である。子供ながら――いや、子供の無心さがあったからこそ――自分でもあきれるほどの気の長さで、ひとりの男を想いつづけていられたのだろう。

二人は寛永寺をぐるりとまわって音無川へ出た。川に沿って田畑の道を行けば不動尊、根岸を過ぎて梅屋敷を越えたところで南へ曲がる。そこから三嶋大明神はもう甍《いらか》が見えるほどの道のりで、昔日の小吉の庵は明神社の手前、雑木林を隔てた隣にあった。

「夢酔さまがこの地を隠居所に選ばれたわけがわかるような気がするのう」

明神社へ出る道で、虎之助がつぶやいた。

「おれも、かようなところで、のんびり隠居暮らしがしたいものよ」

「今をときめく島田先生が、隠居など、早うございます」

即座に言い返したものの、順は先日の菊の言葉を思いだしていた。菊は、父が疲れているようだと案じていた。

思わず見上げると、大柄な体軀《たいく》に見合う無骨な顔は、気のせいか色艶《いろつや》が悪く、精彩を欠いているように見えた。額に大粒の汗が噴き出ている。

江戸へやって来て男谷道場の門弟となった虎之助は、異例の速さで免許皆伝を許された。浅草新堀へ道場を開いてからは飛ぶ鳥を落とす勢いで、松平家の禄を食む身になっても、諸方からひっぱりだこ、道場も大盛況である。異国の脅威が話題にのぼるようになって、武士はむろん庶民も剣術に励むようになった。腕さえあれば仕官や昇進の叶《かな》う世がまたはじまると期待しているのだ。天保の大飢饉《だいききん》以来、治安が悪化しているせいもある。自分の身は自分で守ろうという者も数知れない。道場はいずこも人があふれ、剣客や剣聖は追いまわされる。真面目一方の虎之助だから、周囲の期待に応えようと、どこかで無理をしているにちがいない。

「先生。水はいかがですか」

井戸は明神社と雑木林の間にあった。病身の小吉の他には女手しかない一家を気づかって、虎之助は庵を訪ねるたびに、水を汲《く》んでくれたものだ。

「ようこうして飲ませてくださいました」

順は釣瓶《つるべ》をたぐり、椀のかたちにした両手で水をすくって、虎之助の口元へ突きだした。

二人は目を合わせる。

虎之助はおもむろに順の手首をつかみ、ぐいと引き寄せるや、水を飲み干した。半分はこぼれてしまったが、そんなことは問題ではないようだ。そのまま、順のぬれた手のひらに唇をつけている。

「先生……」

「美味《うま》い美味い。生き返ったわ」

あわてて手を離し、虎之助は照れくさそうに目を瞬《しばた》いた。

刹那《せつな》、順は虎之助に抱きついていた。小柄な順が大兵《だいひょう》の虎之助に両腕を巻きつけているところはさながら子供と父親である。

ここは、二人にとって、記念すべき場所だった。野次馬はいない。思いの丈《たけ》を打ち明けるのに、今ほど絶好の機会があろうか。

「先生は昔、約束をしてくださいました。お嫁さまにしてくださると。わたくしをおそばに置いてください」

虎之助は呆然としている。小娘だと思っていた――いや、懸命にそう思おうとしていた――順が、ふくらみかけた胸を押しつけてくる。まごうことのない女の香に抗《あらが》いもできず、かといって溺《おぼ》れるのも怖くて金縛《かなしば》りにあっているのだろう。

「わたくしがお嫌いなのですか」

虎之助が黙っていることに勇気を得て、順は大胆になった。厚い胸に頬を寄せる。答えるかわりに、虎之助は順を抱きしめた。順は歓喜の波に身をゆだねる。

が、それも一瞬だった。

次の瞬間にはもう、虎之助は順の腕をもぎ離し、一歩下がって、放心したように片手で顎《あご》を撫《な》でまわしていた。

「先生、わたくしは……」

「待て。待ってくれ」

　虎之助は大きく息を吐いた。

「おれもお順さまが愛《いと》しい。だが、こういうことは、容易にはゆかぬ」

「なにゆえですか」

　これにも虎之助は答えなかった。庵をのぞいてみようと雑木林へ足を踏み入れる。

　やむなく順もあとに従った。

　庵は、半年前に信と順が赤坂田町へ移ったときとほぼ同じだった。よくよく見れば随所が傷《いた》んでいるものの、修繕した跡もなく人が住んでいる気配もない。この辺鄙《へんぴ》なところに——それも多少手を入れたとはいえ廃屋とさしてちがわない庵に——わざわざ住もうという物好きはいないのだろう。

　順と虎之助は庭へ足を踏み入れた。壊れかけた竹垣はどこからでも入れる。

「夢酔さまがおられるようだの」

「ほんに、父の声が聞こえます。あの縁に座っておりました。油がもったいないと言って文机《ふづくえ》を持ちだし、日が暮れて手元が見えなくなるまで一心不乱に筆を動かして……」

「変われば変わるものだ。昔は酒を飲め、遊里へ行こうとからまれて往生したものだが……どちらが本物の夢酔さまか」

「皆もそう言われます。でもわたくしにとってはどちらも本物。遊びほうけていても勉学に励んでいても、家族思いの父でした」

「お順さまは夢酔さまの秘蔵っ子だったの。よう自慢しておられた」

「秘蔵っ子は兄ですよ。鳶《とんび》が鷹の子を産んだと父は鼻高々でした。わたくしは、父に一番似ているそうです」

「そうかもしれぬの。それゆえ、おれとお順さまは気が合うのだろう」

虎之助は順を見た。順の顔に小吉の顔を重ねているのか、愛しさと悲哀が入り交じったようなまなざしである。

「上がって、休んでゆきましょう」

順は返事を待たずに庵の縁先へ歩み寄った。雨戸も障子《しょうじ》も開いたままだ。むきだしの畳には大風の日に吹き込んだのか、折れた枝や腐った葉っぱが散らばっている。

「さァ、先生も」

長い道のりを歩き通した。疲れている。休まなければ歩けない。けれど、それだけではなかった。井戸端で抱きしめられた余韻が体の隅々に残っている。ここではっきりした返事をもらわなければ、帰路にはつけない。

虎之助も座敷へ上がって来た。枝葉や塵《ちり》を取り除こうとしている順にはかまわず、座敷の真ん中で大の字になる。目を閉じて深呼吸をした。眉をひそめているのは息苦しいのか。

　順は不安になった。

「おかげんがお悪いのですか」

　枝葉を投げ捨ててかたわらへにじり寄る。

「いや。なんでもない」

　虎之助は目を開け、天井を見た。

「このところ気の張ることばかりつづいたゆえ、疲れ果てておるのだ。娘を武家へ嫁がせるのは厄介《やっかい》だのう。人づき合いが苦手だからこそ諸国を巡っておったのだが……」

　繁華な江戸に道場を開き、旗本家の家臣になった。苦手ではすまない。

「それで、ご妻女もお持ちにならなかったのですね。面倒になると逃げだすなんて、先生は悪い男です」

「逃げだすもなにも、縁がなかったのよ」

「縁があろうとなかろうと、もう逃げられませぬよ。ずうっと待っていたのですもの」

　順は身をかがめ、虎之助の胸に頭をのせた。抱き寄せられて、添い寝のかたちになる。

　この場に母がいたら、腰をぬかすにちがいない。けれど父なら……小吉ならむしろけしかけるのではないか。現実離れしたこの庵では、大胆な行為さえ自然に思えた。

「先生は生真面目すぎるのです。このままではお体をこわしますよ。わたくしが、おそばで、見張っていてさしあげます」

「そいつはありがたいが……お順さまなら、年相応の相手がいくらでも見つかろう」

「わたくしは先生がよいのです」

「おれは又者《またもの》、元をただせば流れ者だ。直参《じきさん》の妹御《いもうとご》にはふさわしゅうない」

「さようなこと……本気で言うておられるなら、先生はいくじなしです」

歯がゆい。じれったい。堪《こら》えきれなくなった順は拳《こぶし》で虎之助の胸を叩《たた》いた。強く叩いたわけではない。が、虎之助は顔をしかめ、やめよッと鋭く言って手を振り払った。その勢いで起き上がり、順の体を仰向《あおむ》けにしてのしかかろうとする。

虎之助のほうも、堪えに堪えていたものが一気に爆発したようだった。

「聞き分けのないやつだ。あとで悔やんでも知らぬぞ」

声がかすれている。見下ろした目は、小娘ではなく女を見る男の目だった。

虎之助は顔を寄せてきた。順は目を閉じて、次に起ることを待ちわびた。なにが起こってもよい。これでだれも反対できなくなる。虎之助の妻になれるのだ……。

期待ははずれた。男の臭《にお》いが遠のき、苦しげな呻《うめ》き声が聞こえた。虎之助が胸を押さえてうずくまっている。

「先生ッ、どうなさったのですかッ」

順は飛びついた。動転のあまり、声がうわずっている。

「人を、呼びましょうか」

「すまぬ……すまぬ」

「お医者さまを……」

「よい。すぐ治まる」

ということは、これがはじめてではないのか。もしや、ただの疲れではなく、持病があるのでは……。背中をさすりながら、順は唇をふるわせる。

やがて、発作は治まった。

「水をお持ちしましょうか」

「頼む。あ、いや、おれも行こう」

「ご無理をしてはなりませぬ」

「ひと晩、ここで過ごすわけにもゆかぬ」

「なれば、せめてもう少しお休みください」

虎之助は今一度、身を横たえた。順は不安にかられながら寝顔を見守る。

半刻ほどして、二人は庵をあとにした。

「前にもこのようなことがあったのですか」

帰路、気になっていたことを訊ねた。

「昨年末に一度。手合わせをしておったときだ、鳩尾《みぞおち》に棒を押しつけられたような痛みがあった。差し込みかと思うたが……」

「お医者さまはなんと?」

「安静にしておれば治《なお》ると言われた。なかなかそうもゆかぬが、ま、大事はないそうだ」

「それならよいのですが……」

「お菊に言うてはならぬぞ」

虎之助は順に、今日のことはだれにも言わぬようにと約束させた。

「先生は、わたくしがお嫌いで、それで病《やまい》のふりをされたのではありませぬか」

ようやく不安が薄れたので、順はすねて見せる。虎之助は何事もなかったように渡し場へ向かっていた。

「意地の悪い女子《おなご》だ。おれの気持ちがわからぬお順さまではあるまい。だが……」

一年待ってくれと虎之助は言った。病とは思えない。

「どうしてもやっておかねばならぬことがある。今年は身動きがとれぬ。来春早々、おれから麟太郎どのに話す。それからお順さまを迎える仕度《したく》をする」

虎之助の名声はもとより高いが、無役の小普請とはいえ、近頃は麟太郎の評判も上がっていた。加えて、従兄《いとこ》の男谷精一郎はだれもが知る剣聖であり幕府の気鋭でもある。順が島田家へ嫁ぐとなれば、それなりの体裁をととのえなければならない。

虎之助の住まいは、道場の裏手の殺風景な家だった。剣術では師匠でも、身分は陪臣《ばいしん》、直参の妹を迎えるとなれば、家にしても今のままというわけにはいかない。

万全なかたちでお迎えしたいと言われれば、うなずかざるを得なかった。はなや菊とはちがう。自分は島田虎之助の妻になるのだ。一番の男の花嫁らしく堂々と嫁ぎたい。

「それまでには体調もようなろう。必ず、ようなってみせる」

虎之助は約束した。腕も首も胴まわりも自分の倍ほどある男の言葉は力強い。思いどおりにはゆかなかった。虎之助の病という新たな心配もしょいこんだ。あと一年待たなければならない。それでも「お順さまをお迎えする」といううれしい言葉と、抱きしめられたときの天に昇るような喜びを胸に刻んで、順は我が家へ帰って行った。

四

夏の午後。

「木挽町《こびきちょう》まで使いに行ってくれ」

順は麟太郎から冊子と文《ふみ》を手渡された。借りていた冊子を返すついでに、教えを請《こ》いたいことがあるので、返書をもらってきてほしいという。

「木挽町……」

「佐久間象山先生だ」

順は小さな声をもらした。

「象山先生は真田さまの下屋敷におられるとうかがいました」

松代藩の下屋敷は深川にある。象山は藩邸内の長屋住まい、といっても弟子を引き連れて鎌倉や三浦三崎を巡ったり、砲術を学び、また指南したりと忙しくしているとやら。昨年末にはいったん郷里へ戻り、今春には大砲の試射をした話が塾でも話題になった。

「塾を開校する許しが出たそうだ。家族を引き連れて江戸へ戻った。この五月、木挽町に居を構えたのサ」

象山はかつて神田お玉が池で藩公認の塾を開いていたことがある。

「ご家族って?」

「正妻はおらぬが、側妻《そばめ》はたしかお二人。こたびはご嫡男《ちゃくなん》とご母堂を伴われたそうだ。いよいよ江戸に腰をすえて、砲術に取り組むお覚悟だろう」

象山は国の行く末を憂《うれ》え、自藩のためだけでなく、幕府にも海防を説こうとした。家中の重臣から非難を浴びて郷里へ帰されたが、それで大人しく引っ込んでいるような男ではなかった。意気に燃え、決意を漲《みなぎ》らせて、江戸へ戻って私塾を開いた。

「お偉いお人なのですね」

麟太郎は象山から扁額《へんがく》をゆずり受け、そこに書かれた「海舟」を号としている。象山を師の一人として仰ぎ、ときおり木挽町へ出かけては教えを請うていた。象山のほうでも麟太郎の氷解塾に来ることがあるというが、順はまだ会っていない。

異相の男――。

好奇心がふくらんでいる。

「身なりをととのえて行け」

麟太郎はわざわざ言い添えた。礼儀と格式を重んじる象山は、礼を失した格好をしている弟子が来ると断固、追い返すという。

「つい先日も、吉田寅次郎と言ったか、普段着で来た奴が追い返された」

順はおろしたての小千谷縮《おぢやちぢみ》に着替えた。塾の盛況で家計が上向いてきたため、麟太郎が妻や母の着物と一緒に買い求めてくれた古着である。涼しげな深川鼠《ふかがわねず》が上品《じょうひん》で、これを着ると順は見違えるほど大人びて見えた。

ただの使いである。が、返書をもらうなら顔を合わせる。まさか夏に緞子《どんす》の羽織《はおり》ではなかろうが、異相の人はいったいどんないでたちをしているのか。

「悪いわねえ、わたしが行くとこなのに」

民が頭を下げた。目下、三人目をみごもっている。悪阻《つわり》の最中で遠出はできない。

「それにしても、ようお似合いだこと」

「馬子《まご》にも衣装。どこのお嬢《じょう》さまかと思いましたよ」

孫娘を遊ばせる手を休め、信もしげしげと娘を眺める。

順は童顔なので歳より幼く見られる。それが悩みの種だった。とりわけ虎之助には大人の女に見られたい。小千谷縮を着て島田家を訪ねる口実を見つけなければ……と思いを巡らせながら、順は家を出た。

赤坂田町の勝家から木挽町へ行くには、溜池《ためいけ》沿いの大通りを東へ歩き、松平家の長大な海鼠塀《なまこべい》に沿ってなおも東へ行き、榎坂、汐見坂、愛宕下の武家屋敷町をぬけて、汐留橋を渡る。渡ったところが木挽町だ。

佐久間象山の家は、左に町家、右に武家屋敷を見ながら木挽町を北へ歩き、五丁目の辻を右手へ折れて、二ノ橋に出る手前の一画にあった。似たような武家屋敷が五、六軒並んでいるうちの一軒で、板塀に屋根門はいずこも変わらないが、門柱に「象山塾」と墨文字の木札が掲《かか》げられている。

門前で、数人の武士が立ち話をしていた。屋敷内もざわついている。他に出入口はなさそうなので、門へ歩み寄り、会釈《えしやく》をした。

「こちらは象山先生のお宅でしょうか」

「ほうじゃけんど……先生には会えんぜよ」

聞き慣れぬ言葉に、順は目を瞬《しばた》く。

「ご講義中でしたら待たせていただきます」

「先生はおらん。取り込んどるそうや」

別の男が言った。

「急ぎの用なら母屋《おもや》へ行ってみんさい。ぐるりとまわると勝手口や」

象山の塾には様々な家中の武士が押しかけていると聞いていたが、なるほどその人気は兄の塾の比ではなさそうだ。礼を言って門をくぐる。急用ではないものの、せっかく来たのだ、挨拶だけでもしたかった。運がよければ象山に会えるかもしれない。

男たちが出入りをしている玄関ではなく、かたわらにある木戸を押し開け、裏手へまわり込む。裾《すそ》と襟元《えりもと》をととのえ、髪《かみ》を撫《な》でつけたのは、装束にはとりわけ厳格だという噂を思いだしたためである。

表から見るより奥行きのある家だった。丹精された前庭とちがって、中庭はさほど手入れをしていないようで、低木や雑草が生い茂っている。片隅に敷かれた筵《むしろ》には、薬にでもするのか、葉や種が干してあった。

庭に足を踏み入れ、あッと棒立ちになる。勝手口の脇に四、五歳の男児が突っ立っていた。べそをかいている。手前には大きな背中がしゃがみ込んでいた。肩まで伸びた総髪を白い紐《ひも》で結わえた男は、子供をあやしながら足をさすっているようだ。この暑さの中、紋付《もんつ》き袴姿《はかますがた》も大仰《おおぎょう》だが、汚れぬよう高々とまくり上げた袴の裾から生っ白い臑《すね》がむきだしになっているのも滑稽だった。

子供が順を見たので、男も闖入者《ちんにゅうしゃ》に気づいた。あわてて立ち上がった背丈《せたけ》は五尺七、八寸はあろうか、筋骨たくましく、虎之助と似たり寄ったりの大男である。

順は息を吞《の》んだ。たしかに異相である。男には白すぎる顔に漆黒《しっこく》の髭《ひげ》、くぼんだ目は鋭く、広い額と頑丈《がんじょう》な鼻を配した長い顔は、両耳が見えないせいか能面のようだ。佐久間象山、その人であるのはまちがいない。

恐ろしげなご面相だったが、むきだしの膳と子供をあやす姿を見てしまった順は、恐ろしいとは思わなかった。むしろ、見られた象山のほうが狼狽《ろうばい》している。

「ふむ。勝どのの妹御《いもうとご》か……」

挨拶をすると咳払《せきばら》いをした。赤子が熱をだして取り込んでいるところへ、今度は子供が転んだ。あたふたしている姿を見られて、象山は居心地《いごこち》が悪そうだった。何事も格式ばらなければ気のすまない質《たち》だから、こういう出会いは意に染まないのだろう。といって追い返す気もないのか、順を見つめている。

そのとき「旦那《だんな》さま」と女の声がした。

「返書は追ってだれぞに届けさせる」

象山は冊子と文を受け取った。しゃちほこばって辞儀をするや、子供を抱き上げて勝手口へ入ってゆく。傲然《ごうぜん》とした後ろ姿を、順は感興のこもった顔で見送った。

「まあ、三岳さまのお弟子さまにねえ……。それはようございましたこと」

男谷精一郎の妻女、鶴は、おっとりとした笑《え》みを浮かべた。

仁木三岳は天保十年に死去した旗本の隠居で、琴曲《きんきょく》の大家として知られている。

本所亀沢町にある男谷家の屋敷の奥座敷で、女三人が世間話に興じていた。嘉永四年十一月下旬の寒々とした午後、信と順母娘《おやこ》の間には鉄瓶《てつびん》ののった火桶が、鶴の膝元《ひざもと》には手あぶりが置かれている。

この日、男谷家へ行こうと娘を誘ったのは信だった。かねてより頼んでおいた順の縁談が気にかかっていたのだろう。

本所に住んでいた幼い日々、男谷家を訪ねるのは楽しみのひとつだった。父、小吉の実家は、当時から借家の勝家とは比べものにならぬほど立派な屋敷だった。

小吉の甥《おい》で、麟太郎と順兄妹の従兄《いとこ》である精一郎信友は、御本丸の御徒頭《おかちがしら》をつとめている。麻布狸穴《まみあな》の男谷道場も、このご時世、弟子があふれていた。

女たちの話題は「琴《こと》」である。

「わたくしも若い頃、習うたものですよ」

鶴は男谷家の次女に生まれ、箱入り娘として育てられた。婿《むこ》に迎えた従兄の精一郎は丸顔の温厚な男で、文武に秀《ひい》で、剣聖と崇《あが》められるだけでなく人格者としても評判だった。側妻も置かず、遊蕩《ゆうとう》とは無縁のまま鶴一人を守っている。

順は、苦労が絶えなかった母の半生と鶴の満ち足りた半生とを比べて、どうしてこうもちがうのかと常々思っていた。女は連れ添う男次第。鶴のようになりたいというのは、精一郎のような男の妻になりたいということだ。それがつまりは剣聖、堅物《かたぶつ》、虎之助……となったのかもしれない。

もっとも、鶴に言わせれば、妻ひとすじの夫というのも別の苦労があるようで、

「もう一度はじめたいと思うのですよ。でもこの忙しさではねえ。そろそろ娘たちを習いにやらねばなりませんし」

などと苦笑している。同じ旗本でも、岡野家のような無役《むやく》の小普請《こぶしん》とちがって、男谷家は来客も多い。おまけに五男六女の母ともなれば、琴を弾《ひ》く暇などありそうにない。

「あら、琴をなさるのなら、ご紹介いたしますわ。三岳さまのお弟子さまはあちこちにおられるそうですから」

順ははずんだ声で言った。

ようやくこの秋から、また琴を習いはじめた。勝家の狭さはいかんともしがたいが、芸事を習うだけの余裕がようやくできたのである。虎之助との縁談を待つ身に、琴という気晴らしがあるのはありがたい。

「三岳さまと言えば、そうそう……」と、鶴は小さく笑った。「わたくしが習うていた頃、三岳さまのところには錚々《そうそう》たるお弟子さまがおられると評判になりました」

男が琴を習うのもめったにないことだが、名を知られた詩人と学者が連れだって習いに来るというので、ちょっとした話題になっていたという。

「詩人と学者……」

どなたでしょうと信に訊《き》かれて、鶴は梁川星巌《やながわせいがん》と答えた。京から出府し、神田お玉が池に玉池吟社《ぎょくちぎんしゃ》を営んでいた詩人である。

「学者さまのほうは佐久間象山先生です。今は木挽町で塾を開いておられるとか。これがなんとも風変わりなお人で……」

「存じております」

順はすかさず口を挟んだ。

「ええ。麟太郎どのとお知り合いのようですね。そう言えば象山先生は、うちの人に勝家のことを訊《たず》ねておられたとか」

男谷家の先代、彦四郎燕斎《えんさい》は書家である。象山も書を能《よ》くすることからつき合いがあった。

「麟太郎どのの母者も能筆と聞いている、どのような女性《にょしょう》か……と。お順どののことも訊ねられたそうですよ」

鶴に言われ、信は頰《ほお》を染めた。

「わたくしの書なぞとてもとても……」

謙遜しながらも、『江戸名家一覧』に名が載るほどの学者から褒《ほ》められたことに信は驚き、感激している。信は熱心に書を学んでいた。彦四郎からもその才を高く評価され、お墨付きをもらっている。

順はそれより、象山が琴を弾く、という話に目を丸くした。

「琴を弾かれるとは思いませんでした」

尊大を絵に描いたような風貌といい、厳格で礼儀作法にうるさいと聞く人柄といい、音曲に親しむ男とは思えない。

「やはり風変わりでしたか」

鶴はほほほ……と笑った。

「会うた者はみな申します、傲岸不遜《ごうがんふそん》な自惚《うぬぼ》れ屋だと。ですから先日の姉ヶ崎のしくじりも酷《ひど》い噂ばかり……。なれど琴や横笛など音曲がお好きで、書は顔真卿流《がんしんけいりゅう》の第一人者、絵は南画風、和歌や漢詩にも秀で、その上、親孝行で子煩悩《こぼんのう》とか……」

子煩悩と聞いて、順は、転んだ子供の足をさすっていた象山の姿を思い浮かべた。

「姉ヶ崎のしくじりとはなんの話ですか」

信が訊ねた。能筆と言われたので、なおのこと興味がわいたようである。

「大砲の試射をしたところが、失敗して怪我人が出たそうです」

大砲をうちそこなってベソをかき
あとの始末をなんとしょうざん
そんな狂歌まで広まって笑い者にされた。

ところが象山自身は一向に意気消沈するふうもなく、大砲の改良に取り組み、塾のほうも相変わらず大にぎわいだという。

「ともあれ、大したお人にはちがいありませぬ。これからはああいうお人がご時世を動かしてゆくのでしょう」

女たちはうなずき合う。そこへ汁粉が運ばれ、象山の話題はお終《しま》いになった。子供たちが入れ替わり立ち替わり挨拶にやって来て、しばし和《なご》やかな歓談がつづく。

そろそろ暇《いとま》を告げる頃合いになって、ようやく信は肝心の話を切りだした。

「かねてよりお願いの儀ですが……」

順の顔をちらりと見る。鶴も膝を乗りだした。

「ないことはないのですが、帯に短し襷《たすき》に長しといった按配《あんばい》で……。でもご心配はいりませぬ。他ならぬお順どのですもの、必ずこれぞというお人をお世話いたします」

麟太郎の評判も上々、順も見映えのする娘である。そこそこの縁談なら掃いて捨てるほどあった。が、鶴も順の気性は承知している。愛くるしい顔とは裏腹に愛嬌《あいきょう》に乏しく、勝ち気で強情な娘を妻にするとなれば、よほどの男でなければ太刀打ちできない。といって麟太郎は無役の小普請だし、先代の小吉は不良御家人の烙印《らくいん》を押されているから、名家はそれだけで尻込《しりご》みしてしまう。

「明ければ十七、ぐずぐずしてはいられませぬ。なにとぞよろしゅう……」

そなたもお願いしなさいとうながされたものの、順は母のように両手をついて頼む気にはなれなかった。

「お順、どうしたのです？」

順は意を決して鶴の目を見た。

「わたくしの縁談でしたら、従姉《あね》さま、どうぞご放念ください」

「お順ッ。なにを言うのです」

「母上もどうぞ、おやめください」

「いったいどういう……嫁《ゆ》き遅《おく》れたらなんとするのですか。そなたは嫁にゆかぬ気か」

めったに声を荒らげることのない信が、甲走《かんばし》った声で訊き返した。

「まァお信さまも、お鎮《しず》まりください。お順どの、どういうことか話してごらんなさい」

鶴にうながされて、順はうつむいた。虎之助からは、角が立たぬよう自分から麟太郎に話す、それまでは黙っているようにと言われていた。今年一年待ってくれ、来春早々にはきちんとするから……とも。

約束は守らなければならない。が、ここで男谷家から縁談が持ち込まれれば、これまでの辛抱が水の泡になってしまう。

順は迷った末、打ち明けることにした。といっても、虎之助の名前は明かせない。

「言い交わしたお人がおります」

思いきって言うと、信と鶴は目をみはった。鶴は口を開こうとした信に目で合図をして、穏やかに訊ねた。

「どのようなお人ですか」

「ご安心ください。お旗本ではありませぬが歴としたお武家さまです」

「お順、いつまァそなたは……」

「約束をいたしました。ご事情がおありで早々というわけにはいきませぬが、来春には兄さまに正式なお話をしてくださるとのこと。それまではどうか、お許しくださいまし」

今度は両手をつき、深々と頭を下げる。

「まァ、あきれた」

信は毒気をぬかれたようにつぶやき、鶴は忍び笑いをもらした。

「お順どのは言いだしたら聞かぬ女子《おなご》です。お信さま、この一件、来春まで静観するよりありますまい」

「従姉さま、ありがとうございます」

順は鶴に両手を合わせる。

「お順どの。お順どのはまことにそのお人と夫婦《めおと》になるおつもりなのですね。そのお人でのうてはならぬのですね」

「はいッ。もし兄さまにお許しをいただけなければ、わたくしは命を絶つつもりです」

「お順ッ」

「お信さま。お順どのがそこまで言うておるのです。好きにさせてあげましょう」

順は胸の内で快哉《かいさい》を叫んだ。が、信はまだ納得のゆかぬ顔である。

「ご事情がおありと言いましたが、なにゆえ来春まで待たねばならぬのですか」

「それは……ご多忙なお人だからです」

「ほんに夫婦になる気がおありなら、公にせずとも、こちらに挨拶があってしかるべきではありませぬか」

信の言うことはもっともだった。口約束だけして体《てい》よく逃れようとする男ならいくらでもいる。が、それだけはないと順は信じていた。虎之助は騙《だま》したり逃げたりする人ではない。

ではなぜ一年待たせるのか。菊を嫁《とつ》がせたばかりで多忙なのはわかる。だとしても、虎之助が順にだれにも言うなと約束させたのは、それだけが理由ではないはずだ。

心変わりをしないか、たしかめるためだと順は考えていた。氷解塾には毎日のように塾生がやって来る。良縁も舞い込むはずだ。十六の娘なら心がゆれることもあるだろう。もし早々と打ち明けてしまったら、義を重んずる麟太郎は、妹が虎之助の顔をつぶすことを断じて許さない。となれば、順はいやでも虎之助と夫婦にならなくてはならない。

先生はご自分のお歳を気にしておられた、だからきっと――。

自信がないのだ。剣では名うての虎之助も男女のこととなると驚くほど初心《うぶ》である。

「母さま。わたくしを信じてください。今はそれしか言えませぬ」

断固とした口調で言うと、信はようやくうなずいた。順が言いだしたら聞かぬ娘だということは信も承知している。

「わかりました。来春まで待ちましょう」

「母さま。恩に着ます」

「なれど言うておきますよ。もしそなたの言い交わしたお人が約束を違《たが》えたら……」

「さようなことはありませぬ」

「最後までお聞きなさい。万が一、上手《うま》くゆかなければ、そのときは母の言うとおり嫁いでもらいます。よいですね」

「はい。お約束いたします」

そんなことはありっこない。順は深く考えもしなかった。母の同意は取りつけた。敬愛する恩師からの縁談を兄が断るとは思えない。これでもう虎之助との結婚は決まったも同然。

よほどうれしそうに見えたのだろう。

「それにしても、お順どのが好いたお人の話をするお歳になられたとはねえ」

鶴は感慨深げにつぶやいた。

「時の経つのは、なんとまァ速いこと」

五

その年の瀬、順は大忙しだった。

喪が明けたので、正月の準備は手がぬけない。民ははちきれそうなお腹を抱えているし、幼い姪《めい》たちも手がかかる。再開したばかりの琴《こと》の稽古《けいこ》も休みがちである。

虎之助はどうしているのか。

今年中に為《な》すべきことをやってしまうと言っていた。妻を迎える準備——もしくは準備に取りかかるための準備——をはじめているはずである。

会いたい。せめて顔を見たいと思ったが、浅草まで出かけている暇はなかった。無理をして訪ねたところで、多忙な虎之助に会えるとも思えない。

先生を信じよう——。

逸《はや》る胸を鎮《しず》める。

氷解塾もにぎわっていた。麟太郎の名が高まるにつれて弟子も増えた。遠国《おんごく》から江戸へ出て来た藩士の中には飯までたかる厚かましい輩《やから》もいて、順は塾生の世話にも駆りだされている。聞くところによると、象山塾では常時五、六人の弟子が泊まり込み、先生の世話をしているらしい。潔癖な先生のこと、さぞや塵《ちり》ひとつなく整然としているのだろうが、元々があばら屋の勝家は、汚れ放題ちらかり放題だった。

それでも、ひもじい時代にあの屋敷この屋敷へ押しかけ、寝泊まりをしたりもらい飯をしていた麟太郎は、みすぼらしい風体をしている者も束脩《そくしゅう》が払えない者も、決して門前払いはしなかった。傍若無人《ぼうじゃくぶじん》な小吉と暮らしていたせいだろう、麟太郎には他人を型にはめて見ようとしない鷹揚《おうよう》さがある。他人は他人、己は己と割りきり、超然としていた。高野長英を追い返したのは大義に反したからで、それ以外の身のまわりの些細《ささい》なことは一向に頓着《とんじゃく》しない。

明朗闊達《めいろうかったつ》な麟太郎のところには、昔も今も人が集まってきた。傍若無人にふるまっても憎まれないのは、大言壮語を有言実行に変えてしまう努力の人であるからだろう。だからこそ、人格者と言われる男谷精一郎も、異能人の佐久間象山も、無骨で質朴な島田虎之助も、麟太郎に一目も二目も置いている。この一年余り共に暮らして、順は兄の人知れぬ努力に心底、感服していた。

明けて嘉永五年の正月。

三が日は来客の応対や姪たちの相手で明け暮れた。合間に近所の氷川神社へあわただしく初詣《はつもうで》に出かけ、民の男児出産と合わせて、虎之助との縁談成就を祈願した。

「お菊さまのところへ年賀に参ります」

四日、順が家を出ると、麟太郎が追いかけて来た。

「おれも出かけるとこだ。お順坊、一緒に稲荷《いなり》へ詣《もう》でて行かぬか」

通りを渡ったところに西行稲荷がある。

兄妹は祠《ほこら》の前に並んで、柏手《かしわで》を打った。

参拝を終えてきびすを返そうとしたものの麟太郎はまだ手を合わせたまま、前方を見つめている。

「島田先生なら、訪ねてもおらぬぞ」

唐突に言われ、順は棒立ちになった。

もしや、聞きちがえたか――。

虎之助は夫婦《めおと》になると約束した。年が明けたら麟太郎にも話をすると……。忘れるはずがない。心変わりをするとも思えない。

「いないって？　そんな……どこにいらっしゃるのですか」

順の声は裏返っている。

麟太郎は顎《あご》を動かした。黙って歩きだしたのは、ついて来いという合図だろう。

稲荷の裏には下水の堀がある。その向こうは冬枯れの草地で、その先が溜池《ためいけ》。人家も往来もないので、じゃまをされずに話をするにはもってこいだった。

「お順坊、おめえ、島田先生と夫婦になる約束をしたんだってナ」

いつもは早足の麟太郎が、堀に沿ってゆっくり歩く。歩きながら、まるで晩のおかずの話でもするようにさりげなく切りだした。

「だれからそれを？」

順は鳩尾《みぞおち》に手をやった。だれにも話していない。ということは、虎之助が話したとしか思えない。急用で遠出をすることになったので、早々に話しておくことにしたのか。それならそうと、なぜ、あらかじめ教えてくれなかったのだろう。

「先生がおっしゃったのですね。兄さまはいつ、どこで先生と会われたのですか」

麟太郎は言おうか言うまいか迷っている。

「師走《しわす》の半《なか》ばに男谷へ行った。そのとき、先生が倒れたと聞いた」

順は息を呑《の》んだ。

「倒れた？　倒れたって……どこで……今は……先生はご無事なのですか」

「まァまァ、落ち着け」

落ち着いてなどいられようか。順は兄の正面へまわりこむ。

「先生は胸を病《や》んでおられるのではありませぬか。あのときも脂汗を浮かべて……」

「よう知っておるの」

やはり、そうか。松平家の郎党に稽古をつけているときも、胸の痛みで竹刀《しない》を取り落としたことがあると言っていた。

精一郎が弟子から聞いた話では、大事には至らずにすんだものの、驚いた弟子たちが虎之助を宥《なだ》めすかし、強引に養生させることになったという。

　麟太郎はその足で見舞いに行った。

　虎之助は床についていた。胸の痛みは治まっていたが、顔色が悪かった。

「なにゆえ教えてくださらなんだのですか」

「言うなと言われた」

「どうしてッ」

「心配させたくなかったのサ」

　虎之助は人払いをして、麟太郎に順との約束を打ち明けた。

「おまえのことは大事に思うているが、持病のある身では夫婦になれぬ、この話はなかったことにしてくれ、と」

「いやッ」

　順は叫んだ。

「兄さまはなんと？」

「島田先生らしゅうもない。そう聞いておれの妹が、はい、そうですかと引き下がるとお思いか。とんでもねえと言ってやったよ」

「兄さま……」

「約束は約束だ。おまえが嫁《とつ》ぎたいと言うんなら嫁げばいいサ。おれは止めぬ」

「ああ、兄さまッ」

順は両手を揉《も》み合わせる。それを見て、麟太郎は「ただし……」とつづけた。

「祝言《しゅうげん》は先生の病《やまい》が癒《い》えてからだ。島田家と勝家の婚儀となれば、あちこち出向いて挨拶をしたり、相応の仕度《したく》もせねばならぬ。ご無理をして倒れでもされたら元も子もない。先生にはまず治癒《ちゆ》に専念していただく」

兄の言うことはもっともだった。虎之助との結婚を兄が許してくれた……今はそれだけでもありがたい。

「先生はなんとおっしゃったのですか」

「されば、お順さまのために一日も早う治《なお》さねばならぬと仰《おお》せだった」

そんなこともあって、虎之助は菊の嫁ぎ先である松浦家の隠居と湯河原へ湯治に出かけた。隠居の勘次はかつて小吉と遊蕩三昧《ゆうとうざんまい》をしていた。こういうことはお手のもので、暖かくなるまで養生したほうがよいと強引に勧めたという。

たしかに、江戸にいれば用事に追われ、養生にならない。虎之助の病を癒やすために湯治は最適だろう。とはいうものの……順は唇《くちびる》を尖《とが》らせる。

「先生も野暮《やぼ》なお人です。湯治に行かれるなら行かれると、教えてくだされればよいのに」

「馬鹿だナ。教えてみろ。おめえは後先も考えずについて行っちまう。治るどころか、血がのぼってぶっ倒れちまわァ」

先生は晩熟《おくて》だからナと顔をのぞき込まれて、順は真っ赤になった。鶯谷《うぐいすだに》での出来事を見られていたような……。

鶯谷——。あのとき、もし虎之助の発作が起きなければどうなっていたか。ふたりは倫《みち》ならぬ仲になっていたはずだ。

甘い思い出と共に、発作に見舞われた虎之助の苦悶の表情がよみがえる。

「先生はようなりましょうか」

「ようなってもらわんとナ。おめえに嫁《い》かず後家になられたら大変だ」

麟太郎はぎこちなく笑った。

「しかし、おめえってやつは大した女だぜ。よりによって、あの島田虎之助と夫婦になろうってんだ」

口では笑っていても、かなたを見つめる目は笑っていない。

話は終わった。が、麟太郎は帰ろうとはしなかった。順も出かける気が失《う》せている。

兄妹は所在なく堀の辺《ほとり》をぶらつきながら、ときおり足を止めて、新春の景色を眺めた。

芽吹く前の草地はまだ荒涼としている。その先の溜池は、薄色の空を封じ込め、沈黙の帳《とばり》の中に沈んでいた。

二月十七日、民は男児を出産した。夢、孝と女児がつづいたあとの第三子は、待望の嫡男《ちゃくなん》だった。

「父さまが生きていらしたら、さぞやお喜びになられましたね」

小吉の歓喜する顔が、順には見えるようだ。母と二人、六兵衛を伴って、早速、牛込赤城下の清隆寺《せいりゅうじ》へ墓参に出かける。

「兄さまはどんな名前をつけるおつもりなのでしょう」

「名付け親が亡《の》うなってしまいましたから一字もらうつもりでおりましょうよ」

初子が生まれたとき、麟太郎は父の名から一字もらうつもりでいた。小吉には左衛門太郎惟寅《これとら》という名前がある。「惟」「寅」のつく名を考えていたのだが、女児だった。「とら」はどうか。麟太郎が伺いをたてたところ小吉は「夢」にせよと応えた。夢酔という雅号が気に入っていたのだ。

次女の「孝」は、言うまでもなく、小吉の兄であり父親代わりでもあった男谷彦四郎思孝からもらった。これも小吉の発案である。

ところがこたびは相談する父親がいない。

「男谷の従兄《あに》さま까지は、母さまと同じになってしまいますね。お祖父さまお祖母さまのお名から一字いただくのはどうでしょう」

「麟太郎はお二人を覚えておりますまい。よい話も聞かされてはおりませぬ」

男谷精一郎は信友である。麟太郎と順兄妹の祖父は平蔵、祖母の名は清だが、小吉は妾《めかけ》の子で、早々と勝家へ養子にだされてしまったため、両親には屈託を抱いていた。小吉が敬遠していた人の名を、親孝行の麟太郎が嫡子につけるとは思えない。

「もしや岡野家のご隠居のお名からいただくということは……」

「とんでもない。さようなことをすれば、旦那《だんな》さまは仰天して、お墓から飛びだしておいでになられますよ」

母娘《おやこ》は声を合わせて笑った。

岡野家の先代は死ぬまで放蕩《ほうとう》がなおらなかった。小吉は終生、苦労をさせられっぱなしだった。民の養家とはいえ、嫡男の名前に採用するはずがない。

麟太郎はどんな名をつけるのか。

順は母と二人で様々に予想をたてていたのだが……。

命名は意表をつくものだった。

「コロク？」

「小さいに鹿と書く」

順は指で手のひらに書いてみた。どこかで見たような……と首をかしげる。

「出島竹斎どのサ。駿河国小《お》鹿村《しかむら》」

「あッ。でもあれはオシカと……」

「文《ふみ》を見て、これだと思いついたんだ。親父は竹斎どのと懇意にしておられた。竹斎どのは親父の茶器を高値で買い取って、おれたちを助けてくれた。それにお順坊、小鹿《ころく》のコは小吉のコでもある」

順は感心した。屁理屈の得意な兄ならではの命名だが、なるほど悪くない。響きもきれいだし、見た目も愛らしい。

「けど、勇ましい名とは言えないわね」

虎之助や象山に比べると、力負けしそうな名前である。

「そのうちに鹿の世が来る」

麟太郎は得々と言った。

「鹿は足が速い。遠方を見晴らす澄んだ眸《ひとみ》とかすかな気配を聞き取る耳を持っている。争い事から身をかわし、野山を駆け巡って、遠国を見渡す男になってほしいのサ」

御役《おやく》に就《つ》いて出世せよ、というのが武家の親である。身を賭《と》して家名を守れ、お上のために働け……と常の親なら言うはずだ。

麟太郎はちがった。のびやかに駆けよ、遠くを見ろ、という。それは、無役《むやく》の悔しさから放蕩に奔《はし》った父親を見てきた息子の実感だろう。剣術に明け暮れていたときにはわからなかった。蘭学《らんがく》に励み、異文化に目を向けてはじめて抱いた感慨にちがいない。

「どうだ？　小鹿。いい名だろ」

「ほんと。父さまが生きていらしたら、きっと大喜びなさいますね」

順が目を輝かせて応えると、麟太郎はにやりと笑った。

「……なァんていうのも屁理屈サ。ろくでなしの倅《せがれ》だから小ろく……てなとこか」

むろん、照れ隠しだろう。真面目なことは茶化し、不真面目なことを真顔で言うのは、麟太郎のいつものやり方である。


順が虎之助と再会したのは、春も盛りを過ぎようという季節だった。虎之助が湯治から戻ったと聞くや、順はとるものもとりあえず浅草新堀の島田家へ駆けつけた。

「先生ッ」

「おう」

縁側にあぐらをかいて竹刀を手にしていた虎之助は、順を見て、眩《まぶ》しそうに目を瞬《しばた》いた。以前より頬《ほお》や顎がふっくらとして色艶《いろつや》もよい。

「ようなられたのですね。お顔を拝見すればわかります」

隣接した道場から竹刀を打ち合う音が聞こえている。安普《やすぶ》請《しん》の母屋《おもや》へ弟子も気軽に行き来していた。弟子たちの目がなければ、もっとそばへ行きたいところだったが……。

人里離れた庵《いおり》のようなわけにはいかない。

それでも順は遠慮がちに膝《ひざ》を進めた。

「先生がお帰りになられる日を、首を長うしてお待ちしておりました」

虎之助も照れくさそうにうなずく。

「おれも早う帰りたかった。が、ご隠居がせっかくだからゆっくりしてゆけと言うて聞かぬ。食うて寝て湯に入るだけ、すっかり体が鈍《なま》ってしもうたわ」

ご隠居とは松浦勘次、小吉の遊蕩仲間は、今や虎之助の娘の舅《しゅうと》である。

「ようございました。おかげでお元気になられたのですもの」

「うむ。もう稽古もつけられる。早々に鍛錬をはじめたいが、今しばらく大事をとれと、まわりがうるそうての」

気が急《せ》いているのだろう、順と話している間も虎之助は竹刀をいじりまわしている。

「焦《あせ》りは禁物です。ぶり返さぬよう、用心していただかなくては……」

順が眉《まゆ》をひそめると、虎之助は堅物《かたぶつ》男らしからぬ微笑を浮かべた。

「そんなことを言うておると、いつまで経っても夫婦《めおと》にはなれぬぞ」

「それは……困ります」

順は頰を染める。

虎之助は真顔になった。

「麟太郎どのに話した。聞いたか」

「はい」

「快諾していただいた」

「ええ、うれしゅうございました」

「大切な妹御《いもうとご》をもらうのだ。万全の仕度をととのえねばの」

「わたくしは先生のおそばにいられるだけでよいのです。仕度など……」

「そうはゆかぬ。医者からは、今夏さえ無事に越せばもう心配はいらぬと言われた。秋になったら、仲人《なこうど》を立てて勝家へ挨拶に参る。許可願いが下りるのを待つとして、年内には祝言を挙げられよう」

虎之助はこれまでになく饒舌《じょうぜつ》だった。湯治に明け暮れた日々、順とのことも思案を重ねたにちがいない。迷いがふっきれたのだ。自分が順をどれほど愛《いと》おしんでいるか、はじめて思い知ったのだろう。

虎之助の眸はやさしい。

「よろしゅうお願いいたします」

順は両手をついた。涙ぐんでいる。

「こちらこそ、厄介《やっかい》をかけるやもしれぬ」

「厄介などと……。お許しいただけるなら、明日よりここへお手伝いにあがりとうございます。滋養のつくものなどつくって……」

足入れ婚もある。縁談が決まったのなら、一日も早く虎之助のそばで暮らしたい。

だが、虎之助は即座に答えた。

「それはならぬ」

弟子たちでごった返している道場の裏手の家である。嫁入り前の順が島田家へ入り込めば、好奇の目で見られるばかりか、心ない噂も広まりかねない。

「なんと言われても平気です。遠からず夫婦になるのですもの」

「そうはゆかぬ。筋目だけは、きちんと通さねばならぬ」

律儀な虎之助は健在だった。

「麟太郎どのとも約束をした。病を癒やし、仕度を万端ととのえた上で、お順どのをお迎えいたすと。兄上なれば当然ご案じあろう、約束を違《たが》えるわけにはゆかぬ」

順が落胆するのを見て、虎之助は再度、頰を和《やわ》らげた。

「麟太郎どのはお順どのが愛しゅうてならぬのよ。夢酔さまに似て、なにをしでかすかわからぬ。ハラハラさせられてばかりだと苦笑しておられた。それゆえ、万全を期そうとされておられるのだ」

麟太郎は他者にやさしく己に厳しい。大義を重んじる心は一方ならず、自制心と克己心に富む兄が、妹にも「己を律せよ」と命ずるのは当然だった。

「わかりました。しばらくの辛抱ですもの。お待ちしております」

順は聞き分けよく応える。

「でもお見舞いには参りますよ」

「お順どののお顔を見れば病も吹っ飛ぼう」

虎之助もうなずいた。

六

嘉永五年の春から夏、順は相変わらず、日々の雑事に追われてすごした。赤子の世話で手一杯の民に代わって、七歳の夢、四歳の孝の相手をしたり、塾生の世話を焼いたり。その合間に縫い物、染め物、洗い張り、染《し》みぬきなど女のたしなみに精をだす。母の信からは書の手ほどきを受け、近所の師匠からは琴《こと》を習う。いずれも前々からつづけていたものだが、嫁《とつ》ぐ日が間近に迫ったせいか心構えがちがっていた。兄の袴《はかま》を繕《つくろ》い、赤子の肌着を縫うたびに、順は幸福の吐息《といき》をついた。来年の今頃は虎之助の袴を繕っているはずだ。そのうちに赤子が生まれ、我が子の肌着を縫う日が来るかもしれない。女の幸せとは、ひと針ひと針縫い進める、ささやかな時間のことをいうのかもしれない。

十日に一度は浅草新堀へ出かけた。人目があるので長居はできなかったが、虎之助は少しずつ鍛錬も再開しているようで、元気な顔を見るだけで順は満足だった。

ときおり松平家の長屋へ立ち寄って、菊と世間話をする。すっかり武家のご新造《しんぞ》さまらしくなった菊は早くも懐妊していた。

「父に話しましたらね、感極《きわ》まったのでしょう、泣きそうなお顔をされて……。これでいつ死んでも悔いはない、などと……」

ある日のこと、順は菊の言葉を聞きとがめた。

「死ぬ、なんて……。先生とわたくしはこれから夫婦《めおと》になるのです。先生にもお子ができましょう。わたくしが産んでさしあげます」

菊は鷹揚《おうよう》な笑《え》みを浮かべた。

「そうなれば、わたくしの弟妹ですね。一人っ子は寂《さび》しゅうございます。お順さま、ぜひとも産んでくださいましね」

ややこを一緒に遊ばせましょうと言われて順は愁眉《しゅうび》を開いた。頑健な男であっただけに、病《やまい》に倒れた衝撃は大きかったにちがいない。我知らず気弱な言葉が出てしまったのだろう。不吉な予感を、順は払いのけた。

真夏の陽射しが降りそそいでいる。六月半《なか》ばのその日、氷解塾は珍しく休講だった。

麟太郎は塾生を引き連れて品川へ出かけていた。江戸湾を間近に望む地へ赴き、海防の具体策を論じ合うためである。

今のうちに拭き掃除をしておこうと、順は姉《あね》さんかぶりに襷《たすき》がけという甲斐甲斐しいでたちで塾へ足を踏み入れた。水の入った桶と雑巾を手にしている。

塾はいつも雑然としていた。講義があろうがなかろうが、だれかしらが勉学をしたり議論をしたりしているので、片づけもままならない。人がいないこの機会に……と、順は勇み足になっている。

「あッ」

入ってから気づいた。積み上げた書物の陰に人がいる。こんなところでひとり、なにをしているのか。

「象山先生ッ」

黒紋付きの大きな背中でわかった。背中は小刻みにふるえている。象山が書物の背後から這《は》い出るまでにはしばらく間があった。順と向き合ってからも、バツが悪そうな顔で、視線を泳がせている。

その目は赤い。鼻も赤い。

はじめて会ったときは、子供をあやしていた。今は、信じがたいことだが、泣いていたようだ。象山ほど涙の似合わぬ男はいない。もし泣いていたとすれば、またもや見られたくないところを見られて困惑しきっているのだろう。

「申し訳ございませぬ。わたくし、だれもいないと思うたものですから……」

順は言い訳をして、あわてて出て行こうとした。ところが呼び止められた。

「たしか、勝どのの妹御《いもうとご》……」

「はい。順にございます」

「いつぞやはご無礼つかまつった」

堅苦しく頭を下げられて、順はますます狼狽《ろうばい》した。頭にかぶった手拭《てぬぐ》いを脱ぎ、襷を はずして、丁重に辞儀を返す。

「わたくしこそ、案内《あない》も請《こ》わず、勝手にお訪ねいたしました。あの日のご無礼の段、お許しくださいまし」

「あのときはたしか、惇三郎が病に罹《かか》り、取り込んでいたときだったの」

「お庭にいらした坊ちゃまですか」

「いや、あれは恪二郎《かくじろう》だ。惇三郎は一昨年、生まれた赤子での……昨日、死んだ」

「えッ」

順は目をみはった。

「生まれたときからひ弱な子だった。あのときはなんとかもちなおしたが、こたびは夏風邪であっけなく……。儚《はかな》いものよ。四人の子のうち、生きておるのは恪二郎だけだ」

「お気の毒に……」

傲岸不遜《ごうがんふそん》と噂される当代きっての学者が、今、目と鼻を赤くして我が子の死を語っている。象山も家庭では世間並みの父親なのだ。順はなにやら胸が熱くなった。

「お慰《なぐさ》めする言葉もありませぬ。ただ、心よりお悔やみを申し上げます。先生にまたお子が授かりますように」

おざなりではない。心を込めて言ったのが伝わったのか、象山は肩の力をぬいたように見えた。

「不幸とはつづくものでの、先日は我が殿が亡《の》うなられた。近習に召されたのが二十一のときゆえ、二十年以上もお仕《つか》えした。わしは嫌われ者なのだ。重臣どもにあだこうだと言われるたびに殿が庇《かぼ》うてくださった。大恩のあるお方だ。父と子を相次いで失うたような心地よ」

象山が「殿」と言ったのは、松代藩主、真田幸貫《ゆきつら》である。この五月に隠居、六月八日に六十二歳で逝去した。

初七日の法要の帰り道、象山は所用があって中屋敷へ立ち寄った。真田家の下屋敷は深川だが、中屋敷は赤坂にある。不幸つづきでうちひしがれていたので用事がすんでもまっすぐ家へ帰る気になれず、氷解塾を訪ねた。麟太郎の顔を見て、少しでも気をまぎらわそうと考えたのだろう。麟太郎には人を元気づける才がある。

ところが塾にはだれもいなかった。しばらく待ってみようと思い、珍しい書物を見つけて読みふけっているうちに、ふとしたことで殿の言葉を思いだした。すると数々の思い出が数珠《じゅず》つなぎによみがえり、さらには昨日の赤子の死まで胸に迫って、どうにもこらえきれなくなったという。

四十過ぎの名だたる学者が親しくもない十七の娘に私的な出来事を話すなど、通常なあり得ぬことだ。象山自身も、思いも寄らぬ事態にめんくらっていたのではないか。

いや、相手が順だからこそ言えた、とも考えられる。塾では学者、家では家長、礼儀と格式をなにより重んじ、自惚《うぬぼ》れ屋で通っている象山は、だれにも弱みを見せられない。そこへ順が現れた。深いかかわりがなく、それでいて心から同情を示してくれる娘は格好の話し相手だったのだろう。

象山は多弁である。ときに洟《はな》をすすりながら、旧主の心の広さ、赤子の愛らしさ、二人のあっけない最期について語った。

物怖《ものお》じしない順も、黙って耳を傾けているうちに歳の差を忘れている。思えば虎之助も象山と似たり寄ったりの歳だ。が、歳を気にかけたことはない。

「掃除のじゃまをしてしもうた」

午後の陽が翳《かげ》ってきたことに気づいて、象山はようやく我に返った。

「こちらこそ、おかまいもいたしませず」

「いや、つまらぬ繰り言を聞かせた。許せ」

「つまらぬなどと……。大切なお人を失う悲しみはようわかります」

小吉が死んだときの悲しみ、虎之助が死んでしまうのではないかと青くなった、あの鶯谷《うぐいすだに》の庵《いおり》での恐怖……他人事《ひとごと》ではない。

「お順どのは、お若いのに聞き上手であられる。よけいなことまで話してしもうたわ」

「島田先生にもよう言われます」

つい言わずもがなのことを言ってしまったのは、恋する女の昂《たかぶ》りか。

「島田先生……おう、島田虎之助どのか。そうか、勝家とはお親しかったの」

「ご存じですか」

「むろん存じておる。剣術はからきしだめだが、共に大砲を見物したことがある。島田どのは儒学や漢学もよう学んでおられた」

そういえば、麟太郎も虎之助の手引きで大砲の試射を見学した。諸国を経巡《へめぐ》った虎之助には知友が多く、様々な手づるがあったのである。麟太郎に蘭学《らんがく》をはじめよと勧めたのも虎之助だ。

順は口元をほころばせた。

「島田先生も怖《こわ》そうに見えますが、ほんとうはおやさしいのです。象山先生も……」

言いかけてはっと身をすくめる。

「怖そうか。ふむ。さもあろう」

象山は眸《ひとみ》を躍らせた。さっきまでの悲痛な顔が、すっかり明るくなっている。

「麟太郎どのによろしゅう……」

帰りがけに言いかけて、象山はすぐに言い直した。

「いや。今日のことは黙っていてもらおう。お順どのに泣き言を聞いてもろうた。それで十分、参った甲斐があった」

順は小柄である。立ち上がった象山は気圧《けお》されそうな大兵《だいひょう》だった。薄暗い塾の中ならともかく、表へ出れば異相も際《きわ》だつ。真夏の黒紋付き姿も、暑苦しく見えるだけでなく奇妙きてれつ。さっきまでの気弱な顔とは別人のように肩で風を切って去って行く男を、順は呆然と見送った。

「先日、象山先生がおみえになられた」

虎之助に言われ、順は目を瞬《しばた》く。

九月も中旬に入ろうというその日、順は浅草新堀の島田家に来ていた。

虎之助は顔色もよく、気分もよさそうだ。病は完治したようである。約束どおり、八月の末に勝家へ挨拶に訪れ、ようやく縁談は本決まりとなった。婚礼仕度《じたく》に双方が取りかかったので、順が島田家を訪ねる回数もここのところ増えている。

「あら、なんの御用だったのですか」

二人が知り合いだということは、象山から聞いていた。ただし三月ほど前に象山と人けのない塾で語り合ったことは、約束どおりだれにも話していない。

「これといった用事はないようだった。近くまで来たゆえ立ち寄ったと仰《おお》せで……。言わなんだかの、夏にも一度、見舞いにおいでくださったことがある。そういえば、お順どのの話をしておられた」

「わたくしの……」

「聡明な女性《にょしょう》だと褒《ほ》めておられたぞ」

では、順から虎之助の名前を聞いたのでふと思いだし、旧交を温めようとやって来たのか。男谷で近況を訊《たず》ね、急遽《きゅうきょ》の見舞いとなったのかもしれない。

「象山先生はこの夏、生まれて一年あまりの男児を亡くされたそうです」

「聞いた。おれが知り合うたのはお玉が池で塾を開いておられた頃だが、このときは初子の女児を亡くされた。菖蒲《あやめ》という名をつけ、たいそう慈《いつく》しんでおられたゆえ、落胆ぶりは見るも哀れだった。この娘のために長文の見事な墓誌を認《したた》められたそうだ」

三男の死に涙する姿を見ている順は、初子を失った象山の嘆きが見えるようだった。

「とてもそうは見えませぬが、ほんとうは子煩悩《こぼんのう》で家族思いでいらっしゃるのですね」

「自惚れが強いゆえ誤解される。だが、自惚れるだけの頭をお持ちだ。無理もない」

象山は己の頭脳に絶対の自信があるので、世のために、自分の血を継承する子孫を残すべきだと考えているという。

「そのことで悩んでおられた。先頃、側妻《そばめ》がお一人、辞去してしまったそうだ」

象山には蝶《ちょう》と菊という側妻がいた。古参の蝶が家政を仕切っており、四人の子のうち三人を産んでいる。ところが、三人とも夭折《ようせつ》してしまった。丈夫に育っているのは、菊の産んだ男児ただ一人。三人目の赤子に死なれた蝶の嘆きが深いのを見て、菊は居づらくなってしまったらしい。

もとより側妻は使用人である。菊は江戸蔵前の札差《ふださし》、和泉屋《いずみや》近藤九兵衛の娘で、実家は裕福だし歳も若いことから、戻って来るようにと言われた。今ならまだ良縁が見つかると踏んでのことだろう。

菊が去って、象山のもとには蝶一人。蝶ではこの先も子は望めそうにない。が、菊に代わる妾《めかけ》を新たに雇い入れるのも考えものだった。雇われる女には蝶への気兼ねがあろうし、象山としても子を産ませるためだけに雇い入れるようで気が進まない。

そうは言っても、蝶は菊が残した男児の養育や象山の老母の世話に追われていた。象山ほどの男になれば、塾もあり藩士としてのつき合いもあるので、一人では家政をまかないきれない。

「それゆえ言うてやったのだ。どうせなら正妻を迎えてはいかがか、と」

武家から妻を娶《めと》れば、蝶への気兼ねもいらない。あくまで妻は妻、側妻は側妻である。

「先生はなんと？」

「この歳でよき妻が見つかるか、と首をかしげておられたが……」

それは虎之助も同様だった。虎之助が本年中に順と祝言《しゅうげん》を挙げるつもりだと打ち明けると、象山は驚き、羨《うらや》ましそうに嘆息した。自分も妻を探す気になったという。

「象山先生はこれからの世を動かすお人だ。先生の妻となり内助の功を尽くすは、女子《おなご》としても働き甲斐があろう。若く聡明な女子を娶られよ、その際は僭越ながら拙者《せっしゃ》がお仲人《なこうど》つかまつる、と言うてやった」

順は目を丸くした。あの異相の男はどのような妻女を選ぶのか。

それより虎之助の「世を動かす」というひと言に、順は関心を抱いた。

「兄の話では来年にも異国船が江戸へやって来るそうです」

麟太郎も世が大きく動くと言っていた。近頃は蘭書と首っ引きで、弟子たちに鉄砲や大砲の鋳造について指導している。

「うむ。長崎の和蘭人《オランダじん》がさよう伝えてきたそうだ。象山先生も麟太郎どのもますます忙しゅうなられよう。羨ましいのう、己が手で国を動かすとは……」

虎之助の寂しげなまなざしを見て、順は胸を衝《つ》かれた。

「先生だってお出来になりますよ。ご一緒に国を動かせばよいのです」

「おれは……見ることさえ、叶《かな》うまい」

「先生ッ」

思わず金切り声を上げる。

「先生はようなられました。これからはなんでもお出来になられます。わたくしが内助の功を尽くしますゆえ先生も……」

「わかったわかった。長いこと養生をしておったゆえ、気弱になったのだ。お順どのがそばにいてくれれば百人力」

虎之助は上気した頬《ほお》をほころばせた。慈愛と寂寥《せきりょう》が入り混じった笑顔……。

それが、順の見た最後の笑顔だった。

訃報《ふほう》が届いたのは九月十七日の早朝、空が白みはじめた時分である。

順は床の中で目覚めたところだった。

虎之助と祝言を挙げたら道場の近くに新居を借りることになっている。となれば家刀自《いえとじ》として采配をふるわなければならない。このところ、順は家事に専心していた。早起きも苦にならない。

ドンドンと戸を叩《たた》く音が聞こえた。「勝先生ッ勝先生ッ……」と呼び立てる声がする。

真っ先に玄関へ出て行ったのは麟太郎だ。剣術で鍛えた体は敏捷《びんしょう》である。あわただしい話し声に急き立《せ》てられるように順が出て行ったときは、もう人は帰ったあとだった。

麟太郎だけが棒立ちになっている。

「兄さま」

「う……」

「どうしたのですか」

「うむ」

麟太郎は振り向いた。順に向けた目は、まだ驚愕《きょうがく》が冷めやらぬのか、焦点が定まらない。もう一度「兄さま……」とうながされ、麟太郎はまぶたを二度三度、瞬いた。悲哀と労《いたわ》りの色があふれる。

「島田先生が亡《の》うなられた」

順はぼんやり兄の目を見返した。頭の中が真っ白になって、声も出ない。

「未明に音がしたそうだ。弟子が寝所へ行ってみると、夜具の上にうつぶせになっておられた。血を吐いておられたそうだ。かたわらには竹刀《しない》が落ちていた……」

言い終わらぬうちに、麟太郎は両腕を伸ばした。兄に両肩をつかまれなければ、順はその場に昏倒《こんとう》していた。

抱き留められたことさえ気づかなかった。体も心もばらばらになって、どこか遠くへ飛んで行ってしまったみたいだ。

「素振りでもしようと思われたのか。立ち上がったとたんに発作が起きた。弟子が駆けつけたときは事切れておられたそうだ」

兄は、なにを、言っているのか。

先生が死んだ——。

「嘘ッ」

虎之助は死なない。死ぬはずがない。顔色もよくなった。気力も戻った。病は癒《い》えたのだ。これから祝言を挙げて、一緒に暮らす。先生のお子をたくさん産まなければ――。

「嘘ーッ。嘘嘘嘘嘘嘘ッ」

「お順ッ。お順……」

兄の腕を振り離した。裸足で駆けだそうとして、背後から抱き留められる。

「先生に会わせてッ。先生ッ、先生ッ」

「待て。会わせてやる。会わせてやるから落ち着け。落ち着くんだ」

「お順。しっかりしなさい」

「お順どの。さァ、上がって。落ち着いて、仕度をなさい」

いつのまにか母と民も両側から順の腕をつかんでいた。いくつもの腕に支えられて茶の間へ上がる。順は畳へ突っ伏した。

武家の女は、こんなとき、取り乱したりはしない。わかっていてもどうなるものでもなかった。落ち着いてなどいられようか。動悸《どうき》がして、手足がふるえている。このまま虎之助共々、心の臓が止まってしまえばよいと、涙にむせびながら順は思った。

民が白湯《さゆ》を飲ませてくれた。母の介添えで着替えをして、麟太郎が呼んできた駕籠《かご》へ乗り込む。急ぎ島田家へ。

昇ったばかりの秋の陽は、なにごともなかったかのように早朝の町を照らしていた。

虎之助の亡骸《なきがら》と対面したとき、順は泣かなかった。涙はもう涸《か》れている。白布の下の顔は眠っているように見えた。死そのものが質《たち》の悪い冗談のようで、順は呆然とするばかりだ。

虎之助は江戸屈指の剣客であり松平家の家臣でもあった。通夜の弔問客《ちようもんきやく》はひっきりなしである。が、幸いにも順と虎之助の縁談がまだ内々の話であったため、同情をされたり好奇の視線にさらされたりすることはなかった。順は虎之助の嫂《あによめ》や弟子の妻女たちと共に台所を手伝い、忙しく立ち働くことでひととき悲しみをまぎらわせた。

再び涙にくれたのは、通夜の客が一段落したあと、菊と二人、虎之助の亡骸の前に膝《ひざ》をそろえたときだった。

「父は、知っていたのですよ」

菊はぽつりと言った。

「知っていたって?」

「次に発作が起きたら助からぬと……。長くは生きられぬと悟っていたのでしょう」

「でも、わたくしと夫婦《めおと》になると……」

「はじめは、お順さまを悲しませるからと、縁談を取りやめるつもりでいたのです。でもお順さまの兄さまは、同じ悲しむなら、たとえ短くとも幸せな日月があったほうがよい、妹もそれを望んでいるはずだと仰せられたそうです」

「兄が、さようなことを……」

「人は皆、いつ死ぬかわからぬ。だれも同じだ。だったら死ぬことより生きることを考えてはどうか、とも仰せられたそうで……。それで父も心を決めたそうです」

いかにも兄らしいと、順は思った。世間一般の親なら、無理にでも引き離そうとしたはずだ。が、麟太郎はそうしなかった。そのほうが妹のためによいとわかっていたのだ。そう。虎之助が約束を反故《ほご》にしたり、黙って去ってしまったとしたら、心に生涯消えない傷が残った。今は考えるのさえ辛《つら》いが、この一年、虎之助と二人で夫婦になる夢を見られたことは、必ずや掛け替えのない思い出として残るはずである。

順は、小吉が著した『夢酔独言』の中の一節を思い浮かべた。「したい事をして死ぬ覚悟」という言葉である。父はろくでもないことばかりしてきたと自嘲していたが、それでも、したくてしなかった後悔より、した上でしくじったり悲しい思いをしたほうがましだと思っていたにちがいない。

「よい兄さまですね」

菊は笑みを浮かべた。

「お順さまの兄さまのおかげで、父は心安らかな最期を迎えられました。長くないとわかっていながら、最後まで明日のことを思うて平穏な日々を過ごせたのですもの」

「そうですね」

順も深くうなずく。とはいえ、こみ上げる涙は止められなかった。

「でもお菊さま……せめて一日でも、夫婦として暮らしとうございました」

「わたくしもお順さま、父にひと目、やゝこの顔を見せてさしあげとうございました」

菊は懐妊中である。

二人は袖《そで》で目頭を押さえた。どちらからともなく抱き合い、むせび泣いた。

七

島田虎之助の亡骸は、浅草寺にほど近い、寺社の立ち並ぶ一画にある正定寺《しょうじょうじ》という寺へ葬《ほうむ》られた。行年三十九歳。剣豪の早過ぎる死を惜しんで、葬儀には江戸市中と近郊から、錚々《そうそう》たる弔問客《ちょうもんきゃく》が多数、駆けつけた。

墓碑の銘文は男谷精一郎信友による。

「余、哀歎ほとんど一臂《いっぴ》を失うごとし」

虎之助は精一郎の愛弟子《まなでし》だった。が、それだけでなく、男谷家や勝家とは身内のようなつき合いをしていた。

「今頃は親父《おやじ》が虎、虎とつきまとってるサ。親父はうれしいだろうよ。我が子のように可愛がってたからナ」

　麟太郎は目を瞬《しばた》いた。涙をごまかし、妹の気を引き立てようとしている。

　大好きな父と虎之助が彼岸《ひがん》で一緒にいるという考えは、多少なりと順の悲しみを和《やわ》らげてくれた。むろん、だからといって胸をえぐられるような痛みが消えたわけではない。物心ついて以来、一途に想いつづけていた人を失ったのである。順は文字どおり、七転八倒していた。なにを見ても虎之助を思いだす。恋しい、苦しい、切ない……。

「お順どの、こもってばかりいては体に毒ですよ。気晴らしに日本橋へ行きませぬか」

「お順、一緒に行っていらっしゃい。お鶴さまがぜひ連れて来るようにと仰《おお》せですよ」

　民や信に誘われても、出かける気にはなれない。といって、じっとしていれば、虎之助の顔ばかりが浮かんでくる。思いだせばまた涙だ。これではいけないと思うのに、どうしたらよいかわからない。

　そんなある日、象山の使いと称する男が大きな荷を担いでやって来た。応対に出た信は、玄関先にドサリと置かれた自然薯《じねんじょ》に目をみはった。自然薯はヤマノイモ、郷里の松代からたくさん届いたのでお裾《すそ》分けだという。

　――さぞやお力落としであられようが、ぜひともお順どのに召し上がっていただき、気力を取り戻していただきたい。

　口上も添えられていた。

「象山先生がなにゆえ……」

信は首をかしげる。順から、主君と子を相次いで亡くしたときの象山の悲嘆ぶりを聞きだすや、大きくうなずいた。

「同病相憐《あわ》れむ。象山先生はわたくしと島田先生のこともご存じでした。先だってのお返しをしようと思われたのでしょう」

「それにしてもおやさしいこと。よほどそなたが気に入っておられるのですよ」

「そんなことはありませぬ。義理がたいお人なのです」

順は信ほどには感激しなかった。象山先生も正妻《めと》を物色中だろう……とぼんやり考える。虎之助にけしかけられて、象山も武家の娘を娶る気になっているようだ。

ほんとうなら、自分たちが先に夫婦《めおと》になっていた。そうすれば、象山の婚儀では虎之助が仲人《なこうど》をつとめ、自分も花嫁のためにあれこれ世話を焼いていたかもしれない。

象山の自然薯で虎之助を思いだし、順はまたもや涙にくれた。

まさか……と思うことが起こるのは、人の世の常である。

虎之助の死からひと月半ほど経った十一月の初め、信は興奮もあらわに順を呼びつけた。今しがた本所の男谷家から帰ったばかりである。

なにごとかといぶかりながらも、順は神妙な顔で膝《ひざ》をそろえた。いつまでも嘆き悲しんではいられない。琴《こと》の稽古《けいこ》に通おうか、他になにか稽古事でもはじめようか、あれこれ考えていたところだ。

「お順。縁談があります」

娘と向き合うや、信は単刀直入に切りだした。まるで将軍家からの縁談でもあるかのように、厳かな口調である。

順はけげんな顔をした。虎之助が死んでしまったのだ、もう縁談などありえぬと思っていた。虎之助以外の男の妻になることなど、金輪際ありえない。

「島田先生のことは、お気の毒と申すほかありませぬ。だからというて、独り身を通すわけにはいきませぬよ」

「母さま。わたくしはどなたの妻になる気もありませぬ。先生でなければいや」

「そなたが島田先生を想いつづけるのはいたしかたありませぬ。なれど結婚は結婚。妻となり子を産むのは女子《おなご》のつとめですよ」

信は幼くして両親を失った。勝家を存続させるため、男谷家から三男の小吉を養子に迎え、夫婦になった。小吉七歳、信四歳のときのことで、信にとって結婚はごく当たり前の、女の為《な》すべき仕事だった。

「ここは麟太郎の家です。いつまでも大きな顔をしているわけにはいきませぬ」

「母さま……」

「そなたを案じて、言うておるのです。母がいるうちはよい。でも母が死ねば……」

「兄さまも嫂《あね》さまもわたくしを追いだしたりはなさいませぬ。なさるものですか」

「それはないでしょう。でも居づらくなりますよ。たとえ居づらくならぬとしても、ここでなにをするのです？　夫や我が子のために尽くすことこそ、女子の生き甲斐というものです」

小吉にさんざん苦労をさせられたのに、信は結婚を女の生き甲斐と信じて疑わない。昔から、信は従順で貞淑な妻だった。

「なれど母さま、わたくしはまだ……」

「心の整理がつかぬのはわかります。でもねお順、こういうことはご縁ですから、よいお話があったときにお受けせねば……。来春は十八、うかうかしてはいられませぬよ」

順は唇《くちびる》を嚙《か》みしめた。虎之助が死んだばかりではないか。そんなにすぐ、他の男と夫婦になどなれるはずがない。

絶対にいや──。

否定しながらも、一方で母の話に動揺していた。虎之助の面影だけを抱いて、このまま まこの家で年老いてゆくことが、果たして最良の人生だろうか。

「よいお話って？」

上目づかいで訊《き》いてみる。十七の娘は好奇心を抑えられない。

信は自信満々に小鼻をうごめかせた。

「象山先生です」

あまりに驚いたので、順はしばらく頭が働かなかった。

なんということだろう。この冗談のような縁談を、笑ってよいのか怒ってよいのか、それさえ判断がつかない。

信は大真面目だった。

「男谷で頼まれていたそうです。若くて家柄のよい女子がいたら世話をしてくれと。それを聞いて思いだしたのです。象山先生がそなたをお気づかいくださったことを……」

信は鶴に、それとなく象山の意向を訊いてほしいと頼んだ。象山は虎之助と順の縁談を知っている。虎之助の後釜になるのが不愉快なら、即刻、断ってくるはずだ。

信は楽観していた。

象山は四十二である。順は十七、若すぎるほど若い。家柄も申し分なかった。無役《むやく》の小普請《こぶしん》とはいえ、勝家は直参《じきさん》である。従兄の男谷精一郎は幕府で重用されており、剣聖としても名を成していた。

さらに言えば、順と虎之助の縁談は一部の人こそ知れ、まだ公になっていなかった。

一方の象山は二人の側妻《そばめ》に四人の子供を産ませ、すでに嫡男《ちゃくなん》がいる。

この縁談、順がいやだと言うならともかく、象山に不服があるとは思えない。

「はなのような女子なれば、勧めはいたしませぬ。嫡男までいる父親のようなお歳の先生に娘をやるのは、親としても迷うところ。なれどそなたは島田先生しか目に入らなんだ。大方のお人は島田先生と聞いただけで尻込《しりご》みをしましょう。さようなことはものともせずそなたを慈《いつく》しんでくださるとしたら、それは象山先生しかおりませぬ」

虎之助に取って代わることができるのは、虎之助に優るとも劣らぬ才能と名声をもつ男である。信の考えは正しい。一番の男でなければいやだと、順は常々言っている。

「象山先生は、なんと……」

考える前に訊《たず》ねていた。

「今日、お返事をいただきました。お鶴さまによると、たいそうお喜びで、早速、主家に許可を願い出たいと……」

よいですね、と、信は念を押した。すでに決まったような口ぶりである。

「母さま、わたくしは……」

良いとも悪いとも答えられなかった。

象山の妻になる――。

どうあっても、現《うつつ》の話とは思えない。

母の信から佐久間象山との結婚を勧められた翌日、順は兄の麟太郎と浅草の正定寺《しょうじょうじ》へ虎之助の墓参に出かけた。

十一月の初旬は冬の最中である。この日も寒々とした曇天《どんてん》だった。寒風が吹くたびに、足下の落ち葉がカサコソと音を立てる。

正定寺は、浅草寺へ出る手前の、寺社町の一画にあった。新堀を挟んで浅草本願寺と隣り合っている。赤坂から行けば島田道場や松平内記の屋敷を越えた先である。

道場が見えてきたところで、順は思わず足を止めた。道場主が死んでしまったというのに、虎之助在《あ》りし頃と変わらず、路上まで喧噪《けんそう》が流れている。もっとも、死去する前の一年余り虎之助は養生中だったから、兄の小太郎や高弟が代稽古《だいげいこ》をしていた。昨今はいずこの道場も人があふれている。島田道場という名前があるだけで廃《すた》れる心配はない。

道場の活況は、順の胸の傷を疼《うず》かせた。道場こそ虎之助の命――。倒れたとき、虎之助のかたわらには竹刀《しない》が転がっていたという。剣術にすべてを捧げた男は、最期まで剣技を究《きわ》めようとしていたのだろう。

では、先生にとって、わたくしはなんだったのか――。

今思えば、恩人の娘、自分を慕い、なついてくれる女の子……それ以上でもそれ以下でもなかったような気がする。

それでも腹は立たなかった。落胆もしなかった。虎之助がもし女に溺《おぼ》れ、剣術を疎《おろそ》かにするような男だったら、こんなにも心を奪われはしなかった。

ふっと見ると、麟太郎も立ち止まって喧噪に耳を傾けていた。

「よう、通うたものだ……」

ほろ苦い笑《え》みを浮かべている。

「先生に厳しゅう鍛えられた。『其《そ》れ剣は心なり。心正しからざれば剣また正しからず。すべからく剣を学ばんと欲する者はまず心より学べ』というわけで、毎日、寒中稽古サ。稽古着一枚で王子権現まで出かけて行って、拝殿の前で沈思《ちんし》瞑目《めいもく》、心胆を鍛えてから素振りをする。それから朝稽古だ。いったいいつ寝ていたのか」

「兄さまはちっとも家へ帰っていらっしゃいませんでした」

「しかし鍛えてもろうたおかげで、『ヅーフ・ハルマ』を写しきる忍耐を養うことができた。先生がおらなんだら、今のおれはない」

兄妹はしばし物思いにふける。

ようやく歩きだそうとした兄の背中に、順は訊ねた。

「兄さまはもしや、こうなることがわかっていらしたのではありませぬか」

「こうなる？」

「先生が不治の病《やまい》だと……」

「そう思うたこともある。最初におまえとのことを聞いたとき——昨年の年末だ——おまえには話さなかったが、島田先生から血を吐いたと打ち明けられた。治《なお》る見込みはまずない、と。あのときは正直、だめだと思うた。おまえの気持ちを宥《なだ》めて、時を稼《かせ》ごうとした……」

正月の四日だ。麟太郎は順に、虎之助の病が癒《い》えたら夫婦《めおと》になってもよいと伝えた。

「だが湯治から帰った先生は血色もよい、気力も戻られた。完治されたように見えた。万にひとつの奇跡が起こったのやもしれぬ。不安はあったが、おまえがこれほど望んでいるのだ、もう先延ばしにはできぬ。上役へ許可願いをだそうとしたところへ訃報《ふほう》が届いた」

「さようでしたか。相すみませぬ。兄さまにまで厄介《やっかい》をおかけいたしました」

順が神妙に言うと、麟太郎は苦笑した。

「水臭いことを言うなイ。お順坊、おめえは子供の頃から利《き》かぬ子だった。このおれをあたふたさせるのは、昔も今もおめえだけサ」

二人は新堀へ出た。松平内記の屋敷の長屋には菊がいる。臨月の菊を見舞うのはあとまわしにして、正定寺へ急ぐ。

雲が厚くなっていた。ぐずぐずしていれば雪が降ってくるかもしれない。

新堀沿いの道を左手に折れると、正定寺まで細い参道がつづいている。正定寺は曹洞《そうとう》宗《しゅう》の寺で、虎之助の主君、松平家の菩提寺《ぼだいじ》でもあった。

墓所は本堂の裏にある。虎之助の墓は、亡き人の風貌を想わせる、四角くどっしりとした墓石で、平たい礎石の上に置かれていた。真新しい供花《くげ》と燃えさしの線香が手向《たむ》けてある。虎之助の勇名にあやかろうと墓参に訪れる人があとを絶たぬとか。

香華《こうげ》を手向け、両手を合わせる。

順は兄が墓参を終えるのを待って訊ねた。

「おわかりになりますか。わたくしが先生になにをお話ししたか」

麟太郎はとまどったように見えた。

「象山先生の、ことだろう」

嘆息まじりに答える。

「さすがは兄さま。ようおわかりになられましたこと」

むろん、そのために来たのだ。順は象山との縁談に往生していた。

母は大いに乗り気で……というより自ら話を進め、象山もすでに決まったものと思っているようだ。母の考えは的《まと》を射ていた。虎之助に拮抗《きっこう》できる男はそうそうはいない。順が尊敬し、心から内助の功を尽くそうと思える夫が、象山の他にいようか。

嫁《い》かず後家となって兄一家の居候《いそうろう》でいるのがいやなら、この縁談を快諾すべきだろう。とはいえ素直にはうなずけなかった。象山であろうとなかろうと、虎之助を想うようには想えない。かたちの上で虎之助に取って代わる人が現れたとしても、虎之助を失った悲しみは生涯、消えない。

「島田先生は、なんと仰せられた？」

「なにもおっしゃいませんでした。なにもおっしゃらぬということは、わたくしにどうせよと仰せなのでしょう。兄さまはどう思われますか」

麟太郎は順の目を見返した。

「島田先生ならよけいなことは言わぬサ。母上と同じ、おまえには象山先生がふさわしいと言うかもしれぬ。だがおれは……おれは賛成できかねる」

「どうしてですか」

「あわてるな、ということだ。男はいくらもいる。早まることはない」

順は目を逸《そ》らせた。墓石と向き合う。

「わたくしはもうだれにも惚《ほ》れたりはいたしませぬ。ですから、惚れたお人と夫婦になれと仰せなら、お嫁にはゆけませぬ」

「おまえはまだ十七だ。時が経てば変わる」

「変わりませぬ。幼い頃からずっとお慕いしていたのですもの。島田先生のようなお人はもう現れませぬ。ですからわたくしは、島田先生さえお許しくださるのなら、象山先生のもとへ参ろうかと思うのです」

今の今まで迷っていた。それ以上に、現《うつつ》のこととは思えなかった。けれど墓参に来て兄と話をしているうちに、少しずつ考えが固まってきた。

「島田先生と夫婦になれぬのなら、象山先生の妻になります。妻になってお仕事のお手伝いができれば、せめても、わたくしも生きてゆく甲斐があるというものです」

麟太郎はなにも言わない。わずかだが眉《まゆ》をひそめている。

「兄さまは象山先生がお嫌いなのですか」

「いや……。先生は見識がおありだ。博覧強記はだれもが知るところ。だがホラ吹きで自惚《うぬぼ》れ屋で傲慢《ごうまん》でもある。敵も多い。家族もとばっちりを食うやもしれぬ」

「自惚れるものがないよりはましです。象山先生のおそばにいれば気がまぎれましょう。でなければ、島田先生を想うて泣いてばかりいなければなりませぬ」

「嫡男と、側妻がおるそうな」

「存じております。でもかまいませぬ。わたくしは妻として嫁《とつ》ぐのですもの」

虎之助に側妻がいたら、こんなに平静でいられたか。いられなかった。嫉妬《しっと》に駆られ、追いだしてくれと嘆願したにちがいない。

けれど象山には嫉妬を感じなかった。虎之助と象山では、求めるものがちがう。

「わたくしは象山先生のお役に立ちたいのです。先生が存分にお働きになれるよう、わたくしも力を尽くしたいのです」

「そこまで言うなら反対はせぬよ。先生には大いに働いてもらわねばならぬ。おまえもめそめそしてる暇はなくなる」

「はい。島田先生は象山先生の仲人をなさると仰せでした。きっとお許しくださいます。ここへ来て、やっと心が決まりました」

順はついと歩み寄り、四角い墓石を撫《な》でた。ざらりとした手触りは冷たいようで温かい。虎之助の肌に触れているようだ。

先生、さようなら――。

象山に嫁ぐとなれば、虎之助に恋い焦《こ》がれていた自分とは決別しなければならない。順は胸の内で、虎之助に別れを告げた。

いつしか雪が降りだしている。

十一月中旬、象山は自ら勝家へ挨拶にやって来た。虎之助の遺言を尊重して、新たな仲人は立てぬつもりだという。内約束を取りつけたのち、二十一日には松代藩真田家に願書を提出、二十三日に許可を得た。

迅速かつ合理的な象山のやり方は、麟太郎も望むところだった。蘭学《らんがく》と西洋兵学で世の最先端をゆく二人は、旧式でまどろっこしい婚礼の手順など端《はな》から踏むつもりはない。今は国を挙げて海防に邁進《まいしん》すべきときである。共に私塾を開校、多くの弟子を抱えている身では、実際、大がかりな婚礼仕度《じたく》をしている暇などなかった。

象山と順の祝言《しゅうげん》は同年、嘉永五年十二月十五日と決まった。象山のほうは、六月に恩顧の真田家先代幸貫と生まれてまもない三男を亡くし、さらに側妻の菊に去られた。順のほうは九月半《なか》ば、最愛の島田虎之助に先立たれた。互いに不幸を埋め合わせ、心新たに生きてゆくための結婚である。

「大仰《おおぎょう》な仕度はご無用に。入り用のものがあれば、こちらであつらえまする」

多少のゆとりはできたものの、まだ裕福とはほど遠い勝家の内証を気づかって、象山は「なにごとも簡略に」と申し出た。四十二になる男が十七の娘を娶る照れもあったのか。国元の家老をはじめ重臣や知己、親類縁者に言い訳がましい文《ふみ》を書いている。

――ご一笑、下さるべく候。その母上と申す人、私方へ遣《つか》わしたしと申し出られ候がはじまりにて……。

――少し料見ある母兄に育てられ候者に候わば、一向の俗婦にもこれ有るまじく、さ候えば、結句、歳の若きもおもしろかるべくと存じ候て……。

冷静沈着なはずの男が冷や汗をかきながら文を認《したた》め、人知れず胸を昂《たかぶ》らせている。もちろん、そんなことは順の関知することではない。

順は淡々としていた。今や象山の妻となることが、かねてより定められた使命のような気さえしている。

「ほんとうにいいの？　いいえ、わたくしはね、お歳のことを言っているのではないの。お顔よ。あのお目でぎろりと見られたらすくみ上がってしまうわ。あなた、よく怖《こわ》くないわねえ」

　勝家と同じ無役の小普請に嫁いでいる姉のはなは、一度ならず妹に翻意をうながした。象山の異相もさることながら、つつましく日々を生きる凡人にとっては、象山の自惚れや自信過剰はなんとも鼻持ちならなく見えるのだろう。

「そなたほどの女子なれば、いくらでもよきご縁がありましょう。直参なればともかく、他家の家来に嫁ぐのでは、亡き夢酔さまも浮かばれますまい」

　あわただしい合間を縫って岡野家へ挨拶に赴いたところが、当主の母からも大反対をされた。先代孫一郎の遊蕩三昧《ゆうとうざんまい》で不良旗本の烙印《らくいん》を押された岡野家でも、直参の誇りだけは失っていない。

「お嬢さま。ご縁談が決まりましたそうで、おめでとうございます」

　一応は祝辞を述べたものの、仙之助もけげんな顔だった。

「ずいぶんとお歳の離れたお人だそうで……それもご嫡男がおありとか」

「『江戸名家一覧』にもお名前が載っています。お歳などどうでもよいことです」

「へい。しかし……なんでございます、その先生はお子を産ませるためだけに若い女子をご所望されたとか……」

「その、どこが悪いのですか。お子がおらねば家は滅びます」

「へ、へいへい。まことにごもっともで。では、小鹿村《おしかむら》の竹斎どのにもお知らせしておきましょう」

だれになんと言われても順は動じなかった。一度決めたことは貫き通す、それこそが勝小吉の娘である。

帰りしな、関川讃岐《さぬき》に呼び止められ、手相を観てやろうと言われた。順の手のひらをためつすがめつしていた讃岐は、フームと呻《うな》って目を泳がせた。

「いいから、はっきりおっしゃい」

「では……男運がお悪うございます」

順は忍び笑いをもらした。

「そんなことはとうに承知しています」

夫婦約束をした虎之助が死んでしまった。よいはずがない。

「他には?」

「い、いえいえ」

まだなにか言いたそうだったが、讃岐は首を横に振った。敵から身を隠すために易者になったと言われている男である。当たるはずがないと順は高をくくっている。

周囲から難癖をつけられればつけられるほど、順は意固地《いこじ》になった。ありがたいことに、結婚の準備をしていれば、虎之助のいない寂《さび》しさを忘れていられる。

筆まめな象山は、祝言までの短い間に一通ならず文を届けてきた。それも順ではなく母の信宛てである。書家としても名のある男の文は、筆跡ばかりか墨の色さえ美しい。心情のこもった丁重な文面に、もとより象山贔屓《びいき》の信は手放しで感激した。

「よいですね、お順、そなたは佐久間象山先生の妻女になるのです。先生の御名《おな》を汚さぬよう、たとえ思いのままにならぬことがあっても、愚痴《ぐち》や泣き言を言うてはなりませぬ。心を強うもって、なにごとも先生の御為になるよう、お尽くしするのですよ」

信は四歳で許婚《いいなずけ》を得た。以来、後家になるまでの四十余年、放蕩と乱暴に明け暮れる小吉に寄り添い、どんなに無茶をされてもひたすら夫を信じて、真心を尽くした。従順と貞淑の鑑《かがみ》のような母に懇々と諭され、順も素直にうなずく。

十二月十五日、順は白無垢《しろむく》の花嫁姿で、赤坂田町のあばら屋をあとにした。

「ねえねえ、お順叔母《おば》さま、きれいねッ」

はしゃぐ夢と孝に笑顔で別れを告げ、母と嫂をはじめ見送りに集まった近隣の人々や氷解塾の門弟たちに会釈《えしやく》をして、花嫁駕籠《かご》に乗り込む。兄と六兵衛につきそわれて、駕籠は木挽町《こびきちよう》の佐久間家へ。

行き先が島田家であったなら――。

胸をよぎった未練を振り捨て、順は自らを励ますように、駕籠の中で背筋を伸ばした。

第三章　象山の自惚《うぬぼ》れ

一

嘉永五年十二月十六日、象山と順の祝言《しゅうげん》が執《と》り行われた翌朝、順は木挽町《こびきちょう》の佐久間家の母屋《おもや》にある夫婦の寝所で目を覚ました。真新しい畳の香《か》が芳《かぐわ》しい八畳間である。天井を見つめて放心したのはほんの一瞬、あわてて身を起こした。障子《しょうじ》に曙光がにじんでいる。隣の寝床に象山の姿はない。

新婚初日から後《おく》れをとった不甲斐なさに、順は唇《くちびる》を噛《か》んだ。寝過ごしてしまったのは気の張る一日を終えて、心身共に疲れ果てていたためだろう。気丈とはいえ十七歳の花嫁である。

こんなことでは笑われる――。

この家には人が大勢いた。嫡男《ちゃくなん》の恪二郎《かくじろう》、老母のまん、側妻《そばめ》の蝶、下男や賄《まかな》い女の他にも象山の甥《おい》の北山安世《やすよ》をはじめとする門弟たち……。昨日、祝言の席で、象山は厳かに宣言した。

「我が妻、順は、これより佐久間家の家刀自《いえとじ》である。家内のことは、何事も妻の指図に従うように……」

象山夫人となったからには歳など気にせず思いのままに釆配せよ、というのだ。

それこそ、順が望んでいたことだった。誇らしさに内心は有頂天だったが、

「順です。いたらぬところもありましょうがなにとぞよろしゅう……」

少しでも大人に見せようと、取り澄まして挨拶をした。それなのに大切な初日から出遅れようとは……。悔しい。恥ずかしい。歯ぎしりをしながらも全身がけだるく、手足が思うように動かなかった。

気疲れだけではない。房事の余韻が体の隅々に残っている。

初夜の床につく前、象山は威儀を正して、大真面目な顔で言った。夫婦《めおと》となった以上は子を生《な》すことがなににも優る仕事である。嫡男がいるとはいえ、恪二郎一人ではいかにも心細い。この象山は並の男にあらず。大恩ある真田家のため、いや、世のため、我が血を絶やさぬよう、子を産んでほしい……と。

「承知つかまつりました」

順も神妙な顔で一礼した。

かくして房事ははじまった。もし男に抱かれた経験があったら、あまりに堅苦しい象

山のやりように順は違和感を覚えていたかもしれない。初めての妻を気づかい、無体《むたい》なことはしないかわりに、象山には情愛の迸《ほとばし》りがなかった。生真面目な顔で淡々と肌を合わせる象山に、順は息を詰め、目を閉じて、為《な》すがままに身をまかせる。罪なことだと思いつつも、もしこれが虎之助だったら……と思わずにはいられなかった。

事が終わると、象山はあっさり新妻の体を離した。ひと仕事終えた安堵《あんど》の顔で。

「毎晩試みれば、二月《ふたつき》三月《みつき》で子ができよう」

そのためにも滋養と睡眠をとること、なにより風邪をひかぬようにと真顔で言いながら象山は妻の裸身を帷子《かたびら》で覆った。珍貴な書物を手に入れたときも、おそらくこんなふうに扱うのだろう。妻を大切に思う気持ちに疑いはなさそうだ。とはいえ――。

だれかが言っていた。象山は子をつくるために若い女を物色している……と。学問を究《きわ》めるために高価な書物を買《か》い漁《あさ》る。子づくりのために妻を娶《めと》る。当たり前のことだとわかっていても、年若い新妻は、初夜の晩くらい甘い言葉を……いや、せめて名前くらいは呼んでほしかった、とため息をついた。

小娘でもあるまいし馬鹿げたことを……。わたくしは象山夫人、家刀自としての役目を果たさねば――。

順は苦笑する。

象山は世を動かす力をもっている。稀有《けう》な男、異能の人、名だたる学者の妻になったのだ。それだけで幸運ではないか。

夜具をはねのけ、乱れ箱に手を伸ばそうとしたときだった。襖越《ふすまご》しに女の声がした。

「奥さま。火鉢《ひばち》をお持ちいたしました」

蝶である。

「入ってもよろしゅうございましょうか」

順は狼狽《ろうばい》した。ただの女中ならともかく蝶は側妻である。寝乱れた姿を見られるのはきまりが悪い。といって追い返す言葉もとっさには見つからず、うろたえているうちに襖が開いた。

「旦那《だんな》さまが、奥さまにお風邪をひかせてはならぬと仰《おお》せにございます」

蝶は一礼をして中へ入って来た。枕辺へ火鉢を置いたものの、出て行くつもりはないらしい。乱れ箱から長襦袢《ながじゅばん》を取りだし、「お着替えを」とうながした。

三人の子を産みながら、三人いずれも早世したと聞いている。が、蝶はまだ二十歳をいくらも出ていないように見えた。丸顔のふっくらした女で、健康そうな体つきをしている。さすがに伏し目がちではあるものの、柔和なその顔に妬《ねた》みは見えない。

蝶は、順の前にも、菊と象山を共有していた。菊が産んだ恪二郎を我が子として育てているというから、嫉妬《しっと》や競争心などとうの昔に捨ててしまったのかもしれない。

「お蝶、どの、ですね」

ようやく落ち着きが戻っていた。順が声をかけると、蝶は長襦袢を手にしたまま深々と辞儀をした。

「蝶、とお呼びください。奥さまのお身のまわりのお世話はわたくしの役目、なんなりとお申しつけくださいまし」

武家の奥向きとはこういうものかもしれない。兄の麟太郎は少年時代、江戸城大奥へ出入りしていた。兄の話では、御台《みだい》さまからお半下《はした》まで、厳格に身分が定められていたという。お手つきになったからといって、上下関係が変わるわけではない。そもそも側妻は使用人である。

だが勝家にも、父の実家の男谷《おだに》家にも、側妻はいなかった。こんなとき、どんな態度をとればよいかわからない。

「自分で着られます。あ、いえ、迷惑なのではありませぬ。お蝶どののお気持ちは……」

「蝶と、お呼びくださいますように」

「年上のお人を呼びつけには……」

「旦那さまのご命令にございます。さようお呼びいただかないと、わたくしが旦那さまに叱《しか》られます」

そこまで言われれば、やむをえなかった。

「わかりました。お蝶と呼びましょう。ではお蝶、身仕度《みじたく》を」

「畏《かしこ》まりました」

　夫に抱かれた裸を側妻に見られるのはきまりが悪かったが、これからこの家で暮らす以上は婚家の流儀に従わなければならない。

「先生は？」

「書院にてご書見をなさっておられます」

「まァ、こんなに朝早うから……」

「毎朝、遅くとも明け六つにはご勉学をはじめられます」

　順は蝶の介添えで真新しい襦袢と小袖《こそで》を身にまとう。昼夜帯をお太鼓に締め、丸髷《まるまげ》を結った。

「このご装束は、旦那さま御自《おんみずか》らお選びになられました」

「先生が……。美しい友禅ですが、普段着には仰々《ぎょうぎょう》しゅうはありませぬか。いえ、今日はせっかくゆえ着せていただきましょう。それにしてもお蝶、そなたも手際《てぎわ》がよいこと」

「お着付けなら慣れております。ご母堂さまに仕込んでいただきましたから」

　象山の母まんは七十八歳になる。足軽の娘で、側妻として象山の父親に仕《つか》えた。象山は十八で家督《かとく》を継ぐや、藩主の幸貫《ゆきつら》に直訴してまんを正妻に直してもらったと聞いている。象山の親孝行はつとに知れ渡っていた。

「旦那さまのお世話はもとよりお姑《かあ》さまのお世話、恪二郎どののお世話、それにわたくしまで面倒をかけては、そなた、気の休まる暇《いとま》もないでしょう。わたくしのことは気にかけずともよいのですよ」

「お心づかい、ありがとう存じます。旦那さまのお世話は、本来なれば奥さまにお任せいたすべきなれど、旦那さまはお好みがうるそうございます。追い追いにお教えいたしますゆえ、お許しくださいまし」

象山は口うるさい男ではない。が、何事にも流儀が決まっていて、たとえば襦袢の衿《えり》は真新しい白、羽織は黒紋付き、顎鬚《あごひげ》はあくまで長く、髷は一糸の乱れなく、食べ物の甘辛や風呂の湯加減まで好みに合わせるのは一朝一夕にできることではないという。

「お蝶、そなたがいてくれて助かりました」

順は心から礼を述べた。

「奥さまはどうかお心のびやかに、一日も早う、お子をお産みくださいまし」

そう返したときだけ、蝶の面《おもて》に嫉妬ともとれる翳《かげ》りがよぎった。

「恪二郎どのはまだお休みですか」

「起きておられます。朝餉《あさげ》の前に奥さまにご挨拶をしようとお待ちでございます」

小吉や麟太郎の不規則きわまりない暮らしぶりを見てきた順には驚くことばかりだ。

「では、急いで参りましょう」

順はあわただしく寝所を出る。蝶の案内で、まずは老母まんの部屋へ朝の挨拶に出向いた。

まんは品のよい袷《あわせ》を着て、しゃんと背筋を伸ばしていた。高い位置で衿を合わせ、着くずれた様子がみじんもないのは、さすが象山の母らしい。薄くなった白髪を隠すためか、尼のような頭巾をかぶっていた。

老いてなお立派な顔である。象山の、一見、異人と見まごう異相は母ゆずりだった。若い頃はさぞや美しかったにちがいない。常人より大ぶりの目、鼻、唇は女丈夫然としてとっつきにくい。ところが口を開けば、思いの外《ほか》、柔和な物言いである。

「息子はあのとおり、昼夜分かたず働いております。無理が祟《たた》らねばよいがと案じておるのですが……。そなたも内助の功を尽くしてください。お頼み申しますよ」

丁重に頭を下げられ、順はかえってどぎまぎしてしまった。この家の人々はどうしてこうも礼儀正しいのか。もし父の小吉が生きていたらと思うだけで身がちぢむ。

礼儀正しいのは大人ばかりではなかった。五歳の恪二郎も威儀を正し、順に両手をついて挨拶をした。象山から厳しく言い含められているのだろう、

「母上さま。恪二郎にございます」

口上も凛々《りり》しい。佐久間家では、生母であっても側妻を母とは決して呼ばせないというから、菊が去った原因のひとつは、腹を痛めた我が子から母と呼んでもらえぬ寂《さび》しさもあったのかもしれない。皮肉にも、三人の子を亡くした蝶が菊の子を養育している。

が、その蝶も、恪二郎から母と呼ばれることはない。

「これよりはわたくしが母です。なんでも遠慮のう言うてください。恪二郎どののよき母となるよう努めます」

十七歳の花嫁が一足飛びに五歳の男児の母となった。とまどいがないわけではなかったが、躾《しつけ》がよく利発そうな男児に、順はひと目で好感を抱いた。

正確に言えば、これが初対面ではない。順は昨夏、恪二郎を見ている。転んで怪我《けが》をした我が子の足を、象山がさすってやっていた。あの光景を見なければ、そしてもうひとつ、三男の死に涙する象山を見なければ、これほどすんなりと象山のもとへ嫁《とつ》ぐ気になったかどうか。

朝の挨拶はつつがなく終わった。

茶の間で膳《ぜん》の仕度をしていると、ちょうど頃合いを見計らったように象山が入って来た。書見中はじゃまをしないようにと蝶に言われていたので、これが昨夜以来、初顔合わせである。

「おはようございます」

辞儀をしたものの、順は羞恥《しゅうち》で顔が上げられなかった。

「よう眠れたか」

「はい。寝過ごしてしまいました」

「気疲れしたのだろう。無理もない」

「申し訳ございませぬ」

「よいよい。それより、のちほど塾にも挨拶に参るよう。象山が二十五も年下の嫁をもろうたと評判になっておるらしい。勝先生の妹御《いもうとご》とはどのような女子《おなご》か、皆、興味津々、勉学に身が入りそうもないゆえの」

祝言に参列したのは古参の門人である。象山塾は日々、門弟が増えつづけていた。

「いやですわ、恥ずかしゅうございます」

「臆してはおれぬぞ。そなたを娶《めと》ったは家事賄いをさせるためにあらず。象山の妻女が天下の趨勢《すうせい》も知らぬでは恥をかく。塾へ参れ。なんでも見聞することだ」

思いがけない言葉に、順は「はいッ」と目を輝かせた。

「わたくしも知りとうございます。ぜひともお教えくださいまし」

象山は炯々《けいけい》とした目で新妻を見返した。房事の最中も、今も、全く変わらぬ真面目くさったまなざしである。

新婚一日にして、順は夫となった男の本質を看破していた。むろん象山の頭の中にあるおびただしい知識や深遠な思想についてはわかりようもなかったが、女の直感は核心を衝《つ》いている。

象山は、良くも悪くも、自惚《うぬぼ》れのかたまりだった。自信と言い換えてもよい。自分の才にも言動にもみじんの疑いも抱いていない。自分が正しいとわかっているから、いついかなるときも大真面目である。まっすぐに、ゆるぎなく、ただひたすら突き進む。

とてつもない男と夫婦になったものだと、順は今さらながら思った。象山夫人であるかぎり少なくとも、退屈をしている暇はなさそうだ。

朝餉は家族そろって食べた。上座に象山、左右に恪二郎とまん、恪二郎の隣に順、蝶と下男の女房が給仕役である。昼餉や夕餉は象山の甥の北山安世や門人が加わることもあるという。

その日、順は塾へ出向き、門弟一同に挨拶をした。安世のほか松代から出て来た蟻川《ありかわ》賢之助、松平家の家臣の中尾定次郎など、十数人は塾のある棟の宿坊に泊まり込んでいるという。象山塾は今や大評判だった。砲術では、本所にある江川太郎左衛門の塾や愛宕下の下曾根金三郎の塾と一、二を争うにぎわいである。象山が月に三度、出講をしている中津藩の藩士の他、津藩、因州藩、上田藩、藤堂藩……長岡藩の小林虎三郎、同じく河井継之助、但馬出石《いずし》藩の加藤弘之、佐倉藩の兼松繁蔵など、多数顔をそろえていた。

小林虎三郎は象山塾の塾頭である。祝言の席にもいたはずだが、花嫁の順はよく覚えていない。改めてしげしげと眺める。

なんとまァ、酷《ひど》いお顔――。

顔一面に痘痕《あばた》が散らばり、左目が白濁していた。醜い顔だが不快ではない。右目に宿る光は力強く、聡明で実直な人柄を想わせる。虎三郎は小柄な体に張り詰めた気配をただよわせていた。世の中を我が手で動かしてゆこうという気概とでも言おうか。折り目正しく挨拶をする様子も好もしい。

一方の河井継之助は利《き》かぬげな顔をしていた。腕白小僧がそのまま大人になってしまったような……。順に向けた目にも「なぜこの娘が先生の妻になったのか」といぶかる色は隠せなかったが、といって偏屈でもないようで、挨拶を交わし合えば、どことなく愛嬌《あいきょう》も感じられた。

門弟の中には、象山にこの家を貸している地主もいた。浦上四九三郎《しくさぶろう》といって、洋学好きが高じ、ぜひにもお使いくださいと土地を貸してくれたばかりか、自らも門弟に加わって学んでいるという。

「象山先生は、他の先生方とちがって、だれにもわけへだてなく、もったいぶらず、それは熱心にお教えくださいます」

だからこそ、弟子が大挙して押しかけるのだろう。浦上の言葉に順は深くうなずいていた。

順がその男と鉢合《はちあ》わせをしたのは、嘉永六年六月三日の午後だった。

象山の妻となって半年、佐久間家での暮らしにもすっかり慣れ、日々つつがなくすごしている。とはいえ、夫の夜毎の奮闘にもかかわらず、いまだ懐妊の兆しはなかった。順にはそれだけが気がかりである。この日も、子宝が授かるという寺社巡りに出かけるところだった。

佐久間家は間口の割に奥行きが広く、塾の裏手に母屋がある。左右と裏の塀は隣家と接しているので、家人もご用聞きも表門の通用口から出入りしていた。

門を出ようとした順と、門をくぐろうとした男は、あわやぶつかりそうになって、同時に飛び退《との》く。

「おッ」とひと声、男はけげんな顔で順を見つめ、棒立ちになった。「象山塾」と書かれた表札に目をやったのは、砲術の塾とは相容《あいい》れない若い女と鉢合わせをして、家をまちがえたかと思ったのだろう。

順も目をみはった。男は塾頭の小林虎三郎に優るとも劣らぬ痘痕面《あばたづら》である。こざっぱりとはしているものの、洗いすぎてすりきれたような単衣《ひとえ》も野袴《のばかま》も、身分のある武士とは思えない。浪人者か。

「失礼いたしました。さァ、どうぞ」

順は脇へ避けた。男がためらっているので、新参者と勘ちがいをして訊ねる。

「象山塾へ、入門をお望みですか」

「いや、入門はおととしにいたしてござる。国元より戻って参ったゆえ……」

「さようでしたか。それはご無礼をいたしました」

「そこもとは……」

「象山の家内です」

「先生のご新造《しんぞ》……」

「昨年十二月に嫁いで参りました」

「おお、さようか。されば氷解塾の勝先生の妹御であられるか」

「兄をご存じですか」

「おととし、お会いしました」

「あなたさまは……」

「これは失敬。吉田寅次郎にござる」

順は思いだした。兄から聞いたところによると、初回、吉田はあまりにもみすぼらしいいでたちだったので象山に追い返された。が、身なりを改めて訪ねたところ歓迎され、以来、たいそう目をかけられていたという。なるほど、覇気のある若者らしい。

「兄から聞いております。吉田さまはたしか長州の毛利さまご家中……」

「さようにはござったが、許可なく会津へ赴いた科《とが》で士分を剥奪されてしもうた」

「まア、それは……」

「いや、浪人のほうが気楽でようござる」

象山の妻女にしてはあまりに若いので、吉田は順の顔をまともに見られず、目のやり場に困っているようだった。

「どうぞ。お入り下さい。主人も再会を心待ちにしておりましょう」

「されば、ごめん」

吉田は一礼をして順のかたわらを通りぬけ、塾の玄関へ向かう。後《うし》ろ姿を見送って、順も門を出た。

爽《さわ》やかな余韻である。吉田という若者には人を魅《ひ》きつけるものがあるようだ。とはいえ象山塾には毎日、四十人五十人もの門弟が出入りしていた。吉田もその中の一人に過ぎない。この若者が、翌年には歴史をゆるがす大事件を引き起こし、順の平穏な暮らしまでくつがえすことになるのだが……。むろん、このときの順は予想だにしなかった。

一日も早く子を産みたい。それが象山の願いであり、自分の使命である。歩きだしたときは、若者のことなど忘れている。

家へ帰って、恪二郎の手習いをみてやり、姑《しゅうとめ》のまんから象山の羽織袴の縫い方の手ほどきを受け、修理にだしていた掛け軸を経師屋から受け取り、蝶を使いにだし、賄い女に指図をしながら夕餉の仕度に取りかかる。ご新造の一日は忙しい。

「奥さまはなさらずともようございます」

蝶に咎《とが》められても聞き流した。座っているのは性に合わない。ご大家の生まれではあるまいし、象山から家事はやらなくてもよいと言われていたが、順は率先して働いた。夕餉ともなれば表座敷へ膳を運び、象山の他、小林、蟻川、北山など門弟たちの給仕をしながら、男たちの議論に耳を傾ける。わからないことばかりでも、男たちの白熱したやりとりを聞いているのは楽しかった。これこそ自分が望んでいた暮らしだと思う。

蝶の給仕でまんや恪二郎と共に夕餉をすませ、恪二郎を寝かしつけて寝所へ入る。初夜以来、順に障《さわ》りがあるとき以外は一夜も欠かすことなく、象山は妻と同衾《どうきん》していた。それでいて早朝から夜半まで、塾の講義や勉学、書き物に専心しているのだから、人並みはずれた気力と体力である。

そろそろ象山がやって来る時刻だ。

今宵こそ子が授かりますように——。

念じながら髪《かみ》を梳《す》いていたときだった。玄関先で人声がした。つづいてあわただしく入って来た象山は「身仕度を」と命じた。

「この夜分に、でございますか」

「うむ。上屋敷へ出かける」

大事が出来《しゅったい》したという。

六月三日の夕刻、黒船が浦賀沖へ姿を現した。砲台から二発の大砲が発射され、急を知った浦賀奉行所は、当番与力と通詞に命じ、小舟でペリー艦隊に接近させた。二人は仏語で「退去すべし」と記した巻紙を掲《かか》げた。

ペリー艦隊は米国大統領からの国書を幕府のしかるべき高官に手渡すまで「この場を動かぬ」と返答。与力はこれを浦賀奉行と江戸湾警備についている各藩に通達した。

浦賀奉行は二名いる。浦賀在勤の戸田氏栄《うじよし》が江戸城詰めの井戸弘道《ひろみち》へ知らせ、この知らせは老中・阿部正弘のもとへ届いた。老中より幕閣へ通達されたのは夜も更けてからで、勘定奉行の川路聖謨《としあきら》は、かねてより海防策を進言していた象山に即刻、伝えた。

ここまでの詳しい経緯は、当然ながら、順の知るところではない。が、かねてより怖れられていた異国船が到来、いよいよ夫の出番がやって来たことは、身仕度を手伝う際、象山自身の口から聞かされた。

「戦《いくさ》になるのですか」

「いや、ただちに戦とはなるまい」

もっとも、それはこちらの対応いかんにかかわっているという。

「どうなるにせよ、まずはこの目で見なければはじまらぬ」

夜も更けていたが、象山の行動は素早かった。木挽町で私塾を開いているとはいえ、象山は松代藩士である。浦賀へ米国の艦隊を見にゆくには藩の許可を得なければならない。象山はただちに新橋《あたらしばし》内にある真田家上屋敷へ飛んで行った。四日の未明に帰宅したときは、定府家老の望月主水《もんど》より「急ぎ浦賀へ行くように」との命を受けていた。

早朝、甥の北山安世と蟻川賢之助を留守番に残し、象山は小林虎三郎はじめ住み込みの弟子を引き連れて浦賀へ出立した。

「一睡もされてはおりませぬよ」

「案ずるな。二日三日寝なくとも大事なし」

「この一件、口外無用ですか」

「いや。どのみちわかることだ。言うてもかまわぬ」

ペリー艦隊は浦賀沖に停泊している。軍艦はだれの目にも見える。浦賀近辺ではすでに大騒動になっているはずだ。

順が念を押したのは、訳があった。象山一行を見送るや、まんに事情を告げ、蝶に留守を託して、あわただしく家を出た。行き先は赤坂田町の勝家。いずれ弟子のだれかが知らせに来るはずだが、一刻も早く、兄に伝えたい……。

「どうした？　朝早うから」

案の定、麟太郎はまだ知らなかった。

「なに？　浦賀沖にッ」

「先生もあわててお出かけになられました」

艦隊が移動してしまえば、異国の軍艦を見る好機を逃してしまう。

「でかしたッ。おれも見に行くぞ」

「わたくしも行きとうございます」

「馬鹿を申すな」

なぜ男に生まれなかったのかと順が歯ぎしりをするのはこんなときだ。男なら象山や麟太郎と一緒に浦賀へ駆けつけ、異国の軍艦を眺めることができる。

異国の軍艦は大砲を備えていると聞いていた。いつ発砲してくるか。戦がはじまるかもしれない。が、怖《こわ》くはなかった。好奇心のほうが優っている。父の小吉が生きていたら、きっと武者ぶるいをして、大喜びですっ飛んで行ったにちがいない。

「お順坊、あとで話してやるからナ」

人妻となった妹を「お順坊」と呼んではばからないのは麟太郎ただ一人。以前の順は呼ばれるたびにむっとしたものだ。今は親しみのこもったその呼び方がうれしかった。

虎之助が言ったとおり、象山は尽くし甲斐のある夫だ。佐久間家の家刀自であることにも満足している。それでも、勝家ののびやかな雰囲気は、万事に堅苦しい佐久間家にはないものだった。これはやはり麟太郎の闊達《かったつ》な気性からくるものだろう。昔から両親も順も、麟太郎がそばにいるだけで、なぜか心が晴れやかになったものである。

「どうですか、しっかりつとめていますか」

「叔母さま、ほら、夢も書をはじめました」

麟太郎が弟子と共に飛びだして行ったあとは、母に暮らしぶりを訊《たず》ねられ、姪《めい》たちにまとわりつかれる。勝家の女たちにとっては、黒船より順の里帰りのほうが関心事なのである。木挽町と赤坂田町はたいした距離ではない。が、いったん嫁いでしまえば、女は実家と疎遠にならざるをえない。

「そういえば先日、お菊さまが消息を訊ねておられましたよ。佐久間家へいらしてから会《お》うていないとお寂しそうに……」

順は胸を衝かれた。菊に会いたい。けれど会えば虎之助の話になる。いや、口にはださなくても、虎之助を思いだして、再び涙に暮れることになる。それが怖い。

この半年、忘れようと努めてきた。忘れたと思ったのはほんの一瞬。象山に抱かれるたびに、虎之助の面影がよみがえる。それは夜毎、鮮明になる一方だった。

今さらながら順は思い知っていた。どんなに象山を崇敬《すうけい》し慈《いつく》しもうとも、象山は虎之助にはなれない、虎之助の喪失を埋めることはできないのだ……と。

「お菊さまに会うたら、嫂《あね》さま、お順がよろしゅう言うていたと伝えてくださいね」

うっかり長居をしてしまった。順は暇を告げて婚家へ帰る。

木挽橋を渡ったところであッと声をもらした。前方の路地から出て来た男に見覚えがある。それもそのはず、昨日、知り合ったばかりの痘痕面の浪人、吉田寅次郎ではないか。吉田も順に気づいて足を止めた。近づいて来るのを待って、折り目正しく辞儀をする。額に汗の粒が浮き上がっているところをみると、早足で歩いて来たらしい。

「これよりおじゃまするところです」

物言いもあわただしい。お先に、と、歩きだそうとした背中を順は呼び止めた。

「おりませんよ」

「え？」

「今朝早く浦賀へ出かけました」

「もう行かれたのですか。こいつは驚いた」

夜中に藩邸へ赴き、浦賀行きの命を受け、早朝には門弟を引き連れて出かけたと教えると、吉田は無念そうに顔をしかめた。

吉田はこの朝、鍛冶橋の下宿を出て麻布の長州藩下屋敷を訪ね、さらに桜田門の上屋敷へ赴いた。そこで黒船来港の話を聞き、大急ぎで象山塾へ駆けつけるところだという。

「後れをとってしもうたか」

どの道を行かれたかと訊《き》かれて、順は首をかしげた。

「留守居の者が存じているかもしれませぬ」

「ごめん」

吉田はもう駆けだしていた。

男たちは皆、我も我もと浦賀へ押しかけようとしている。異国船とはいったいどんな船か。異人とはどのような人々か。

本当に世の中は動いているらしい。どうなってしまうのだろう……。

順も拳《こぶし》を握りしめていた。


象山一行は神奈川まで歩き通した。そこで舟に乗って日没後に大津へ到着。大津からは月を頼りに山越えをして同日四日の夜半に浦賀へたどり着いた。

これは、象山が足軽に託した母まん宛の文《ふみ》でわかった。ペリー艦隊の軍艦は四隻で、いずれも防水のためにコールタールで真っ黒に塗られていること。この内の二隻は蒸気船といって、風に逆らっても走ることのできる船であること。米軍艦のまわりを幕府の御用船が行き交うさまは「大盥《おおだらい》の下に蛤貝」があるように見えたこと。象山は見たがままの光景や浦賀奉行所からの説明を事細かく書き連ねていた。宛名は母であっても、実際は門弟たちに広く知らせるためである。

順のまわりも黒船の噂で持ちきりとなった。あとで象山から聞いたところによれば、翌々日の六月六日に蒸気船の一隻が江戸湾へ侵入した。象山一行も舟であとをつけた。だが見失ってしまった。幸いこの蒸気船は湾内深くは侵入せず、浦賀へ引き返したので、江戸が大混乱に陥ることはなかった。

象山一行が江戸へ戻ったのは、同日の夜だった。真っ先に新橋の松代藩上屋敷へ報告に赴き、深夜になって木挽町へ帰って来た。

「まァ、異国船を追いかけて……ご無事でようございました。お疲れでしょう。ゆるりとお休みくださいまし」

目の下に隈《くま》をつくりながらも、興奮に頰《ほお》を上気させ、双眸《そうぼう》をぎらつかせている象山を見て、順は自分がどれほど偉大な男と夫婦になったか、感激を新たにしていた。虎之助に感じていたような胸のときめきこそないものの、象山を敬い守《も》り立てることは、自分だけではない、世の中のためになるのだと今や確信している。

象山は短時間、眠っただけで飛び起き、翌日は門弟や噂を聞きつけて話を聞きに来た諸藩の藩士を相手に熱弁をふるい、その合間には寸刻を惜しんで『浦賀日記』を認《したた》め、藩へ進言する草案をまとめた。

翌九日の朝、再び藩邸へ赴き、「江戸防備のため、我が藩は品川御殿山の警備を申し入れること」および「門弟の蟻川を大砲掛に命じること」などを、家老の望月主水に進言した。これが了承され、象山は同日、軍議役を命じられた。藩主の真田幸教《ゆきのり》は、象山の進言どおり、老中の阿部正弘に御殿山警備を申し出たのである。

「品川へ行くぞ。布陣だ」

藩邸から戻った象山は、鼻息も荒く宣言した。御殿山はすでに福井藩が警備している。が、国元から兵を召集して警備を強化し、異国の襲撃に備えるという。

十日、象山は馬に乗って颯爽《さっそう》と出かけて行った。

ところが武運を祈りつつ夫を見送った順は、数日後には意気消沈した夫を迎えることになった。幕府が米国書を受け取ったため、ペリー艦隊は十二日に浦賀沖から退去した。松代藩の防備は不要になってしまったのだ。

二

黒船騒ぎの最中に、松代藩が異国船の襲撃に備えて御殿山へ布陣することになったのは、佐久間象山の進言によるものだった。突然、兵を送れと命じられ、国元は混乱に陥った。それでも急遽《きゆうきよ》、兵を調えて送ったのだが異国船は浦賀沖から去ってしまった。結局、無駄足になったわけで、となれば、象山へ風当たりも強くなる。

それでなくても家中での象山の評判は芳《かんば》しくなかった。大柄で筋肉質の体つきも、長い顎鬚《あごひげ》を蓄えた異相も、古色蒼然としたいでたちも、生真面目で冗談ひとつ言わない性格もともすれば尊大に見られる。とりわけ松代にいる重臣たちは井の中の蛙《かわず》で危機感に乏しいこともあって、江戸で私塾を開き、諸藩の若者たちを啓蒙して華々《はなばな》しい評判を収めている象山を「奸臣《かんしん》」のように見なしていた。

象山は三歳にして字を書き、易の六十四卦を暗唱したという。並外《なみはず》れた才の持ち主である。その才を主家のために役立てたい、自分ならそれができると信じていた。信じるだけならよいが、自惚《うぬぼ》れ屋はなにごとも強引に押し通す。他人の思惑を解さない。

象山贔屓《びいき》の先代藩主・幸貫が生きていたら状況はちがっていたかもしれない。が、当主の幸教は年若く、象山とのつき合いも浅い。

「まことですか」

藩から軍議役を免じられたと聞いて、順は顔色を変えた。

「まこともまこと」

象山も怒り心頭といった顔である。

「なにゆえ免じられるのですか。まちがったことはしていないのに」

「出る杭は打たれる、ということだ」

「では、帰国されるおつもりですか」

「いや、かような時節に田舎へこもってなどいられるか」

「でしたら……」

「ご老中に嘆願する」

象山はこうと言ったらあとへは退《ひ》かない。

即刻、老中の阿部正弘に直訴した。かねてよりの知己である勘定奉行の川路聖謨《としあきら》にも助言を頼む。これが功を奏して、幸教は象山への沙汰を撤回したのだが……。当然ながら、家中の重臣たちの間で、象山の評判はますます悪くなった。

とはいえ、そんなことは象山の関知することではない。象山は早速、川路を通して国策十か条を幕府へ上申、「海軍を整え、砲術の訓練を徹底する必要がある、そのためには広く人材を登用すべし……」と説いた。

国防に軍備は欠かせない。が、現状では、我が国は欧米諸国に太刀打ちできない。一方、開国は避けられないのだ。それならむしろ、早々に鎖国をやめ、志ある若者を海外へ送りだして異国の長所を学ばせるべきだと象山は考えたのである。

これこそ「夷《い》の術を以《もっ》て夷を制す」——象山のこの策略に大いに発憤、我こそは実行に移そうと勇み立った若者がいた。

あの、吉田寅次郎である。

秋も深まったある日のこと、順が書院へ茶菓を運んでゆくと、象山がつくねんと庭を眺めていた。観賞用の庭ではないが、秋海棠《しゅうかいどう》や萩の花の終わった今、山茶花《さざんか》と紅葉が彩りを添えている。

象山は何事にも没頭する質《たち》で、放心していることはめったにない。

「おや、もうお帰りになられたのですか」

順は座敷を見まわした。

この日は吉田寅次郎が来ていた。塾ではなく母屋《おもや》の書院で語り合っているのは、他人に聞かれたくない話があるのだろう。そう思って、じゃまをしないよう遠慮していた。

象山は虚を衝《つ》かれたような顔をした。

「え？　あ、ああ、吉田なら帰った」

「ご挨拶もいたしませず……」

「いや、よい」

まだ考え込んでいるようなので、順は茶菓を置き、早々に出て行こうとした。すると象山が顔を向けた。

「入りなさい」

「はい？」

「せっかく淹《い》れた茶だ。飲みなさい。たまには夫婦で語り合うのもよかろう」

象山は多忙である。夜毎《よごと》、肌を合わせていながら、着替えの介添えや食事の給仕の際に短い会話を交わすだけ、とりわけ黒船騒ぎの夏以来、ゆっくり話をする暇《いとま》もなかった。

象山も気になっていたのだろう。

順は言われたとおり座敷へ入って、客用の湯飲みを取り上げた。生来、物怖《ものお》じはしない。

「吉田さまは並のお人ではありませんね」

日頃から思っていたことを言うと、象山は「ほう……」と目を瞬《しばた》いた。

「おまえもそう思うか」

「はい。お目の光がちがいます。恐いほど真剣なまなざしをしておられます」

「小林は虎三郎、吉田は寅次郎、門弟どもは両虎と言うて畏敬《いけい》している。いずれもわしの片腕だが、小林とちごうて吉田は大空を渡る孤鶴での、ひとところには留《とど》まれぬ男だ」

「コカク……」

「うむ。ここだけの話だ。よいか」

炯々《けいけい》とした視線に射すくめられて、順はごくりと唾《つば》を呑《の》む。

「吉田は異国へ行くそうな」

えッと、順は驚きの声をもらした。

「海外への渡航は禁じられております」

「いかにも。しかし禁を犯しても行きたいと言う。そこまでの気概があるなら、大いに行くべしと言うてやった」

「なれど……」

「我が国が求めておるのはああいう若者だ。このわしとて十歳若ければ……」

「先生ッ」

国禁を犯せば死罪になるかもしれない。

「さようなことができるのですか。吉田さまはどうやって異国へ行かれるのでしょう」

「そこだ。自らの意志で行けば国賊。だが、ジョン万次郎の例もある。漂流して異国船に助けられれば罪にはならぬ。異国にて大いに学ぶべし。帰国する頃には鎖国も終わっていよう」

象山は吉田に、漂流者を装えと助言した。目下、長崎にはプチャーチン率いる露国使節が四隻の軍艦を連ねて来航している。

「では、吉田さまは、長崎へいらっしゃるのですね」

「首尾ようゆけばよいのだが……」

師が師なら弟子も弟子、なんという大胆な計略かと順はあきれた。が、その一方で、無謀を承知で大冒険の旅に出ようという若者の決意に胸を熱くしていた。

兄の麟太郎が今、あばら屋ながらも塾を開校、世の注目を集めているのも、不休不眠で蘭和《らんわ》辞書『ヅーフ・ハルマ』を筆写したからである。世のだれもが尻込《しりご》みする大事を成《な》し遂《と》げてこそ、頭角を現すことができるのだ。

「それで心配しておられたのですね」

さすがの象山も弟子の身を案じ、ひととき放心していたのだろうと思ったのだが、

「そうではない」

象山は妻の目をじっと見つめた。

「ああいう才ある若者が思いのままに羽ばたける世をつくらねばならぬ。これでは異国に後《おく》れをとるばかりだと憂《うれ》えておったのだ」

象山は吉田に送別の詩と併《あわ》せて餞別《せんべつ》を四両与えたという。はるばる長崎まで行き、露国の使節団に近づくのはさぞや難儀にちがいない。いったいどうやって漂流者を装うのか。言葉もわからぬ異国船に果たして乗り込むことができるのか。

順は気がかりだった。口外はできないので、寺社へ参詣《さんけい》するたびに吉田の渡航成功を願って両手を合わせる。

象山塾には、吉田の他にも、順の目を魅《ひ》きつける男がいた。

土佐藩士の坂本龍馬である。

坂本は高知より江戸へ出て、目下、京橋にある北辰一刀流《ほくしんいっとうりゅう》の千葉定吉道場で剣術の腕をみがいているという。すらりとした体つきの明るい眸《ひとみ》をした若者は、まさに好奇心のかたまりのように見えた。

「氷解塾をやりゆう勝麟太郎先生のお妹さまと聞いたけんど……」

十二月上旬にはじめて塾へやって来た日、坂本は早速、順に訊《たず》ねた。

「麟太郎は兄です」

「そうかい。そりゃあええ。ほんなら、いっぺん引き合わせてもらえんやろうか」

「もちろん、ええ、ようございますよ」

「おう、なら頼むきに」

頼むと言いながら、いつという約束はない。ただ愛嬌《あいきよう》のある笑顔を見せただけで離れていった男は、他の塾生たちとはどこかちがっていた。

とはいえ、それは風貌やふるまいからくる印象だ。双眸《そうぼう》の奥には、吉田や他の若者たちと同じく、探求心か反骨魂か、燃えたぎる炎がちらついていた。

年も押し詰まった十二月二十七日、吉田は悄然《しようぜん》とした面持ちで象山塾へやって来た。長崎へ行ったはよいが、すでに露国の軍艦は出航したあとで、以来、待ちわびていたものの異国船の来航はなく、業を煮やして江戸へ帰って来たという。

「先生のご期待に沿えず、面目次第もござりませぬ」

「いや、落胆は無用。長崎まで行かずとも、これからはたびたび異国船がやって来よう。機会はいくらでもある」

象山は励ました。

明けて嘉永七年正月十四日、ペリー艦隊は今度は七隻の軍艦を率いて神奈川沖へ入港した。幕府は浦賀へ停泊するよう求めたがはねつけられ、やむなく横浜に応接所を設けて、条約締結の談判に入ることにした。その横浜の警備を命じられたのが、小倉藩と松代藩である。

松代藩の総督は望月主水、象山は再び軍議役に任命された。

「ようやく出番が巡ってきたぞ。お順、見ておれ。このわしが行くからには、異人どもに一歩も引けはとらぬわ」

象山は二月七日、江戸を発《た》った。大砲五門を先頭に兵員四百、鉄砲隊や長槍隊など連ねた物々しい行列である。

順はこの行列を野次馬の群れに混じって見送った。堂々たる体軀《たいく》も立派な顎鬚も彫りの深い異相も、馬上ではひときわ際《きわ》だつ。

あのお人が我が夫――。

誇らしさで胸がいっぱいだった。

「恪二郎どの、ごらんなさい。あれがそなたのお父上ですよ」

懐妊の兆しはいまだになかった。こんなに抱かれても子ができぬとは、自分は石女《うまずめ》ではないか。悔しさ申し訳なさは一入《ひとしお》だが、幸いにも恪二郎はすくすく育っていた。今では母さま母さまと順になついている。

順に子が授からないのは象山にとっても悩みの種にちがいないが、そのことで年若い妻を苦しめることはなかった。むしろ、妻の胸の内を察して、できるかぎり気を引き立てようとしている。

横浜へ赴いた象山は、こたびは母宛ではなく妻に宛てて文を届けてきた。

「まア、父さまのご立派なお姿を見て、ペルリが挨拶をなさったのですって」

「お姑《かあ》さま。先生はお抱え力士に大旗を振らせて、ペルリを仰天させたそうですよ」

「ねえ、お蝶、大丈夫かしら。異人が先生のお写真を撮ったとあります。魂をぬかれやしないでしょうね」

象山の指揮する松代藩の警備は、地元民の目にも頼もしく映ったようだった。

――小倉より用いて強き真田打

小倉織は丈夫な木綿の織物だが、それより平たく組んだ真田紐《ひも》のほうが強い。そんな川柳が流行《はや》っているとか。

三月、日米和親条約が締結された。ペリー一行が下田へ去ったため、象山も江戸へ帰って来た。大役を無事果たし、さぞや大いばりで帰宅するものと思った順だったが、象山は険《けわ》しい顔だった。訊《き》けば横浜開港を進言したにもかかわらず下田開港となったことが不満だという。

この一件には、象山を失望させるもうひとつの出来事が付随していた。

象山は門弟筆頭の小林虎三郎に横浜開港を訴える建白書を書かせ、小林の主君の長岡藩主で老中でもある牧野忠雅《ただまさ》に提出させた。ところが、これが咎《とが》められ、小林は帰藩・謹慎を命じられてしまったのだ。

愛弟子《まなでし》を失った象山の嘆きは深かった。

「これからが問題だ。優柔不断の臆病者ばかりでは先が思いやられる」

帰宅するなり、怒りをぶちまける。下田開港や弟子の件だけではなかった。国防も外交も自分が先頭に立たなければどうにもならぬと、自惚れ屋は居ても立ってもいられない。その夜、久々に臥所《ふしど》を共にした象山は、性急に妻を抱き寄せようとはしなかった。

「あやつ、どうするか……」

ぼそりとつぶやく。

「なんですの？」

順は聞きとがめた。夫の口調にかすかな不安を感じ取ったためである。

象山は眉《まゆ》をひそめた。

「吉田のことだ。横浜へ訪ねて来た」

「まァ、陣所へ？　何用で？」

衆人環視の中である。

「文章を見てほしいという。漢文の投夷書《とういしょ》だった。夷に投ずる……密航の決意書だ」

「それで、どうなさったのですか」

「浦賀奉行所の組同心に吉村一郎という知り合いがいる。紹介状を書いてやった」

「ようもまァ……」

順は開いた口がふさがらなかった。

「そんなことをなさって、もし吉田さまが失敗して囚《とら》われの身となったら、先生も同罪にされてしまうのではありませぬか」

「案ずるな。わしは文章を見てやっただけ、中身については知るところではない」

「さような言い訳が通りましょうか」

「わしが案じておるのは、わしのことではない。あやつのことだ。非常の功を立てよ、とは言うたが、功に逸《はや》ってあたら才を空《むな》しゅうすることがあってはならぬ」

下田には今、衆人の目が集まっている。役人の監視も厳しい。早まってしくじっては一大事と象山は案じているのだった。両虎と呼ばれた小林を失い、にわかに不安がこみ上げたのかもしれない。

そのあと象山は妻の体を求めた。が、いつになく腰砕けだった。これまで、どのような懸案を抱えていようが、どんなに疲労困憊《こんぱい》していようが、同衾《どうきん》すれば決まって妻を抱いていた。それも、とうてい四十四の男とは思えぬ律儀さで。

夫がいつもとちがうのは、疲れ果てているからではない。体の疲労よりもっと別なものが、夫の気力を萎《な》えさせている。それは象山自身の目にも見えない、迫り来る暗雲のようなものではないかと順は思った。見えなくても、象山は感じている。

隣の臥所の大きな背中を見つめながら、順ははじめて不吉な予感に怯《おび》えた。

予感は的中した。

四月六日の朝、佐久間家に捕吏《ほり》がやって来た。寝耳に水の出来事である。

「吉田が捕らわれた。護送されて来る」

装束を改めるわずかの間に、象山はふるえる手で介添えをする妻を諭《さと》した。

「あわてるな。騒ぐな。案ずるな。わしは無罪だ。お順、母と恪二郎を頼むぞ」

順はうなずいた。夫はどうなるのか。恐ろしさは格別だが、だれにも悟られぬよう、平静な顔で送りだした。象山夫人が取り乱したとあっては笑い者になる。

玄関の式台に座り込んだまま呆然としていると、「奥さま……」と蝶の声がした。

「旦那《だんな》さまは牢《ろう》へ入れられるのでしょうか」

青ざめた顔を見て、順は胸を衝かれた。側妻《そばめ》は使用人とはいえ、蝶は三人も象山の子を産んでいる。ひと言、別れを言わせてやるべきだった。

別れ――。

頭をよぎった自分の言葉に、順は狼狽《ろうばい》した。とんでもない。別れであるはずがない。象山は罪など犯してはいないのだから。

「なにゆえ入牢《じゅろう》するのです？　先生に非はありませぬ。心配は無用です」

「でも……」

まんは仏壇に灯明をあげているという。

「先生は必ず戻っていらっしゃいます。それまでは万事、わたくしに任せなさい」

十九の妻はきっぱり宣言した。

嘉永七年四月六日、象山が縛《ばく》についた事件のあらましは、つぎのようなものだった。吉田寅次郎は、去る三月二十七日の深夜、密航を決行した。同郷の同志、金子重輔と謀《はか》って、下田の浜から小舟を漕《こ》ぎ、沖に停泊中のペリー艦隊に接近した。ペリーが派遣した通訳に面会して志を告げたまではよかったが、国禁を犯す手助けはできぬとボートに乗せられ、追い返されてしまった。すでに小舟は荷を積んだまま何処《いずこ》へか流されている。翌朝、二人は下田奉行所へ自首した。小舟が発見されれば罪は逃れられぬと腹をくくったのだった。案の定、小舟は引き上げられた。その中に象山からの文《ふみ》や激励の詩が入っていた。

吉田の密航未遂は、師である象山からそそのかされたのではないか。にわかに疑いが浮上した、というわけだ。

吉田と金子は下田奉行所から平滑《ひらなめ》の獄に移され、さらに唐丸籠《とうまるかご》に乗せられて江戸小伝《こでん》馬町《まちょう》の牢獄《ろうごく》へ護送された。二人が江戸へ到着する日の朝、ひと足早く、象山も小伝馬町の牢の揚屋《あがりや》へ入れられたのだった。

揚屋は武士や僧侶のための牢である。庶民の大牢とは異なる。とはいえ、待遇がよいとは言えなかった。牢内は不衛生で扱いも酷《ひど》いと聞いている。

「どんなにかご不便でしょう」

潔癖すぎるほど潔癖な夫が辛《つら》い思いをするのは目に見えていた。といって、だれにどう泣きつけばよいのか。

塾頭の小林虎三郎は国元へ帰され、江戸にはいない。蟻川賢之助も藩の御役《おやく》で忙しい。となれば象山の甥《おい》の北山安世だが、向こう気ばかり強くて臆病な安世は、喚《わめ》いたり嘆いたりするだけで、とんと役には立たなかった。住み込みの門弟たちも、手分けをして事件のあらましを聞き集めるのが精一杯で、他にこれといった思案は浮かばぬようである。

翌七日の朝になっても、象山は帰らなかった。安世に様子を見に行かせたものの、牢役人が差し入れの金子《きんす》や着替えを受け取っただけで、なんの説明もなかったと肩を落として帰って来た。留守宅の家人は不安をつのらせるばかりだ。

夕刻、麟太郎が訪ねて来た。母屋の書院で、兄妹は久々に向き合う。

「牢役人の縁者が弟子におっての、その者の話によると、先生は泰然としておられるらしい」

兄はそのことを知らせに来てくれたのだ。順は安堵《あんど》の息をついた。

「では、お変わりはないのですね。お元気なのですね」

「先生は頑健なお人だ、心配ないサ」

象山は囚われの身となっても一向に動じず吉田の志を誉めあげ、看守や囚人仲間にまで異国より学べと説いているという。取り調べでは、吉田に漂流者を装えと知恵をつけたことは認めているものの、密航をそそのかしたことはないと断言しているとやら。

「まことです。先生がそそのかしたわけではありませぬ」

「しかし黙認した。密航は大罪だ。吉田どのも無謀なことをされたものよの」

以前、お尋ね者の高野長英が助けを求めて来たときも、麟太郎は匿《かくま》おうとしなかった。国禁を犯した者にはことのほか厳しい。

そうは言っても、高野は放火に加え、牢破りをした。吉田の密航は、保身のためではなく、世の中のために為《な》した義挙である。

「わたくしは、吉田さまが大罪を犯したとは思いませぬ。吉田さまが密航をなさろうとしたのは、兄さまが蘭学《らんがく》をなさるのと同じ、異国の知識を得るためですもの」

「いかにも。吉田どのの志は気高い。果敢な勇気にも兜《かぶと》を脱ぐ。おれも異国へ行きたいと逸る気持ちはようわかる。だが、前にも言うた、吉田どのも高野どのと同じ、ひとつ欠けているものがある。がまんだ。事を急《せ》いて、上手《うま》くいった例《ためし》はない」

「いいえ、兄さま、それはちがいます。先生も言うておられました。非常のときは、非常の人が、非常の事を為さねばならぬ、と。もはや猶予などないのです。がまんなどしていては異国の思う壺です」

麟太郎はすいと目を細めた。感嘆したように妹を見る。

「大人になったのう、お順坊も」

順はつんと顎《あご》を上げた。

「わたくしは象山の妻です。世を憂い、憤慨しているのは先生と同じです」

「しかし捕らえられてはなにもならぬぞ。命あってこそ、己の考えを世に広めることができるのだ。ひいては世を動かすこともできる」

命あっての……という兄のひと言に、順は身ぶるいをした。

「もしや兄さま、先生もご処罰を……」

国禁を犯したとなれば断罪もあり得る。情状酌量されたとしても切腹か。顔色を失った妹に、麟太郎は労《いたわ》りの目を向けた。

「ご老中の阿部伊勢守さまや御奉行の川路さまがついておられる。先生ほどの才をあたら見殺しにはなさるまい。ただしお順、なにがあろうと、覚悟だけはしておけ」

「はい。先生がご切腹なさるのでしたら、わたくしもあとを追いまする」

「おまえってェやつは、まったく……」

麟太郎は言いかけて苦笑した。

「先生がどうあれ、おまえの役目はの、お順坊、先生のお子を立派に育て、佐久間家を守《も》り立てることだ。くれぐれも、早まってはならぬぞ」

麟太郎は妹に約束をさせた。本当は、このことが気になって飛んで来たのかもしれない。父の小吉に似て、順はなにをしでかすかわからない。妹の気性を麟太郎は知り尽くしている。

言うだけ言って、麟太郎はそそくさと帰って行った。兄と話したことで、順は肚《はら》がすわった。縛についてさえ、象山は己の信じるところを説いているという。留守を預かる自分が弱音を吐いてはいられない。

まんも、さすがに象山を育てた母だけあって、泣き言は言わなかった。一日中、仏間にこもって我が子の無事を祈っている。

恪二郎はまだ幼いので、なにが起こったかわからぬようだった。それでも緊迫した気配を感じるのだろう、大人たちの顔色を見ながら、手習いをしたり絵を描いたり、いつもの闊達《かったつ》さは影を潜めている。

「皆さまに夕餉《ゆうげ》をお持ちいたしましょうか」

「そうですね。わたくしも手伝います」

塾に住み込んで家族同然の扱いを受けているのは、松代から象山を頼って出て来た安世や山田兵衛ら数名だが、突発事件の行方を案じて、毎夜、門弟たちが集まっていた。順と蝶は塾に膳《ぜん》を運び、給仕をしながら一同の話に耳を傾ける。

囚われの身となった翌日も象山は帰らなかった。奉行所や主家からの報《しら》せもないまま、順は眠れぬ夜を過ごした。

翌朝、真田家から使いがやって来た。

吟味《ぎんみ》が長引くゆえ、木挽町《こびきちょう》の家は引き払って、家人一同、南部坂の松代藩中屋敷の長屋へ移るべし、との御沙汰《おさた》である。

「中屋敷へ……」

順は思わず聞き返した。

松代藩の上屋敷は新橋《あたらしばし》、下屋敷は深川にある。南部坂の中屋敷は氷川神社の東隣だ。赤坂田町の勝家ともさほど離れていない。北隣の広大な屋敷は松平美濃守の中屋敷で、この長屋には麟太郎の蘭学の師、永井青崖《せいがい》が住んでいた。順も何度か訪れたことがある。

まさか、不運をしょいこんで、再び赤坂へ舞い戻ることになろうとは――。

感慨にふけっている暇はなかった。ほどなく藩邸から迎えがやって来るという。

「お姑《かあ》さま、お仕度《したく》を。お蝶、恪二郎どのを頼みます。安世どの、皆を集めて塾のほうの片づけを……」

他のものはともかく、象山の書物や日記といった私物は紛失するわけにはいかない。母屋だけでなく塾の荷物もあるので、引っ越しとなれば大わらわである。

騒動の最中に、大家で門弟でもある浦上四九三郎が訪ねて来た。

「かようなことになろうとは……」

浦上は式台に座り込んで洟《はな》をすすった。

「先生のようにご立派なお方を牢へ押し込めるとは……こんなこっちゃ、とうてい夷狄《いてき》に太刀打ちなどできやせん」

象山が牢から戻るまで家はこのままにしておくと、浦上は申し出た。

「そうなるとよいのですが……」

象山が捕らえられたのはおとついである。わずか二日後に家を引き払わせるということは、象山がここへはもう戻れないとわかっているからではないのか。

「お心づかいはありがたいのですが、ここで塾が再開できるとは思えませぬ。どうぞ、お後のことはご随意に」

順も目頭を押さえた。

泣き言を言い合っていても埒《らち》は明かない。その日のうちに中屋敷へ移るには、大車輪で働かなければならない。

順は、保科栄次郎の屋敷内で冬を過ごした昔を思いだしていた。あれは老中・水野忠邦が断行した天保改革の最中だった。不良御家人の一人として、すでに隠居の身であったにもかかわらず、小吉は押し込めとなった。急遽、設《しつら》えられた狭苦しい長屋で、両親兄姉と五人、窮屈《きゆうくつ》で不便な暮らしを強いられた。あのときは小吉に加え、母の信まで体調をくずして、家人は往生したものである。

またもや、押し込め同然の暮らしがはじまる。しかもこたびは、入牢している夫を気づかう毎日である。

「お蝶、気をしっかりもって、先生のお帰りをお待ちしましょう」

「はい。奥さまはお若いのに、ご立派にございます。わたくしも見習わねば」

新参の正妻と古参の側妻の間には、どんなにとりつくろっても見えない溝があるものだが、佐久間家の一大事とあればそんなわだかまりも吹き飛んでいた。

どうにかこうにか荷物をまとめ、順、まん、恪二郎、蝶の四人が中屋敷の長屋へ入ったのは、その日の夕刻である。塾に住み込んでいる門弟については、残務があるということで引っ越しは十五日まで猶予となった。

中屋敷内の長屋は棟つづきで二軒、女子供と弟子たちに分かれていた。二軒とも座敷が二間に板間と台所があるだけの家なので、運んできた荷物を積み上げれば寝起きするのがやっとである。

狭さなど、順はものともしなかった。本所の生家は旗本家の敷地内に建てられた安普《やすぶ》請《しん》の借家だった。鶯谷《うぐいすだに》の庵《いおり》は親子四人が頭と足を互い違いにして寝るほどの狭さだった。押し込めになった長屋は言うに及ばず、赤坂田町の麟太郎の今の住まいも、貧しさゆえに畳さえ売り払ってしまったことがあるほどのあばら屋である。思えば、順がまともな家で暮らしたのは、象山の妻となってからの、木挽町の佐久間家がはじめてなのだ。

引っ越しの翌朝、順は恪二郎の手を引いて、氷川神社へ出かけた。

「お父さまが一日も早くお帰りになられるよう、一緒にお詣《まい》りをいたしましょう」

手を添えて合掌《がっしょう》のかたちをつくってやると、恪二郎は無邪気な顔で順を見上げた。

「父上はどこへ行かれたのですか」

「大事なお役目があって、遠くへ出かけておられるのです」

「いつお帰りになるのですか」

「いつ……さァ、いつでしょうね」

答えられないのが哀《かな》しい。生きて帰って来られるかどうか、それさえわからない。

この前、参詣したのは、一昨年の正月だった。あのときは虎之助と結ばれますようにと祈った。ところが同年の九月に、虎之助は急死してしまった。今は象山のために祈っている。その象山も囚われの身。男運が悪いと言った旧《ふる》なじみの辻占《つじうらな》い、関川讃岐《さぬき》の言葉を、順は思いだしている。

「母上。おかげんがお悪いのですか」

物思いにしずんでいると、恪二郎に訊かれた。

「いいえ。さようなことはありませぬよ」

ぎこちない笑顔をとりつくろう。

帰り道、木挽町へ立ち寄って、塾の荷物の整理を手伝った。悲痛な目をした若者たちが黙々と作業をしている。

ふっと気づくと、坂本龍馬がかたわらにいた。そういえば、兄に引き合わせるつもりが、なにやかやと忙しくしているうちに機会を逸《いっ》してしまった。今となってはもう、それどころではない。

坂本もそのことにはふれなかった。

「先生のお役に立てず、心苦しゅう思うとります」

神妙な顔で言われて、順は首をかしげる。

「国元へ帰らんならんとじゃ」

坂本はかなたの空を見つめた。

「土佐へ……ご帰国なさるのですか」

「決まりじゃきに。どうにもならん」

国元の許可を得て出てきたとあらば、いつまでも留まるわけにはいかない。

だが、象山も吉田も入牢中だった。この先、どうなるのか。短い期間ながらも共に学んだ塾生たちの進む先も、気になっているにちがいない。江戸の土を踏み、喧噪《けんそう》を目にした――そればかりか黒船騒ぎまで見聞した――若者は、さぞや後ろ髪《うしろがみ》引かれる思いで、郷里へ帰ってゆくはずである。

「お気をつけてお帰りください」

他に言いようがなくてあたりさわりのない挨拶をした順を、坂本はなにを思ってか、じっと見つめた。

「先生の教えは忘れませんきに。どこにおっても、ご無事をお祈りしとります」

象山はひと月経ち、ふた月経っても放免にならなかった。吟味は依然つづいている。揚屋の中の象山は『省諐録《せいけんろく》』を綴り、和歌を詠《よ》み、孟子を諳《そら》んじて、粛々《しゆくしゆく》と日々を過ごしているという。

遠近《おちこち》に鳴くほととぎす人ならば
　　母のみことに言《こと》づてましを
彦星の妻《つま》訪《と》ふ頃になりぬれど
　　妹《いも》に会ふべきすべの知らなく

母を想い妻を恋《こ》う獄中歌を密かに届けてくれたのは、象山の門人で、藩の目付でもある岡野陽之助である。

岡野の話によると、揚屋は揚屋でも、象山と吉田は別室に入れられているので顔を合わせる機会はないとのことだった。だが象山は毎朝、孟子の書の中にある「舜畎畝《けんぽ》に発するの章」の一節を声高らかに暗唱、それを吉田が姿勢を正して拝聴しているという。

――天の将《まさ》に大任を是《こ》の人に降《くだ》さんとするや、必ず先ず其の心志を苦しめ、其の筋骨を労せしめ、其の体膚を餓えしむ。

象山は吉田を励まそうとしているのではないか。同時に、己をも、鼓舞しているにちがいない。

先生はやっぱり凄《すご》いお人だ――。

牢内の象山の泰然ぶりを聞くたびに、順の畏敬の念はふくらんでゆく。

格別なはからいで、象山から安世宛の文が届けられたこともあった。象山はこの文の中で、幕府が和蘭《オランダ》に注文した船のことや全国に発布した「日の丸」のことなど、世の中の動きについて訊ねていた。獄中にあっても、象山の関心はただひとつ、藩や国の行く末なのだろう。

象山と吉田、金子に裁きの沙汰が下ったのは、九月十八日だった。この年は閏《うるう》七月があったので、六か月と十二日間、獄中に捕らえられていたことになる。

沙汰は、三人とも国元での蟄居《ちっきょ》だった。

「ああ、ご無事でよかった……」

知らせを聞いた順は両手で顔を覆った。まんと蝶も抱き合って泣いている。長引く吟味に、家人は皆、もっと過酷な処罰をも覚悟していたのだ。

沙汰が下りたその夕、幕府からの下知で、松代藩士十五名が象山引き取りのために小伝馬町の牢獄へ赴いた。象山は門前で錠前付きの駕籠《かご》に乗せられ、南部坂の中屋敷へ護送された。といっても、家人の待つ長屋へ帰されたわけではない。

象山は、中屋敷内にある御供休息所へ入れられた。国元へ出立《しゅったつ》する準備がととのうまで、ここに幽閉されるという。監視には藩士の他、安世や山田、依田甚兵衛など縁者や門弟も駆りだされることになった。

となれば、日々、様子が伝わってくる。

「さすがにお痩《や》せにはなられましたが、意気はますます軒昂、ご心配には及びませぬ」

「ご母堂さま、ご新造《しんぞ》さまのご様子が気にかかっておられますようで、くれぐれも気丈にと仰《おお》せにございました」

象山は、この危急の時代に松代へ帰るのが無念でならぬようだった。それでも松代へ帰れば、家族共々に暮らせる。順や家族にはせめてもの慰《なぐさ》めである。

帰国は九月二十五日と決まった。

江戸で生まれ育った順には、はじめての遠国《おんごく》暮らしだ。松代へ行けば、いつ江戸へ帰れるか。母や兄一家、はなや菊、男谷家の人々にも別れを告げたい。

それからの数日、順は出発の仕度と別れの挨拶に追われた。

（下巻へつづく）

単行本　『お順　勝海舟の妹と五人の男』（上下）
二〇一〇年十二月　毎日新聞社刊
※文庫化にあたり改題しました。
本書は二〇一四年刊の文庫の新装版です。
DTP制作　言語社

文春文庫

お順《じゅん》 上

定価はカバーに
表示してあります

2023年7月10日　新装版第1刷

著　者　諸《もろ》田《た》玲《れい》子《こ》

発行者　大沼貴之

発行所　株式会社 文藝春秋

東京都千代田区紀尾井町 3-23　〒102-8008
TEL 03・3265・1211(代)
文藝春秋ホームページ　http://www.bunshun.co.jp

落丁、乱丁本は、お手数ですが小社製作部宛お送り下さい。送料小社負担でお取替致します。

印刷製本・凸版印刷

Printed in Japan
ISBN978-4-16-792069-2

（　）内は解説者。品切の節はご容赦下さい。

諸田玲子
あくじゃれ
瓢六捕物帖
知恵と機転を買われて牢から解き放たれた粋な悪党・瓢六と、不承不承お目付役を務める堅物同心・篠崎弥左衛門の凸凹コンビが、難事件解決に活躍する痛快時代劇。（鴨下信一）
も-18-2

諸田玲子
こんちき
あくじゃれ瓢六捕物帖
色男・瓢六は今日も大活躍。高価な茶碗を探し出したり牢名主の跡目争いを解決したり。弥左衛門と八重との関係にも進展が……。粋で愉快でほろりとする、シリーズ第二弾。（高部　務）
も-18-4

諸田玲子
べっぴん
あくじゃれ瓢六捕物帖
娑婆に戻った瓢六の今度の相手は、妖艶な女盗賊。事件の聞き込みで致命的なミスを犯した瓢六は、恋人・お袖の家を出る。正体を見せない女の真の目的は？　衝撃のラスト！（関根　徹）
も-18-8

諸田玲子
再会
あくじゃれ瓢六捕物帖
大火で恋女房を失い自堕落な生活を送る瓢六。しかしやがてかつての仲間達と、水野忠邦・鳥居耀蔵らの江戸の町民たちを苦しめる〝天保の改革〟に立ち向かう。（細谷正充）
も-18-11

諸田玲子
破落戸《ごろつき》
あくじゃれ瓢六捕物帖
老中・水野忠邦と南町奉行・鳥居耀蔵という最強の敵に立ち向かう瓢六は、自分を取り戻し、弥左衛門や奈緒たちの協力を得て強敵をじわじわと追い詰めていく。（大矢博子）
も-18-12

諸田玲子
想い人
あくじゃれ瓢六捕物帖
八年前の江戸の大火で恋女房のお袖が行方不明に。以来傷心の日々を送る瓢六の許には相も変わらず難問が持ち込まれる。そんな折、お袖に似た女を見かけたという話が瓢六に伝わった。
も-18-17

（　）内は解説者。品切の節はご容赦下さい。

安部龍太郎
等伯（上下）
武士に生まれながら、天下一の絵師をめざして京に上り、戦国の世でたび重なる悲劇に見舞われつつも、己の道を信じた長谷川等伯の一代記を描く傑作長編。直木賞受賞。（島内景二）
あ-32-4

安部龍太郎
宗麟の海
信長より早く海外貿易を行い、硝石、鉛を輸入、鉄砲をいち早く整備。宣教師たちの助力で知力と軍事力を駆使して瞬く間に九州を制覇した大友宗麟の姿を描く歴史叙事詩。（鹿毛敏夫）
あ-32-8

安能　務
始皇帝　中華帝国の開祖
始皇帝は〝暴君〟ではなく〝名君〟だった!?　世界で初めて政治力学を意識し中華帝国を創り上げた男。その人物像に迫りつつ、現代にも通じる政治学を解きあかす一冊。（冨谷　至）
あ-33-4

浅田次郎
壬生義士伝《みぶぎしでん》（上下）
「死にたぐねえから、人を斬るのす」——生活苦から南部藩を脱藩し、壬生浪《みぶろ》と呼ばれた新選組で人の道を見失わず生きた吉村貫一郎の運命。第十三回柴田錬三郎賞受賞。（久世光彦）
あ-39-2

浅田次郎
一刀斎夢録（上下）
怒濤の幕末を生き延び、明治の世では警視庁の一員として西南戦争を戦った新選組三番隊長・斎藤一の眼を通して描き出される感動ドラマ。新選組三部作ついに完結！（山本兼一）
あ-39-12

浅田次郎
黒書院の六兵衛（上下）
江戸城明渡しが迫る中、てこでも動かぬ謎の武士ひとり。勝海舟や西郷隆盛も現れて、城中は右往左往。六兵衛とは一体何者か？笑って泣いて感動の結末へ。奇想天外の傑作。（青山文平）
あ-39-16

あさのあつこ
燦《さん》**—1—　風の刃**《やいば》
疾風のように現れ、藩主を襲った異能の刺客・燦。彼と剣を交えた家老の嫡男・伊月。別世界で生きていた二人には隠された宿命があった。少年の葛藤と成長を描く文庫オリジナルシリーズ。
あ-43-5

（　）内は解説者。品切の節はご容赦下さい。

あさのあつこ
火群《ほむら》のごとく
兄を殺された林弥は剣の稽古の日々を送るが、家老の息子・透馬と出会い、政争と陰謀に巻き込まれる。小舞藩を舞台に少年の友情と成長を描く、著者の新たな代表作。（北上次郎）
あ-43-12

青山文平
白樫の樹の下で
田沼意次の時代から清廉な松平定信の息苦しい時代への過渡期。いまだ人を斬ったことのない貧乏御家人が名刀を手にしたとき、何かが起きる。第18回松本清張賞受賞作。（島内景二）
あ-64-1

青山文平
つまをめとらば
去った女、逝った妻……瞼に浮かぶ、獰猛なまでに美しい女たちの面影は男を惑わせる。江戸の町に乱れ咲く、男と女の性と業。女という圧倒的リアル！　直木賞受賞作。（瀧井朝世）
あ-64-3

朝井まかて
銀の猫
嫁ぎ先を離縁され「介抱人」として稼ぐお咲。年寄りたちに人生を教わる一方で、妾奉公を繰り返し身勝手に生きてきた、自分の母親を許せない。江戸の介護を描く傑作長編。（秋山香乃）
あ-81-1

朝松　健
血と炎の京《みやこ》
私本・応仁の乱
応仁の乱は地獄の戦さだった。花の都は縦横に走る塹壕で切り刻まれ、唐土の殺戮兵器が唸る。戦場を走る復讐鬼・道賢と、救いを希う日野富子を描く書下ろし歴史伝奇。田中芳樹氏推薦。
あ-85-1

井上ひさし
手鎖心中
材木問屋の若旦那、栄次郎は、絵草紙の人気作者になりたいと願うあまり馬鹿馬鹿しい騒ぎを起こし……歌舞伎化もされた直木賞受賞作。表題作ほか「江戸の夕立ち」を収録。（中村勘三郎）
い-3-28

井上ひさし
東慶寺花だより
離縁を望み決死の覚悟で鎌倉の「駆け込み寺」へ――女たちの事情、強さと家族の絆を軽やかに描いて胸に迫る涙と笑いの時代連作集。著者が十年をかけて紡いだ遺作。（長部日出雄）
い-3-32

（　）内は解説者。品切の節はご容赦下さい。

池波正太郎
火の国の城（上下）
関ヶ原の戦いに死んだと思われていた忍者、丹波大介は雌伏五年、傷ついた青春の血を再びたぎらせる。家康の魔手から加藤清正を守る大介と女忍び於蝶の大活躍。（佐藤隆介）
い-4-78

池波正太郎
秘密
家老の子息を斬殺し、討手から身を隠して生きる片桐宗春。だが人の情けに触れ、医師として暮すうち、その心はある境地に達する――。最晩年の著者が描く時代物長篇。（里中哲彦）
い-4-95

池波正太郎
その男（全三冊）
杉虎之助は大川に身投げをしたところを謎の剣士に助けられる。こうして〝その男〟の波瀾の人生が幕を開けた――。幕末から明治へ、維新史の断面を見事に剔る長編。（奥山景布子）
い-4-131

稲葉　稔
武士の流儀（一）
元は風烈廻りの与力の清兵衛は、倅に家督を譲っての若隠居生活。平穏が一番の毎日だが、若い侍が斬りつけられる現場に居合わせたことで、遺された友の手助けをすることになり……。
い-91-12

伊東　潤
王になろうとした男
信長の大いなる夢にインスパイアされた家臣たち。毛利新助、原田直政、荒木村重、津田信澄、黒人の彌介。いつ寝首をかくか、かかれるかの時代の峻烈な生と死を描く短編集。（高橋英樹）
い-100-1

伊東　潤
天下人の茶
政治とともに世に出、政治によって抹殺された千利休。その高弟たちによって語られる秀吉との相克。弟子たちの生涯から利休の求めた理想の茶の湯とその死の真相に迫る。（橋本麻里）
い-100-2

宇江佐真理
幻の声　髪結い伊三次捕物余話
町方同心の下で働く伊三次は、事件を追って今日も東奔西走。江戸庶民のきめ細かな人間関係を描き、現代を感じさせる珠玉の五話。選考委員絶賛のオール讀物新人賞受賞作。（常盤新平）
う-11-1

（　）内は解説者。品切の節はご容赦下さい。

宇江佐真理
余寒の雪
女剣士として身を立てることを夢見る知佐は、江戸で何かを見つけることができるのか。武士から町人まで人情を細やかに描く七篇。中山義秀文学賞受賞の傑作時代小説集。（中村彰彦）
う-11-4

植松三十里
繭と絆
富岡製糸場ものがたり
日本で最初の近代工場の誕生には、幕軍・彰義隊の上野での負け戦が関わっていた。日本を支えた富岡には隠された幕軍側の哀しい事情があった。世界遺産・富岡製糸場の誕生秘話。（田牧大和）
う-26-2

上田秀人
奏者番陰記録
遠謀
奏者番に取り立てられた水野備後守はさらなる出世を目指し、松平伊豆守に服従する。そんな折、由井正雪の乱が起こり、備後守はその裏にある驚くべき陰謀に巻き込まれていく。
う-34-1

冲方　丁
剣樹抄
父を殺され天涯孤独の了助は、若き水戸光國と出会う。異能の子どもたちを集めた幕府の隠密組織に加わり、江戸に火を放つ闇の組織を追う！　傑作時代エンターテインメント。（佐野元彦）
う-36-2

海老沢泰久
無用庵隠居修行
出世に汲々とする武士たちに嫌気が差した直参旗本・日向半兵衛は「無用庵」で隠居暮らしを始めるが、彼の腕を見込んで、難事件が次々と持ち込まれる。涙と笑いありの痛快時代小説。
え-4-15

逢坂　剛・中　一弥　画
平蔵の首
深編笠を深くかぶり決して正体を見せぬ平蔵。その豪腕におのきながらも不逞に暗躍する盗賊たち。まったく新しくハードボイルドに蘇った長谷川平蔵もの六編。（対談・佐々木　譲）
お-13-16

逢坂　剛・中　一弥　画
平蔵狩り
父だという「本所のへいぞう」を探すために、京から下ってきた女絵師。この女は平蔵の娘なのか。ハードボイルドの調べで描く、新たなる鬼平の貌。吉川英治文学賞受賞。（対談・諸田玲子）
お-13-17

（　）内は解説者。品切の節はご容赦下さい。

乙川優三郎
生きる
亡き藩主への忠誠を示す「追腹」を禁じられ、白眼視されながら生き続ける初老の武士。懊悩の果てに得る人間の強さを格調高く描いた感動の直木賞受賞作など、全三篇を収録。（縄田一男）
お-27-2

奥山景布子
葵の残葉
尾張徳川の分家筋・高須に生まれた四兄弟はやがて尾張、一橋、会津、桑名を継いで維新と佐幕で対立する。歴史と家族の情が絡み合うもうひとつの幕末維新の物語。（内藤麻里子）
お-63-2

奥山景布子
音わざ吹き寄せ
音四郎稽古屋手控
元吉原に住む役者上がりの音四郎と妹お久。町衆に長唄を教えているが、怪我がもとで舞台を去った兄の事情を妹はまだ知らない。その上兄には人に明かせない秘密が……。（吉崎典子）
お-63-3

大島真寿美
渦
妹背山婦女庭訓　魂結び
浄瑠璃作者・近松半二の生涯に、虚と実が混ざりあい物語が生まれる様を、圧倒的熱量と義太夫の如き心地よい大阪弁で描く。史上初の直木賞&高校生直木賞W受賞作！（豊竹呂太夫）
お-73-2

海音寺潮五郎
加藤清正
（上下）
文治派石田三成、小西行長との宿命的な確執、大恩ある豊家危急存亡の苦悩——英雄豪傑の象徴のように伝えられるこの武将の鎧の内にあった人間の素顔を剔抉する傑作歴史長篇。
か-2-19

海音寺潮五郎
天と地と
（全三冊）
戦国史上最も戦巧者であり、いまなお語り継がれる武将・上杉謙信。遠国の越後でなければ天下を取ったといわれた男の半生と、宿敵・武田信玄との数度に亘る川中島の合戦を活写する。
か-2-43

加藤　廣
信長の棺
（上下）
消えた信長の遺骸、秀吉の中国大返し、桶狭間山の秘策——。丹波を訪れた太田牛一は、阿弥陀寺、本能寺、丹波を結ぶ〝闇の真相〟を知る。傑作長篇歴史ミステリー。（縄田一男）
か-39-1

（　）内は解説者。品切の節はご容赦下さい。

加藤　廣
秀吉の枷（全三冊）
「覇王（信長）を討つべし！」竹中半兵衛が秀吉に授けた天下取りの秘策。異能集団〈山の民〉を伴い天下統一を成し遂げ、そして病に倒れるまでを描く加藤版「太閤記」。（雨宮由希夫）
か-39-3

加藤　廣
明智左馬助の恋（上下）
秀吉との出世争い、信長の横暴に耐える主君光秀を支える忠臣左馬助の胸にはある一途な決意があった。大ベストセラーとなった『信長の棺』『秀吉の枷』に続く本能寺三部作完結篇。

か-39-6

風野真知雄
耳袋秘帖　眠れない凶四郎（一）
妻が池の端の出合い茶屋で何者かに惨殺された。その現場に立ち会って以来南町奉行所の同心、土久呂凶四郎は不眠症に。見かねた奉行の根岸は彼を夜専門の定町回りに任命。江戸の闇を探る！

か-46-38

風野真知雄
耳袋秘帖　南町奉行と大凶寺
深川にある題経寺は正月におみくじを引いたら大凶ばかり、檀家は落ち目になり、墓をつくれば死人が化けて出る。近所の商人から相談された根岸も、さほどの事とは思わなかったのだが。

か-46-43

門井慶喜
ゆけ、おりょう
「世話のやける弟」のような男・坂本龍馬と結婚したおりょうは、酒を浴びるほど飲み、勝海舟と舌戦し、夫と共に軍艦に乗り長崎へ馬関へ！　自立した魂が輝く傑作長編。（小日向えり）
か-48-7

梶　よう子
一朝の夢
朝顔栽培だけが生きがいで、荒っぽいことには無縁の同心・中根興三郎は、ある武家と知り合ったことから思いもよらぬ形で幕末の政情に巻き込まれる。松本清張賞受賞。（細谷正充）
か-54-1

梶　よう子
赤い風
原野を二年で畑地にせよ——。川越藩主柳沢吉保は前代未聞の命を下す。だが武士と百姓は反目し合い計画は進まない。身分を超え、未曾有の大事業を成し遂げられるのか。（福留真紀）
か-54-4

（　）内は解説者。品切の節はご容赦下さい。

川越宗一
天地に燦たり
なぜ人は争い続けるのか——。日本、朝鮮、琉球。東アジア三か国を舞台に、侵略する者、される者それぞれの矜持を見事に描き切った歴史小説。第25回松本清張賞受賞作。（川田未穂）
か-80-1

北方謙三
杖下《じょうか》に死す
剣豪・光武利之が、私塾を主宰する大塩平八郎の息子、格之助と出会ったとき、物語は動き始める。幕末前夜の商都・大坂を舞台に至高の剣と男の友情を描ききった歴史小説。（末國善己）
き-7-10

木内　昇《のぼり》
茗荷谷の猫
茗荷谷の家で絵を描きあぐねる主婦。染井吉野を造った植木職人。画期的な黒焼を生み出さんとする若者。幕末から昭和にかけ各々の生を燃焼させた人々の痕跡を掬う名篇9作。（春日武彦）
き-33-1

木下昌輝
宇喜多の捨て嫁
戦国時代末期の備前国で宇喜多直家は、権謀術策を縦横無尽に駆使し、下克上の名をほしいままに成り上がっていった。腐臭漂う、希に見る傑作ピカレスク歴史小説遂に見参！
き-44-1

木下昌輝
人魚ノ肉
八百比丘尼伝説が新撰組に降臨！　人魚の肉を食べた者は不老不死になるというが……舞台は幕末京都、坂本竜馬、沖田総司、斎藤一らを襲う不吉な最期。奇想の新撰組異聞。（島内景二）
き-44-2

堺屋太一
豊臣秀長
ある補佐役の生涯（上下）
豊臣秀吉の弟秀長は常に脇役に徹したまれにみる有能な補佐役であった。激動の戦国時代にあって天下人にのし上がる秀吉を支えた男の生涯を描いた異色の歴史長篇。（小林陽太郎）
さ-1-14

早乙女　貢
明智光秀
明智光秀は死なず！　山崎の合戦で生き延びた光秀は姿を僧侶に変え、いつしか徳川家康の側近として暗躍し、二人三脚で豊臣家を滅ぼし、幕府を開くのであった！（縄田一男）
さ-5-25